Anja Lundholm

NARZISS POSTLAGERND

Briefe einer Ehe

Roman

rororo

Rowohlt

Umschlagbild Dieter Ziegenfeuter
Umschlagtypographie Manfred Waller

Veröffentlicht im Rowohlt Taschenbuch Verlag GmbH,
Reinbek bei Hamburg, Juli 1987
Lizenzausgabe der Rowohlt Taschenbuch Verlag GmbH, Reinbek,
mit Genehmigung der Gustav Lübbe Verlag GmbH,
Bergisch Gladbach

Satz Bembo (Linotron 202)
Gesamtherstellung Clausen & Bosse, Leck
Printed in Germany
680-ISBN 3 499 15933 3

I

Such dir einen wahren Freund,
und du findest dich
im Spiegel seiner Augen wieder.
Chinesisches Sprichwort

Hans-Georg Reitze, Bezirksvertreter für pharmazeutische Produkte, saß im Wohnzimmer seines Hauses und las bereits zum zweitenmal den Brief, den seine Frau ihm mit der übrigen Morgenpost heraufgebracht hatte. Die Anspannung seiner Gesichtsmuskulatur sprach von der Konzentration, die er auf das Studium der Zeilen verwandte; mit einundfünfzig Jahren geht einem so manches durch den Kopf, was die Gedanken schweifen läßt, zumal wenn nachlassende Sehkraft der Zerstreutheit Vorschub leistet. Aus diesem Grund hatte Hans-Georg sich von seiner Frau die Herausgabe seiner speziellen, nur für besondere Fälle gedachten Lesebrille erbeten. Sie war, so fand Elfriede, sündhaft teuer gewesen und daher zu schade für den täglichen Gebrauch.

So achtlos, wie du mit deinen Sachen umgehst, läßt du sie dann irgendwo herumliegen, womöglich mit dem Bügel nach oben, daß die Gläser zerkratzen, sagte sie und nahm die Brille in Verwahrsam. Früher hatte es Hans-Georg geärgert, seine Frau jedesmal, wenn seine Augen ihm Schwierigkeiten bereiteten, um Herausgabe seines Eigentums angehen zu müssen, um so mehr, als er zu spüren glaubte, daß es ihr eine gewisse Genugtuung bereitete, ihn um die Aushändigung seiner Sehstütze bitten zu lassen. Mittlerweile hatte er sich daran gewöhnt. Aus Erfahrung wußte er, daß Aufregung ihm nicht gut bekam; er hatte an sein Herz zu denken, mit dem sein Arzt gar nicht zufrieden war. Seine Frau galt allgemein im Ort als Mustergattin, man lobte ihren angeborenen Sinn für Ordnung und ihre beachtlichen hausfraulichen Tugenden. Zu schade, daß dieses nette Ehepaar keine Kinder hatte, war die allgemeine Ansicht der Kirchheimer, und nun waren wohl auch keine mehr zu erwarten. Eine harmonische, gute Ehe, die Reitzes, sagten sie und hätten wohl ungläubig die Köpfe geschüttelt, hätte ihnen einer erzählt, das Gegenteil sei der Fall, die beiden haßten und mißtrauten einander in dem Maß, in dem sie voneinander abhängig waren, und lebten seit Jahren in einer zerstrittenen Gemeinschaft.

In seine Lektüre vertieft, hatte er sie nicht eintreten hören.

Wer ist dieser D. A., der seinen Namen nicht ausschreibt? wollte sie wissen. Dazu POSTLAGERND als Absender. Der Brief war ihr gleich aufgefallen. Sie erhielten wenig Privatpost.

Was hast du gegen postlagernd? fragte Hans-Georg.

Mutter sagte immer, Menschen, die ihre Anschrift nicht preisgeben, haben etwas zu verbergen.

Zu den kargen Freuden seines Alltags daheim gehörten die Momente, in denen es ihm gelang, das gespannte Interesse seiner Frau auf sich zu lenken, und sei es nur um eines Briefes willen, der sich in verdächtig privatem Büttenweiß ohne Firmenaufdruck zwischen die üblichen Rechnungen und Fachzuschriften verirrt hatte.

Vielleicht ist der Schreiber eine SIE? versuchte er zu provozieren.

Es mißlang. Kaum, sagte Elfriede. Ihr mokanter Ton, mit dem sie die Möglichkeit, daß es eine andere Frau geben sollte, die ihrem Mann Briefe mit verschlüsseltem Absender schrieb, ins Reich der Fantasie verwies, war nicht zu überhören. Er sollte sich daran gewöhnt haben, doch immer noch gab es ihm einen feinen Stich. Selbst jetzt noch, nach all den Jahren.

Ich könnte eine Freundin haben.

Sei nicht albern, sagte sie. Lies lieber vor.

Er schwieg. Natürlich, so etwas wie ein Abenteuer traute sie ihm nicht zu, ihm, dem alternden, farblosen Vertreter für pharmazeutische Präparate, der brav nach Plan zweimal wöchentlich mit dem Musterkoffer loszog, um Ärzten und Apothekern in seinem Bezirk die neuesten Produkte einer auf schnellen Umsatz zielenden Chemoindustrie aufzuschwatzen. Wann eigentlich war es geschehen, daß seine Frau aufgehört hatte, in ihm den Mann zu sehen? Und wie? Er erinnerte sich nicht. Womöglich lag dem gar keine besondere Ursache zugrunde. Irgendwann einmal vor Jahren hatten sie den Punkt erreicht, an dem ihre Verschiedenheit sowohl im Wesen als auch in ihren Auffassungen plötzlich kraß zutage getreten war. Von da an, ohne sich dessen bewußt zu sein, hatten sie begonnen, sich auseinanderzuleben. Er wußte nicht, wie sie die wachsende Entfremdung empfand. Was ihn anging, so fühlte er sich alleingelassen in einer Phase seines Lebens, in der er mehr als alles andere einen Menschen nötig hatte, bei dem er sich aussprechen, der ihm zur Seite stehen konnte.

Nun lies schon endlich, sagte Elfriede.

‹Sehr geehrter Herr Reitze!› begann Hans Georg. ‹Vor einigen Tagen, als wir nebeneinander im Bus nach Camberg saßen – erinnern Sie sich noch an mich, Ihren Nachbarn, dem höllisch elend zumute war, weil er am Abend zuvor zu viel durcheinander getrunken hatte? – gaben Sie mich dem Leben wieder, doch wirklich, ganz ohne Übertreibung, die man uns Schriftstellern ja so gerne unterstellt. Was immer es war, das Sie mir aus Ihrem Musterkoffer verabreichten, erlöste mich innerhalb weniger Minuten von dem Gehämmer in meinem Schädel. Jetzt ärgert es mich, Sie nicht nach dem Namen des Wundermittels gefragt zu haben, nur für den Fall, daß... Da ich, um Material für meine Romane zu sammeln, viel unterwegs bin und damit rechnen muß, noch öfter in solche Lage zu geraten, Sie mir aber zum Abschied freundlicherweise Ihre Karte überließen, bitte ich Sie, mir den Namen des Medikaments mitzuteilen. Besser noch: Könnten Sie mir ein Päckchen davon zusenden? Ich glaube, das Zeug endete auf -ron oder -gon. Schicken Sie es mir an meine postlagernde Anschrift. Ihr Ihnen sehr verbundener...›

Die Unterschrift war so flüchtig hingeworfen, daß selbst ein graphologisch geschultes Auge mit ihr seine Last gehabt hätte. Hans-Georg schien sie keine Schwierigkeiten zu bereiten.

‹*Daniel Arendt*›, las er laut.

Ein Schriftsteller? verwunderte sich die Frau.

Ein Freund! sagte Hans-Georg, nahm die kostbare Brille von der Nase und klappte das samtgefütterte Etui auf, um sie sorgfältig wieder hineinzubetten.

Freund? sagte die Frau zweifelnd. Dir schreibt doch nie ein Freund.

Damit berührte sie einen wunden Punkt in Hans-Georgs Leben. Er hatte keine Freunde, denn, glaubte er als Grund zu wissen, er stellte nichts dar. In seiner Jugend hatte er Arzt werden wollen. Schiffsarzt womöglich. Es müsse aufregend sein, die Welt kennenzulernen, malte er sich aus. Kaum mehr vorstellbar, wieviel Abenteuerlust einst in ihm gewesen war. Zu seinem Pech hatte ihn der letzte Wille seines Vaters gezwungen, das Studium abzubrechen und die väterliche Druckerei zu übernehmen, wollte er nicht ohne jeden Pfennig dastehen. Als er – fast zwanzig Jahre später – Elfriede begegnete und sie heiratete, war die altmodische Druckerei technisch rationeller arbeitender Konkurrenz zum Opfer gefallen und hatte ihren Geist aufgegeben. Hans-Georg, die erworbenen Medizinkenntnisse seines abgebrochenen Studiums nutzend, vertrat nun als Reisender einen bekannten Pharmakonzern.

Ist das meine Schuld? sagte er.

Reg dich nicht auf, sagte die Frau. Ich finde es nur albern, daß du einen Mann deinen Freund nennst, dem du gerade erst durch Zufall begegnet bist.

Sie verstand ihn nicht. Er hatte die Kirchheimer Steinmetztochter geheiratet in der Hoffnung, dem ihm allmählich zusetzenden Alleinsein ein Ende zu machen, um mit der Zeit zu erkennen, daß er nur dem häufigsten aller Irrtümer erlegen war, mit der die Natur zur Paarung lockt. Heute war er einsamer denn je. Kam hinzu, daß dieses Kirchheim, in dem sich ihr wenig abwechslungsreiches Eheleben abspielte, ein armseliges Nest war. Noch immer wohnten sie im Haus von Elfriedes verstorbenen Eltern und beglichen alle anfallenden Sonderausgaben mit dem Geld aus der Hinterlassenschaft der beiden Alten. Vater Steinmetz, ein fleißiger Arbeiter, hatte sich im Lauf der Jahre mit Gips und Marmor für den örtlichen Friedhof ein hübsches Sümmchen auf die Seite legen können. Die fromme Denkungsart der Einheimischen hielt es weniger mit den Annehmlichkeiten eines Lebens im Wohlstand als mit der postumen Sicherung eines Vorzugsplatzes im Himmel, wozu ein Grabstein, der etwas hergab, die erste Stufe war. Gestorben wird immer, der Tod läßt keinen aus, hatte der Alte zu sagen gepflegt und seiner Frau sowie sich selbst einen prächtigen Gedenkstein mit weinenden Riesenengeln geschaffen, die einen mittlerweile schwärzlich verfärbten Kranz über der goldenen Inschrift schwangen.

Elfriede, bisher mit dem Rücken zum Fenster, ließ sich in einen Sessel fallen. Für wie alt hältst du ihn? fragte sie nach einer Weile.

Schwer zu sagen – Hans-Georg überlegte – so um die Dreißig.

Für einen um die Dreißig schreibt er aber reichlich gestelzt.

Das verstehst du nicht, sagte er. Schriftsteller haben nun mal eine eigene Art, sich auszudrücken. Ich könnte mir vorstellen, daß er ein namhafter Autor ist, so wie er aussah.

Wie sah er denn aus?

Nachdenklich. Verträumt. Er hatte etwas Besonderes.

Ich denke, ihm war schlecht? sagte Elfriede.

Wie immer, wenn er sich in Höhenflügen erging, fühlte Hans-Georg sich von ihrer prosaischen Betrachtungsweise abgestoßen. Das sei nur vorübergehend gewesen, wies er sie zurecht. Übrigens habe er ihm von einem Literaturpreis erzählt, den er vor kurzem erhalten hätte.

Daniel Arendt? Nie gehört, sagte die Frau.

Er regte sich auf. Gleich, wie ein Gespräch zwischen ihnen begann, immer befand er sich nach kurzer Zeit in der Defensive. Was liest du denn schon außer deinen Illustrierten? sagte er gereizt.

Wenn er in denen nicht drinsteht, ist er auch nicht berühmt, konterte sie.

Ich erinnere mich, hielt Hans-Georg dagegen, ohne zum Sessel hinzublicken, daß er mir sagte, seine Bücher erschienen unter einem Pseudonym.

Warum? sagte sie.

Er hatte sich von ihrem Mißtrauen befreien wollen und fühlte sich nun noch stärker in die Enge getrieben. Ob sie noch nie davon gehört habe, daß sich berühmte Schriftsteller, um sich vor der Neugier des Publikums zu schützen, Decknamen zulegten? In solchen Berufen sei ein Name wie eine Visitenkarte.

Der Hund kam angekrochen, legte sich Elfriede zu Füßen, blickte sie einmal in verhaltener Erwartung an, ob sie sich nicht dazu entschließen könnte, sich, anstatt zu schwatzen, mit ihm zu beschäftigen. Die Zwecklosigkeit seines Ersuchens einsehend, ringelte er sich darauf zu seiner gewohnten Schlafstellung zusammen, gewillt, nur noch die Augen zu öffnen, wenn allgemeine Bewegung um ihn herum anzeigte, daß eine Programmänderung bevorstand.

Die Frau nahm ihre Füße an sich. Sie schwankte noch zwischen Zweifel und Neugier.

Na gut, wenn er einen Namen hätte, den man leicht verwechselt. Aber Daniel Arendt – warum sollte er den ändern wollen?

Das hat er mir nicht gesagt.

Du hättest ihn danach fragen können.

Manchmal kannst du mir schon auf die Nerven gehen! Hans-Georg wurde zunehmend gereizter. Ich hatte nicht die geringste

Veranlassung dazu. Vielleicht wollte er die Unbefangenheit unseres Gesprächs nicht zerstören, das wäre doch denkbar, nicht wahr?

Elfriede überlegte einen Augenblick, schüttelte dann den Kopf. Tut mir leid, Lieber, aber das mit deinem Freund klingt mir reichlich unglaubwürdig. Entweder er hat dir mit seinem Beruf einen Bären aufgebunden, oder er hat bestimmte Gründe, sich hinter einem angenommenen Namen zu verstecken.

Zum Beispiel?

Weiß nicht. Vielleicht ist er einer von denen, die obszönes Zeug schreiben, Pornos für Magazine und so. Erst vor ein paar Tagen stand da etwas in der Zeitung von einem, der mit so was Millionär geworden ist. Meinst du, so einer ist das?

Er gab sich prüde. Schämen solle sie sich, etwas Derartiges auch nur zu denken, rügte er. Die heimliche Sucht seiner Frau nach erotischer Lektüre war ihm nicht verborgen geblieben, ebensowenig wie die Vereinsamung, unter der auch sie in zunehmendem Maß litt. Seitdem er sie nicht mehr, wie er es früher getan hatte, ab und zu auf seinen Reisen mitnahm, hatten ihre Gespräche einen bitteren, ja fast feindlichen Unterton bekommen. Gerecht oder ungerecht, sie kränkten einander. Schon wahr, das Leben, das er ihr bot, war wenig abwechslungsreich. Aber hatte nicht auch *er* heimlich gehegten Erwartungen an eine glückliche Wende seines Schicksals entsagen müssen, um ihr ein gesichertes Dasein zu bieten? Das Leben, so empfanden beide unabhängig voneinander, hatte sie ungerecht behandelt; mangels besseren Wissens lastete einer es dem anderen an.

Wirst du ihm von dem Mittel schicken? sagte die Frau.

Falls ich noch genug davon habe.

Warum schaust du nicht nach? Du solltest ihm antworten.

Später, sagte er, nach dem Abendessen. Ich geh noch etwas an die frische Luft. Der Hund braucht Auslauf.

Damit erhob er sich, nahm den Brief auf und faltete ihn sorgfältig zusammen, bevor er ihn in den Umschlag schob und in die innere Jackentasche steckte. Dann pfiff er dem Hund, dem schon etwas bejahrten Krummbeiner, der angehechelt kam, hakte die Leine von der Garderobe am Eingang und verließ das Haus.

Eigentlich war es noch etwas früh für den scharfen Nordostwind, der ihnen entgegenschlug. Eine fast winterliche Kälte sprach dem Kalender Hohn, auf dem gerade die letzten Sommertage in den Herbst übergingen. Hans-Georg hatte aufgehört, sich darüber zu wundern. So ging es nun schon seit einiger Zeit: Das Wetter spielte verrückt, und nicht einmal mehr auf so grobe Einteilungen wie Jahreszeiten war Verlaß. Der Weg, den er nahm, führte in die farblose Weite einer Landschaft hinaus, in der nichts den Blick zum fernen Horizont hinderte. Großflächig liefen Erde und Himmel auf ihn zu, zwischen den Feldern ein paar verloren wirkende Reihen magerer Chausseebäume. Die geschlossene Wolkendecke ließ nur an vereinzelten Stellen helleres Licht durch, alles Übrige war in trübes Grau getaucht.

Es störte Hans-Georg nicht; er fühlte im Gegenteil eine an Übermut grenzende Erleichterung. Dies waren die kurzen Stunden in seinem Leben, in denen er sich, ungehindert von Verpflichtungen gegenüber seiner Umwelt, ganz seinen Gedanken und Träumen überlassen durfte, und niemand konnte ihm dazwischenfahren, um ihn aus seiner Traumwelt herauszureißen.

Er dachte an Daniel Arendt, während der Wind ihm das graue Haar zauste, das heißt, er dachte sich einen Daniel Arendt nach seinen Wünschen, der ihm ein Freund sein würde, ein echter, aufrichtiger Freund, nach dem er sich so lange vergeblich gesehnt hatte. Von klein auf hatte ihn die Lust am Fabulieren ausgezeichnet. Später dann, als die desillusionierende Wirklichkeit die bunten Träume einzuholen begann, räumte er ihnen eine Spielecke in seinen Gedanken ein, wo sie sich tummelten und er sich zu ihnen flüchten konnte, wann immer sich eine Gelegenheit dazu fand. Sein Freund Arendt – oder sollte er ‹Daniel› denken? Nein, im Augenblick wohl noch etwas früh, er wollte nichts vorwegnehmen, immer schön eines nach dem anderen – war fraglos ein bedeutender Mann mit dem angeborenen Scharfblick des echten Schriftstellers für die Wesensart seiner Mitmenschen. Er hatte erkannt, daß sich hinter dem unscheinbaren Äußeren seines Reisenachbarn ein ambitionierter Schöngeist voll kühner Ideen verbarg, den nur eine Kette unliebsamer Umstände bislang an ihrer Ausführung gehindert hatte. Hätte er sonst mit solch überschwenglicher Dankbarkeit auf die bescheidene Hilfe reagiert, die er, Hans-Georg, dem momentan von einem

Unwohlsein Befallenen zukommen ließ? Männer brauchen nicht viel Worte, um einander zu verstehen.

Der Dackel, ein Stück voraus, war stehengeblieben und verbellte ein davonhuschendes Kaninchen. Hans-Georg rief ihn zur Ordnung. Wie neugierig sie geworden war, die Frau, seit sie am Morgen den Brief im Kasten gefunden hatte. – ‹Ein Pseudonym bei einem Schriftsteller ist verdächtig, warum bekennt er sich nicht zu seinem Namen?› – Törichte Frau. Spatzenhirn! Daniel Arendt, befand Hans-Georg, war nicht nur durch seinen Beruf, sondern überhaupt ein ganz besonderer Mensch in seiner Mischung aus fraglos großem Können und Bescheidenheit, denn aus welchem Grund, wenn nicht aus Scheu vor Publizität, würde ein Künstler sich hinter einem Pseudonym verbergen?

Den Rückweg nahmen Herr und Hund über die von Platanen gesäumte Landstraße. Was der unzeitgemäße Kaltwind aus Fabrikschloten herübertrug, hatte den Bäumen arg zugesetzt. Tabakbraun, trocken, zu bizarren Gebilden geschrumpft, hingen die Blätter von den Ästen, mumifiziertes Laub, das, berührte man es, zu Staub zerfiel. Hans-Georg nahm eine der Rollen zwischen Daumen und Zeigefinger. Sie zerbröckelte zu pulvrigem Nichts. Er überlegte, ob er seinen Gedanken betreffs seines zukünftigen Freundes noch weiteres Schweifen erlauben oder ob er sie zurückpfeifen und wieder auf Näherliegendes lenken sollte, auf das Abendessen zum Beispiel. Die Frau kochte gut, das mußte man ihr lassen, denn sinnenfreudig, wie sie ihrer Natur nach war, bedeutete ihr ein schmackhaftes Essen sinnlichen Genuß. Schon in Sichtweite des Hauses, entschloß sich Hans-Georg zu letzterem. Später am Abend dann, nahm er sich vor, würde er den Antwortbrief entwerfen, zu dem ihm schon jetzt eine Menge Ideen kamen, die ihn froh stimmten.

Heißt das Zeug Voleran? sagte die Frau, als er ins Wohnzimmer trat. Davon gibt es noch drei Päckchen in deinem Koffer.

Seine gute Laune schwand. Er haßte es, wenn sie in seinen Sachen herumstöberte, auch wenn er nichts zu verbergen hatte. Ihre Selbstgerechtigkeit, die totale Vereinnahmung, mit der sie das Recht für sich in Anspruch nahm, über ihn und sein Tun zu bestimmen.

Nein, Voleran ist es nicht, sagte er, nur um des Widerspruchs willen.

Was anderes gegen Kopfschmerzen konnte ich nicht finden. Nichts mit -ron oder -gon am Ende.

Weshalb verbat er sich nicht einfach ihre Einmischung in seine Privatangelegenheiten? Dieser verdammte Zwiespalt in seiner Haltung ihr gegenüber, aufsässig und unterwürfig zugleich, wobei sich ersteres nur als stumme Auflehnung in seinem Innern abspielte, während die Feigheit, mit der er vor Szenen zurückschreckte, nach außen hin den Sieg davontrug. Damals, zu Beginn ihrer Ehe, hatte es ihn noch jedesmal Überwindung gekostet, den Mund zu halten, da war es Rücksichtnahme gewesen, er hatte ihr mit seinem Widerspruch nicht wehtun wollen. Die Frau hatte dies erkannt und es sich zunutze gemacht. Und nun war es zu spät; sie bestimmte, und er fügte sich, Teil eines jahrzehntealten, eingefahrenen Rollenspiels, ihren Launen.

Es riecht nach Gebratenem, sagte er.

Entenfrikassee chinesisch, sagte sie. Von unserem Sonntagsbraten war noch genug übrig, da habe ich die Reste mit Mandeln und Soja überbraten. Du wirst sehen, es schmeckt köstlich.

Wenn sie vom Essen sprach, von ihrer besonderen Kochweise und den Zutaten, die sie dafür verwandte, verschwand der bittere Zug um ihren Mund, und ihre blaugrauen Augen begannen zu leben, was sie auf geheimnisvolle Weise anziehend machte.

Sie hatte nicht zuviel versprochen. Hans-Georg, kauend, fühlte sich für die Zeit des Mahls mit der Welt versöhnt.

Ich gehe jetzt nach oben, den Brief beantworten, sagte er in die Serviette hinein, mit der er sich das Fett von den Lippen wischte.

Wozu, wenn du ihm das Gewünschte doch nicht schicken kannst? sagte die Frau.

Vielleicht kann ich es doch, sagte er. Außerdem verlangt es die simple Höflichkeit, daß ich antworte.

Da war wieder jener Zug von Ironie um ihre Mundwinkel, den er fürchtete und haßte. Aber ja, sagte sie, zeig deinem berühmten Freund, daß du weißt, was sich gehört, bestimmt wartet er schon darauf.

Wie immer, wenn sie diesen Ton anschlug, fühlte er sich verunsichert und wußte ihm nichts als eine gekränkte Miene entgegenzusetzen. Wenn ich es erst aufschiebe, vergesse ich es, versuchte er sich zu verteidigen.

Die Frau hatte sich erhoben und begonnen, den Tisch abzuräumen. Als wenn ich dich nicht durchschaute, sagte sie und beförderte geräuschvoll das Eßgeschirr mit den Speiseresten auf das bereitstehende Tablett, mich kannst du nicht täuschen. Nichts weiter als die Zufallsbegegnung mit irgendeinem Schreiberling, aus dem du mit deinem Geltungsdrang gleich einen berühmten Autor machst. Denn das schmeichelt dir, gib's zu, da fühlst du dich als Mann, der mit solchen Bekannten etwas hergibt. Ihren Worten ließ sie ein kurzes Auflachen folgen, das seine ihrer Ansicht nach ausufernde Fantasie in ihre Schranken verweisen sollte.

Hans-Georgs Augen folgten jeder ihrer Bewegungen. Ihre Sicherheit, empfand er mit nur mühsam beherrschtem Zorn, verriet, wie sehr sie sich ihm überlegen fühlte. Heftig schob er seinen Stuhl zurück.

Denk doch, was du willst, sagte er. Ich gehe jetzt hinauf und möchte in der nächsten Stunde nicht gestört werden.

Die Frau gab keine Antwort. Sie würde abwaschen und anschließend fernsehen. Seit einigen Jahren schon beschränkte sich ihre Gemeinsamkeit im wesentlichen auf die Tischzeiten. An der Tür machte Hans-Georg noch einmal kehrt und begab sich zur Hausbar, entnahm ihrem bescheidenen Sortiment eine angebrochene Flasche Cognac sowie eines der beiden Schwenkgläser und zog sich damit nun endgültig in sein im oberen Stock gelegenes Arbeitszimmer zurück. Er schaltete die elektrische Schreibmaschine ein, spannte den Bogen über die Walze, tippte die Anrede und ließ dann die Hände wieder sinken. Er wollte sich auf den Text konzentrieren, aber seine Gedanken wichen ins Bildhafte aus, tauchten hinab ins Reich der Irrealität und zeigten Hans-Georg denjenigen, den anzuschreiben er im Begriff war, als einen ungewöhnlich schönen Mann, geistreich und von bezwingendem Charme. Keiner von diesen Schönlingen, deren dümmliche Konterfeis als angebliche Frauenhelden die Männermagazine zieren, nein, sein Daniel Arendt, glaubte er zu wissen, war eine außergewöhnliche Erscheinung. Entzückt von seiner Vorstellung nahm er einen großen Schluck Cognac, um eilends zu ihr zurückzukehren. Der wache, gleichsam wissende Blick der Augen, die äußeren Winkel von den Lidern gedeckt, die ausladende Stirn, gefurcht vom Grübeln unter dem grauen Haar – aber nein, wieso grau? Jung war er natürlich, jünger als er, Hans-Georg, auf jeden

Fall, sein Alter schwer zu schätzen, ein bewegtes Leben kann einen Mann vor der Zeit reifen. Täuschte er sich oder hatte der Mann nicht, mal großzügig betrachtet, eine gewisse Ähnlichkeit mit ihm? Stammte daher das starke Gefühl einer Seelenverwandtschaft, das ihn erfüllte und ihn drängte, sich dem anderen mitzuteilen?

Ein zweiter Schluck aus dem bauchigen Glas, Wohlbehagen durch seine Adern sendend, veranlaßte Hans-Georg, seine schweifenden Gedanken zurückzupfeifen, um nun ans Werk zu gehen und wenigstens einiges von dem, was ihn bewegte, zu Papier zu bringen. Seltsamerweise gelang es ihm nur unter Aufbietung seiner gesamten Konzentration, einen Anfang zu finden. So schwerelos ihm bisher die Formulierungen durch den Kopf geglitten waren – jetzt, wo er die Worte einzeln herausfischen und satzgerecht zusammenfügen sollte, sperrten sie sich und verloren allen Schwung. Ein weiteres, als störend empfundenes Hindernis war die bejahrte, schwiegerväterliche Wanduhr in seinem Rücken, die gerade, als er zum ersten Wort ansetzen wollte, mit großelterlicher Bedächtigkeit zu gongen begann. Neun verstimmte Cembaloschläge, nachhallend durch den Raum zitternd. Hans-Georg zählte mit: fünf – boing; sechs – tack boing; sieben, acht, – na endlich: neun! Das darauffolgende Schweigen irritierte ihn zusätzlich.

Ein drittes Glas verhalf ihm schließlich dazu, seinen Vorsatz zu verwirklichen.

‹Lieber Daniel Arendt›, schrieb er eingedenk derTatsache, daß man Schriftsteller, zumal, wenn man auf eine Erweiterung flüchtigen Kontaktes hofft, mit beiden Namen anredet, um ihre Sonderstellung in der bürgerlichen Umwelt zu unterstreichen. ‹Lieber Daniel Arendt›, also. ‹Wie schön, daß auch Sie sich an unsere gemeinsame Fahrt im Bus erinnern und, wie ich doch hoffe, nicht nur des belanglosen Unwohlseins wegen, bei dessen Beseitigung ich Ihnen› –

Hans-Georg hielt ein. ‹Zu Diensten sein konnte› – nein, das klang denn doch etwas zu devot, ein Autor, bekannt oder nicht, ist schließlich nicht der Bundespräsident. ‹Helfen konnte›. Das war sachlich und dem Anlaß gemäßer. ‹ . . . bei dessen Beseitigung Ihnen mein Präparat helfen konnte›, fuhr er fort. ‹Es ist tatsächlich eines der besten Mittel gegen allgemeines Unwohlsein, die zur Zeit auf dem Markt sind. Ich erlaube mir daher, Ihnen davon noch ein paar

Musterpackungen à zehn Stück mit gleicher Post an Ihre angegebene Adresse zu senden.›

Hans-Georg stutzte. Warum nur verwandelten sich die einfachsten Sätze, reine Füllwörter, auf dem Weg vom Hirn zum Papier in schwerfällig aneinandergereihte Silben, die dem, was als einfache Mitteilung gedacht war, eine Bedeutung verliehen, die ihm nicht zukam? Sein Respekt vor dem Schriftstellerberuf wuchs. Er hatte sich das Schreiben einfacher vorgestellt. Ein weiterer Cognac mußte her, die Flügel seiner Lebensgeister anzuheben. Um sich mehrmaliges Nachschenken zu ersparen, das er als störend empfand, füllte er das bauchige Glas nun bis zum Rand und nahm einen kräftigen Schluck. Er spürte, wie der Druck, Mischung aus Befangenheit und Offenbarungslust, sich lockerte.

‹Vielleicht›, schrieb er, ‹werden Sie mich für überspannt halten, wenn ich sage, daß mir der Zufall unserer Begegnung, falls es so etwas wie Zufall überhaupt gibt, mehr bedeutet hat, als Sie vermuten können. Die ausgewalzte Bahn, in der sich mein Alltag bewegt, dazu das Dorf, in dem ich wohne, bieten mir so gut wie keine Gelegenheit, mit interessanten Menschen zusammenzukommen, womit ich solche meine, zu denen man sich kraft einer spontanen Sympathie augenblicklich hingezogen fühlt. Mit welchen man über das übliche Gerede hinaus Gedanken, Erfahrungen austauschen möchte. Die Ehe ist da keine Hilfe. Es war wohl ein Fehler von mir, eine um so viele Jahre jüngere Frau zu heiraten, dazu eine von reizvollem Äußeren, und dann zu erwarten, daß die Jahre den Unterschied ausgleichen und uns einander näherbringen würden. Die Mühsal zwölfjähriger, gegenseitiger Freiheitsberaubung indessen hat meine Frau und mich zu potentiellen Gegnern werden lassen, ohne jedoch den Kulminationspunkt zu erreichen, an dem man sagen kann: Nun ist Schluß, wir lassen uns scheiden. Kommt hinzu, daß sowohl sie wie ich aus streng katholischen Familien stammen und wir, sollte es eines Tages wirklich unhaltbar werden, doch wohl einer Trennung auf Zeit vor einer Scheidung den Vorzug geben würden. Sie müssen wissen, wir haben keine Kinder, und für mich mit meinen Einundfünzig ist es nun dazu auch entschieden zu spät, ganz abgesehen davon, daß mich zeternde kleine Bälger so nervös machen, daß ich ihnen den nächstbesten Gegenstand an den Kopf werfen könnte, nur damit sie endlich still sind. Gewiß, Elfriede, meine Frau, ist erst sechsunddreißig, für ein erstes Kind aber meiner Meinung nach ebenfalls zu alt – zum Glück, möchte ich sagen. – Vor kurzem entdeckte ich etwas Merkwürdiges an mir: Ich denke in Farben. Fällt mir ein Name ein, ein Mensch oder eine Ortschaft, entsteht vor meinem inneren Auge der lebendige Eindruck einer bestimmten Farbkomposition. Vielleicht hängt das mit der Skala der verschiedenen Grautöne zusammen, die in unserer Abgeschiedenheit hier draußen kaum Auflockerung bieten. Farben, das ist Leben. Ich bin bereits an einem Punkt des Farbenhungers angekommen, an dem mich immer mal wieder die Lust überkommt, alles hinzuwerfen und irgendwo in der Welt, da, wo sie am buntesten ist, eine völlig neue Existenz zu beginnen. Doch das sind Träume, und ich bin Realist genug, um zu wissen, daß man nicht ungestraft seinem einst selbst geschaffenen Aufgabenbereich entfliehen kann, so verlockend es auch scheint.

Nun habe ich Ihnen schon so viel von mir verraten, und dabei würde ich doch gern mehr von Ihnen erfahren. Ich möchte mir vorstellen, wie Sie leben, arbeiten, reisen, was das Besondere an Ihrem Beruf ausmacht und wie es sich anfühlt, sich der Öffentlichkeit mit einem eigenen Werk zu präsentieren. Empfinden Sie dabei Lampenfieber? Ärgern Sie sich, wenn Sie in der Zeitung lesen müssen, wie ein Kritiker Ihr Buch verreißt? Oder kommt das nicht vor? Da ich Ihren Autorennamen nicht weiß, kann ich es nicht beurteilen. Lassen Sie mich ein wenig Anteil nehmen an einer Art der Existenz, die für mich ein ganzes Kaleidoskop von hellen Farben beinhaltet, alles licht, ein Leuchtfeuer.

Bitte, lieber Daniel Arendt, nehmen Sie meine Begeisterung nicht als Aufdringlichkeit, sondern als Ausdruck meiner aufrichtigen Sympathie.

Ihr Hans-Georg Reitze.›

Lange Zeit noch hockte er da beim Schein der biederen Leselampe, meditierte über den Sinn des Lebens im Allgemeinen und des seinen im Besonderen und malte sich die Antwort auf seinen Brief aus, von der er sich ein detailliertes Bild entwarf. Als er sich schließlich die Treppe hinunter ins gemeinsame Schlafzimmer begab, war Mitternacht längst vorüber. Wie immer, wenn er sich dem ausladenden Bett näherte, verspürte er beim Anblick des Hügels aus Decken, unter dem die Frau, zur Seite gedreht, lag, eine leichte

Magenirritation. Ihre zusammengerollte Haltung, mit der sie seiner Matratzenhälfte den Rücken kehrte, schien zu sagen: Was soll's, laß mich in Ruh. Längst war das, was einst zärtliches und von ihrer Seite aus kenntnisreiches Spiel der Lust gewesen war, zur zweimal wöchentlichen Pflichtübung entartet; mittwochs und freitags abends, wenn Hans-Georg von seinen Vertreterreisen nach Hause zurückkehrte, und manchmal, wenn das Fernsehprogramm besonders langweilig war, auch Sonntag abends. So gehörte es sich, selbst wenn der körperlichen, gedankenlos ausgeführten Verbindung nichts anderes mehr anhaftete als jahrelange Gewöhnung, in der allmählich, zusammen mit wachsender innerer Entfremdung, der kurze, hausbackene Koitus die Leidenschaft von einst ersetzte. Hans-Georg war es so recht, seitdem – es lag jetzt ungefähr vier Jahre zurück – bei ihm Rückenschmerzen eingesetzt hatten, sobald er seiner Wirbelsäule heftigere Bewegung zumutete. Rheuma vermutlich, sagte er sich, ich werde älter.

Er hängte mit pedantischer Sorgfalt seinen Anzug auf den Bügel im Schrank und die Krawatte auf den ihr gehörigen Platz, bevor er sich, nunmehr in Unterhosen, im Spiegel betrachtete. Was er sah, versöhnte ihn mit sich selbst. Für einen solchen Mangel an Training ist mein Körper noch gut in Schuß. Zumindest die obere Hälfte. Der Ansatz zum Bauch – nun ja, er hat sich nicht gerade verringert, aber das ist bei der reichhaltigen Hausmannskost auch nicht weiter verwunderlich. Die Beine dagegen – er schob den Kopf in den Nakken, um sie genauer zu betrachten – waren, zugegeben, etwas kurz geraten. Und was waren das für Knoten um seine Waden? Da hatte er doch wahrhaftig Krampfadern. Abscheulich. Er hatte es früher nie bemerkt. Nach dieser eingehenden, sein Selbstgefühl nicht gerade fördernden Inspektion beeilte sich Hans-Georg, seine Aufmerksamkeit nun dem Teil zukommen zu lassen, das er am besten zu kennen glaubte, dem Gesicht. Einen kleinen Schritt zurücktretend, die Züge spannend, betrachtete er, was sich ihm, diesmal ohne die allmorgendlichen Grimassen bei Zahnpflege und Rasur, im Spiegel bot. Die Diskrepanz zwischen dem, was er sah, und dem, was er als sein innerstes Wesen empfand, irritierte ihn mehr, als er sich eingestehen wollte. Was hatte dieses verdrießliche Alltagsgesicht mit ihm, dem fantasiereichen, sensiblen Mann zu tun, in dessen Kopf kühne Bilder Gestalt gewannen?

Entmutigt wandte sich Hans-Georg ab und schlüpfte in seinen Pyjama, genauer gesagt, er zog ihn an. Früher hatte er das mit zwei Handgriffen bewältigt. Jetzt zwang ihn sein Kreuz, sich zu setzen und die Beine einzeln von sich zu strecken, um die Hose über sie zu streifen. Dies geschafft, ließ er sich mit einem Ächzen der Erleichterung in die Kissen fallen und wälzte sich, mit dem Rücken zur Frau, in die Stellung, in der er einzuschlafen gedachte. Er zog die Steppdecke über sich; was er zuviel um sich wickelte, fehlte nun Elfriede, die gegen getrennte Schlafdecken war. In Träumen befangen, tastete sie über ihre entblößte Hüfte. Hans-Georg ließ locker, verspürte einen Ruck und eine Straffheit um seinen Leib, die ihm sagte, daß die Frau sich ihren Anteil an Bettwärme zurückerobert hatte.

Schläfst du? fragte er, der Gewohnheit gehorchend und wissend, daß sie, auch wenn sie wach war, ihm darauf nicht antworten würde. Früher hatte er sich danach zu ihr umgedreht und sich über sie gebeugt, um nachzusehen, ob sie wirklich schlief oder nur so tat, um ihn mit solcher Herausforderung erotisch zu animieren. Ein neckisches Spielchen, gern gespielt in den ersten Jahren ihrer Ehe, bis der Tag kam, an dem er herausfand, daß es ungleich bequemer war, die Frage theoretisch abzuhandeln und das Schweigen im Raum stehenzulassen, als den ruhebedürftigen Leib unter Anspannung der Rückenmuskulatur wieder herumzuwälzen, nachdem er sich gerade eine wärmende Kuhle zum Einschlummern geschaffen hatte. Denn Hans-Georg war seiner ganzen Natur nach ein bequemer, um nicht zu sagen fauler Mensch, im Gegensatz zu Elfriedes lebhaftem Bewegungsnaturell. Und dabei war es dann geblieben, die beiden Wochentage ihres kopulativen Stundenplans ausgenommen, bei denen sich jedoch beide so arrangierten, daß sie ihr erotisches Pflichtpensum absolvierten, bevor sie ihre gewohnten Schlafpositionen einnahmen.

Na, dann gute Nacht, sagte Hans-Georg abschließend, im Begriff, hinüberzudämmern. Nicht nur, weil er ein höflicher Mann war, sondern weil auch dies noch mit zum allnächtlichen Ritual gehörte und der Frau, sollte sie wider Erwarten wach sein, sagte, daß sie außerhalb der dafür vorgesehenen Zeiten nichts von ihm zu erwarten habe.

Elfriede Reitze hatte den Frühstückstisch appetitlich hergerichtet, als Hans-Georg am nächsten Morgen in die Küche kam. Sie frühstückten immer in der Küche, erstens, weil auch Vater Tümmelmann selig mit seiner Frau hier, zwischen Herd und Anrichte, seinen Morgenkaffee geschlürft hatte, und zweitens, weil Frühstücksgebäck ofenwarm am besten schmeckt.

Du bist spät zu Bett gegangen, sagte die Frau.

War sie also doch wach gewesen? Ich habe geschrieben, sagte er.

An wen?

Als wenn du das nicht wüßtest. An Daniel Arendt.

Sie lachte. Mußt dich ja ganz schön schwer damit getan haben, über vier Stunden, sagte sie und reichte ihm die Butter herüber.

Es ist nicht einfach, an einen Schriftsteller zu schreiben, sagte Hans-Georg. Wenn man bedenkt, wie so einer seine Sätze ausfeilt. Wie er beim Lesen möglicherweise jedes Wort auf die Goldwaage legt. Das schüchtert ein.

Woher willst du wissen, daß er ein guter Schriftsteller ist? sagte die Frau. Vielleicht ist er einer von der Vielschreibersorte. Die Bücher mit den bunten Umschlägen, du weißt schon. Hast du eines davon gelesen, kennst du sie alle.

Sie sprach aus Erfahrung; zur Bekämpfung der häuslichen Langeweile hatte sie sich in der Kirchheimer Leihbücherei einen Schmöker besorgt, von dessen Autor ihr die Bibliothekarin versichert hatte, seine Bücherreihen seien bei ihren Kunden außerordentlich beliebt und ständig unterwegs. Es war ihr nicht gelungen, sich festzulesen; zu durchsichtig war ihr die Handlung erschienen. Bis sie sich zu den Stellen vorgetastet hatte, die der Verfasser als Überraschungseffekt gedacht hatte, waren es längst keine mehr. Daraufhin hatte sie das Buch zurückgebracht und, in der Hoffnung, in einem anderen Buch des ebenso beliebten wie fleißigen Autors die Rechtfertigung für seine große Popularität zu finden, Spionage und Sex gegen Sex und Spionage umgetauscht, was die Langeweile, die sie mit Lesen hatte bekämpfen wollen, nur noch verstärkte.

So einer ist er auf keinen Fall, verteidigte Hans-Georg sein Idol. Habe ich dir gesagt, daß er mehrere Literaturpreise bekommen hat? Nicht hier. Im Ausland. Soviel ich weiß, in den Staaten.

Die Frau schnitt das Ende der Salami ab und warf es dem bettelnden Hund zu, der es mit lautem Schnapplaut auffing.

Jedenfalls kein Grund für dich, sagte sie, dir mit der Antwort so viel Mühe zu machen. Sag ihm, du schickst ihm die Pillen, und damit fertig!

Habe ich ja getan, sagte Hans-Georg ärgerlich, weil ihr Interesse für seine doch so schmückende Feder am Hut offenbar nachgelassen hatte. Trotz zwölfjährigen Zusammenlebens kannte er sie noch immer nicht gut genug, um zu erkennen, daß es zu ihren Schachzügen gehörte, Themen, die sie interessierten, zunächst einmal beiseite zu schieben, ohne sie jedoch aus den Augen zu verlieren. Zu einem späteren, günstigeren Zeitpunkt würde sie darauf zurückkommen.

Machst du heute die Provinzrunde? sagte sie. Und, als er bejahte: Wo wirst du übernachten?

Hängt davon ab, wie weit ich kommen werde, sagte er, auf jeden Fall bin ich morgen vor dem Abendessen zurück.

Vergiß deine Tropfen nicht, sagte die Frau. Fahr nicht zu schnell. Du weißt, dein Herz. Sie erhob sich. Und laß mir den Brief hier, ich werfe ihn für dich ein.

Er sah sie an. Wie beleidigend morgenfrisch sie aussah, rund, zufrieden, appetitlich auf eine fast obszöne Art. Warum, dachte er, gehört sie nicht zur Mehrzahl der Frauen, die ihre äußere Anziehungskraft erst nach gründlicher Morgentoilette zurückgewinnen? So jung war sie trotz des Altersunterschiedes zu ihm nun doch auch nicht mehr, um sich ohne hautglättende Creme und einen Hauch Farbpuder zu jeder Tageszeit sicher fühlen zu können. Doch sie, die Frau, konnte das, konstatierte er grimmig. Die natürliche Frische ihrer Erscheinung schien geradezu prädestiniert, den Kontrast zu ihm noch zu unterstreichen.

Wo hast du ihn? sagte sie und streckte die Hand gegen ihn aus.

Was?

Na, den Brief.

Das mache ich schon selbst, sagte er abwehrend, ich komme ja an genügend Briefkästen vorbei.

Wie immer, wenn er um diese Zeit das Haus verließ, rannte der Dackel mit zur Tür und mußte von Hans-Georg, der es eilig hatte wegzukommen, daran erinnert werden, daß er zu Hause bleiben mußte. Als er seinem Hund die Tür vor der Schnauze zuknallte, dachte er flüchtig daran, sich das nächste Mal eine andere Rasse anzuschaffen. Dackelaugen waren ausdrucksvoll bis zur Schamlosigkeit, die des seinen spiegelten die ganze Skala von Vorfreude über Verständnislosigkeit bis hin zum herzzerreißenden Jammer des hilflosen Verlassenseins, ein spekulatives Zeremoniell von seiten des Hundes, der auf diese Weise beharrlich versuchte, Hans-Georg weichzukochen.

2

Vier Tage später. Hans-Georg hatte sich nach einer unruhigen Nacht, in der ihm eine Atembeklemmung, für die er anfällig war, zu schaffen machte, zu einem morgendlichen Spaziergang vor dem Frühstück aufgerafft. Die von der Nachtkälte gesäuberte Luft ließ er tief in seine Lungen dringen, bis er spürte, wie sein Brustkorb sich weitete und der Druck gegen seine Rippen schwand. Mit der Erleichterung, die ihm das freiere Atmen brachte, hellten sich auch seine Gedanken gegen die Frau auf, ja, er ging sogar so weit, den Mißstimmungen im häuslichen Bereich eine freundlichere Beurteilung zukommen zu lassen. Schließlich hatten die in enger Gemeinschaft verbrachten Jahre nicht nur Ärger, sondern auch so manches gebracht, was sie nun durch gemeinsame Erinnerung verband. Eine Ehe war nun mal kein rosaroter Liebestraum, wie immer überzeugt auch die Partner vor der Heirat davon sein mögen, daß es gerade ihnen gelingen könnte, der Unberechenbarkeit sowohl des Schicksals wie der menschlichen Gefühle Kraft ihrer Entschlossenheit Dauer zu verleihen. Im besten Fall, dachte Hans-Georg, während die kurze Euphorie des Durchatmens in frischer Luft abklang, war solch kirchlich abgesegnete Übereinkunft auf Lebenszeit eine Angelegenheit, die beiden Teilen ständige Kompromißbereitschaft abverlangte. Bestand aber der Sinn des Lebens, sofern man ihm überhaupt einen zubilligte, nicht gerade darin, die eigene Persönlichkeit weiterzuentwickeln, sie also nach Kräften zu entfalten, anstatt sie durch die Gewohnheit der Anpassung so lange zu unterdrücken, bis schließlich nichts mehr von ihr übrigblieb? Denn das, befand Hans-Georg in Auflehnung, genau das war ihm geschehen, so wie es allen Ehemännern geschieht, die zu feinfühlig, zu rücksichtsvoll sind, sich dem offenen Kampf um die Frage, wer im Haus das Sagen hat, zu stellen. Dann triumphierte die Frau, was bedeutete, daß sie von nun an ihre Machtgelüste auf verschiedenste Weise an ihm, der zögerte, ausließ.

Die Morgenkälte biß in seine Nase; er schniefte. Gefangene sind wir, sagte er laut und spürte wieder einmal Zorn in sich aufsteigen; mit ihrer vorgegebenen Gefühlsbindung entmannen sie uns, rauben uns das Mark aus den Knochen und degradieren uns zum Popanz, um sich über das, was sie von uns übriglassen, am Ende noch lustig zu machen und uns wie unmündige Kinder zu behandeln, während sie uns in Wahrheit verachten. Hyänen!

Als er die Haustür aufschloß, war die Wohnung von Kaffeeduft durchzogen. Sie war also schon auf, die Frau. Er hörte sie in der Küche hantieren. Ein Unbehagen zwischen seinen Rippen trug nicht dazu bei, der Zielscheibe seiner Frauenfeindlichkeit ein freundliches Gutenmorgen zu sagen.

Was braust du da zusammen? rief er durch die Tür.

Guten morgen, mein Lieber, so früh schon auf?

Oh, dieser unerträgliche Frohsinn noch vor dem ersten Brötchen! Diese Munterkeit der Krankenschwester, die zu fast noch nachtschlafender Zeit ins Zimmer der Patienten stürmt, die Fenster aufreißt und mit dem ersten Hahnenschrei um die Wette ihr GUTEN MORGEN! jubelt.

Die Frau, bereits voll angekleidet, stand in der Tür, lächelte selbstzufrieden und schien Hans-Georgs grämliche Laune nicht zur Kenntnis zu nehmen.

Wie sagt ein braver Junge? sagte sie und hielt ihm ihre Wange hin. Er berührte sie leicht mit den Lippen zum Auftakt der alltäglich sich wiederholenden Rituale, wobei er mit boshafter Befriedigung konstatierte, daß ihre Haut sich rauher anfühlte als sonst. Auch du wirst älter, meine Liebe, dachte er schadenfroh, da wird dir deine Überheblichkeit schon noch vergehen, wart's nur ab...

Guten Morgen, Liebling, sagte er. Ist das koffeinfreier Kaffee da in der Kanne?

Die Frau gab ihm einen routinebesorgten Blick. Wieder dein Herz? sagte sie.

Er nickte und schob sich auf die Bank am Küchentisch. Mach mir einen Tee, sagte er. War die Post schon da?

Sie habe noch nicht nachgesehen, sagte die Frau.

Dann geh ich. Gib mir den Schlüssel zum Kasten.

Hat das nicht Zeit bis nach dem Frühstück? Ich hab Waffeln gebacken, die ißt du doch so gern. Kleinkinderton: Sieh mal, was die liebe Mutti für ihren Kleinen Schönes gemacht hat!

Ich halt das nicht aus, dachte Hans-Georg, lange halte ich das nicht mehr aus. Wobei er sich nicht klar darüber war, ob er ihr Getue oder sein körperliches Unwohlsein meinte. Vermutlich beides.

Gib schon her. Wo hast du ihn?

In meiner Schürzentasche. Nein, nicht in der, in der anderen! Als er mit der Hand durch die geräumige Tasche suchend an ihrer Hüfte entlangfuhr, drehte sie sich ihm entgegen. Ihr Gesicht, plötzlich verwandelt, wie es ihm schien, spiegelte unverhüllte Sinnlichkeit, Erwartung gegen alles bessere Wissen. Er wandte sich ab. Mit dem Schlüsselbund in der Faust ging er zum Gartentor.

Wie jedesmal, wenn er selbst die Post holte, ärgerte ihn auch heute wieder das Mißverhältnis der Größenordnung zwischen Einwurfschlitz und Kastenraum. Das schwiegerelterliche Ungetüm besaß, was den eisernen Behälter anbelangte, den Umfang eines Benzinkanisters, während der Schlitz, durch den der Briefträger Zeitungen, Prospekte und zum Teil großformatige Reklamesendungen pressen mußte, nicht viel mehr Raum bot als der Einwurfspalt einer Wahlurne. Um zwischen innen und außen Eingeklemmtes in die Hand zu bekommen, mußte man den angewinkelten Unterarm, dazu noch in der Kniebeuge, tief in das Monster versenken und zerren. Hans-Georg ließ den Modekatalog eines Versandhauses für Elfriede in der Klappe stecken, forschte dafür um so eifriger nach einem gewissen weißen Umschlag ohne Firmenaufdruck mit seiner Adresse und postlagernd als Absender. Er brauchte nicht lange zu suchen; augenblicklich erkannte er das längliche Kuvert, das ihn wie durch Zauber von seiner schlechten Laune befreite. Aufmerksam betrachtete er die ihm nicht geläufigen Briefmarken. Woher kam das Schreiben? Er versuchte, den Stempel zu entziffern. Es schien eine internationale Unsitte zu sein, versandfertig frankierten Briefen zur Weiterbeförderung den Freigabestempel aufzuhauchen, anstatt ihn, wie es doch Vorschrift sein sollte, mit Nachdruck gut lesbar dem Papier aufzuprägen. Hans-Georg erkannte lediglich die Rudimente zweier Kreise, in deren Mitte sich schwachgraues Zickzack mit Augen und Haaransatz des Porträts auf der Briefmarke mischten. Und dabei hätte er so gern das Absendedatum gewußt. Daß der Brief aus Paris kam, entnahm er nach kurzem Rätselraten den Lettern PA-I zwischen dem, was von den Kreisen sichtbar war.

Nun komm aber, dein Frühstück wird kalt, sagte die Frau am Tisch.

Er ließ sich von ihr Tee einschenken und das vom Eisen noch dampfende Gebäck vorlegen. Waffeln mit Honig aß er für sein Leben gern. Er blickte zu ihr hinüber, er lächelte. Er hatte nichts mehr gegen sie, nicht in diesem Augenblick. Mit der linken Hand durchblätterte er den Poststapel, den er sich zurechtgelegt hatte.

Was Wichtiges dabei? sagte die Frau wie jeden Morgen seit zwölf Jahren oder hundertvierundvierzig Monaten oder rund viertausenddreihundert Tagen.

Anscheinend nicht, antwortete er wie jeden Morgen seit zwölf Jahren oder hundertvierundvierzig Monaten oder rund viertausenddreihundert Tagen, um schließlich, Überraschung heuchelnd, den Brief zu finden, den er unter einen Fachkatalog geschoben hatte.

Elfriede beobachtete, wie er ihn unter dem Wust der Drucksachen hervorzog und ihn auf die Fülle des Inhalts hin befingerte.

Ach sieh mal, ein Brief von – weiter kam er nicht. Schneller als er reagieren konnte, langte sie quer über den Tisch und nahm ihm das Schreiben aus der Hand, um zunächst sorgfältig die französischen Postzeichen zu studieren, bevor sie es wendete.

Von deinem Freund Arendt, sagte sie.

Seine Versuche, ihr das an ihn gerichtete Schreiben zu entreißen, mißlangen kläglich. Hatte sie erst einmal etwas in Händen, blieb es dort, bis es ihr gefiel, es freiwillig zurückzugeben. Seinen nach seinem Besitz ausgestreckten Fingern wehrte sie wie einer lästigen Fliege. Da schau mal an, sagte sie nicht ohne Respekt, das Ding kommt aus Paris, um nachdenklich hinzuzufügen: Merkwürdig. Ist in Frankreich und bleibt beim deutschen Postlagernd als Absender. Warum tut er das?

Weiß nicht, sagte Hans-Georg mißmutig, um einen kostbaren Moment des Triumphs gebracht.

Gib zu, daß es merkwürdig ist.

Was soll daran merkwürdig sein? Jemand, der viel auf Reisen ist, braucht eine feste Adresse für inzwischen eintreffende Nachrichten. Und das ist in diesem Fall Kassel.

Die Frau wedelte mit dem Brief durch die Luft. Postlagernd ist keine feste Adresse, sagte sie. Es ist überhaupt keine Adresse, wenn du mich fragst. Jemand, der in Kassel wohnt, hat auch Straße und Hausnummer.

Das war noch so eine Seite an ihr, diese Rechthaberei, mit der sie ihn geistig entmachtete, indem sie jedem seiner Argumente Widerstand entgegensetzte. Längst hatte sie herausgefunden, daß er bei solchen Scheingefechten, meist über Bagatellen, schnell ermüdete und nachgab, um seine Ruhe zu haben. Das letzte Wort zu behalten war ihr wichtig.

Er wohnt nicht in Kassel, sagte Hans-Georg. Arendt lebt in Hamburg. Er ertappte sich dabei, daß er sich Dinge aus den Fingern sog, um sie in die Irre zu führen. Es lag ihm viel daran, seinen Freund für sie – und damit auch für sich selbst – mit dem Hauch des Geheimnisvollen zu umgeben.

Um so seltsamer, sagte sie und machte sich daran, das Kuvert aufzureißen.

Nimm wenigstens das Messer, sagte Hans-Georg und sah zu, wie sie, sauber Papier von Papier trennend, die Schneide des Brotmessers in die Umschlagfalzung schob. Sollte sie. Er hatte es sich abgewöhnt, ihren Eigenmächtigkeiten zu wehren. Es war nicht das erste Mal, daß sie das Briefgeheimnis verletzte. Ungeschriebene Gesetze wie dieses erkannte sie nicht an. Was heißt hier Geheimnis? Hatten sie nicht einst vor Pfarrer und Trauzeugen gelobt, in Leid und Freud alles miteinander zu teilen vom Bett bis zum letzten Radiergummi? Nun also. Auch Briefe, an wen immer im einzelnen adressiert, waren demnach gemeinsames Eigentum. Oder habe er etwas zu verbergen? Er hatte stumm verneint und sich in diesem Augenblick nichts sehnlicher gewünscht als etwas zum Verbergen zu haben, schon um seiner Selbstachtung willen.

Elfriede schaute in das geöffnete Kuvert, bevor sie ihm – mit berechnender Verzögerungstaktik, fand er – zwei eng beschriebene Bögen entnahm, die sie entfaltete, auf dem Tischtuch übereinanderlegte und ein paarmal glättend darüberstrich.

Man merkt, daß er Schriftsteller ist, dein Freund, sagte sie kauend, ist ja ein ganzer Roman!

Wenn du schon meine Briefe lesen mußt, dann wenigstens laut! sagte er. Wie er sich schämte für diese ihm ständig auferzwungene Kompromißbereitschaft! Er hatte sich genußvoll der Lektüre hingeben, sich fort von Frau und Alltag in das Reich seiner Fantasie flüchten wollen, Bilder heraufbeschwören, die Sehnsüchte erfüllten, sich die Stimme des Mannes vergegenwärtigen, der durch die Zeilen hindurch zu ihm sprach. Nichts war dazu weniger geeignet als das leicht ins Schrille geratende Stimmorgan der Frau. Die geknebelten Laute, die sie nun von sich zu geben begann, machten es nicht besser.

Schluck wenigstens erst runter, bevor du beginnst, sagte er in verhaltener Wut, ich versteh kein Wort.

Sie schob ihm die Bögen über den Tisch zu. Lies selbst, sagte sie, das Geschreibsel ist mir zu lang.

Es erstaunte ihn, auf solch einfache Weise erreicht zu haben, was er wollte. Das geschah nicht oft. Später, sagte er. Erst möchte ich frühstücken. Die Waffeln werden kalt. Damit steckte er den Brief in seine Jackentasche und überließ sie, er las es mit Befriedigung aus ihrer Miene, ihrer enttäuschten Neugier. Schweigend widmeten sie sich ihrem Morgenimbiß, reichten einander wortlos Honigtopf und Zuckerdose, jeder mit Gedanken beschäftigt, die sich um das gleiche Thema drehten, wenngleich auf recht unterschiedliche Weise.

Nachher, im Wohnzimmer, griff die Frau zur Zigarette. Hans-Georg, Nichtraucher, hatte sich in Jahren vergeblich bemüht, ihr das starke Rauchen abzugewöhnen. Also was ist? sagte sie.

Er stellte sich ahnungslos. Was soll sein?.

Der Brief, nun lies ihn schon. Laut bitte.

Ach so, sagte er, als wüßte er nicht genau um ihre mühsam verhaltene Neugierde und verzögerte den Beginn der Lesung genüßlich mit einer Reihe Umständlichkeiten, suchte nach einem Sitzplatz, der das günstigste Licht zum Lesen bot, fahndete nach dem Brillenetui, von dem er genau wußte, wo es sich befand, heuchelte Irritation. Selbst das Aufsetzen der Gläser wußte er noch in das vorbereitende Zeremoniell mit einzubeziehen, indem er, die Brille auf die Nase schiebend, sie beschlagen fand und sie, die Gläser mehrmals prüfend gegen das Licht haltend, mit Ausdauer putzte, bevor er sich endlich im Sessel zurechtrückte und begann:

‹Lieber Herr Reitze, wenn ich Ihnen umgehend antworte, so vor allem, um Ihnen auf schnellstem Wege den Erhalt Ihres Päckchens bestätigen und mich herzlich für Ihre Liebenswürdigkeit bedanken zu können. Die Aussicht, bei schwerem Kopf nach einer von den

Nächten, die man als Schriftsteller, insbesondere nach Lesungen in feucht-fröhlicher Runde, in Kauf nehmen muß, ein Gegenmittel zur Hand zu haben, ist wahrhaft tröstlich. Wie lieb von Ihnen, meinem Wunsch so prompt zu entsprechen! Jetzt müssen Sie mich schnell wissen lassen, womit ich mich erkenntlich zeigen kann. Bei solcher Gelegenheit denkt ein Schriftsteller natürlich zunächst daran, sich mit einem seiner Bücher zu revanchieren, es mit einer herzlichen, persönlichen Widmung zu versehen, das liegt auf der Hand. Ich hatte auch schon ein bestimmtes im Sinn, von dem ich mir denken könnte, daß es Sie nach dem, wie ich mir Ihr Wesen und Ihre Interessensphäre vorstelle, anspricht. Seien Sie bitte nicht enttäuscht, wenn ich meine Meinung änderte. Abgesehen von einer gewissen Unbescheidenheit, die mir darin zu liegen scheint, einen hochwillkommenen Freundschaftsdienst mit einem Machwerk zu erwidern, von dem der Verleger zur Werbung große Sonderauflagen druckt, um sie nach rechts und links gratis zu verteilen, ist es vor allem die Überlegung, daß es für Sie und mich reizvoller sein könnte, wenn ich Ihnen gegenüber mein Pseudonym nicht lüfte. Was ist schließlich schon ein Name? Für den, der in der Öffentlichkeit steht, ein künstliches Gebilde, ein Golem. Von Verlegern, Presse und einem idolsüchtigen Publikum tüchtig gefüttert, wächst er und wächst. Irgendwo in seinem mächtigen Schatten verbirgt sich der, der ihn einst schuf, auf der Suche nach sich selbst, weil ihm auf dem Weg nach oben seine Identität abhanden kam. Kommt noch hinzu, daß die Kunstfigur eine Starre besitzt, eine Unabänderlichkeit, die um so weniger Rückschlüsse auf die eigentliche Wesensart des Menschen hinter seinem Namen zuläßt, je länger und häufiger der Name in Presse und Rundfunk erscheint. Sehen Sie, das ging mir durch den Kopf, während ich das Buch heraussuchte, das ich Ihnen schicken wollte: Wie jede Abenteuergeschichte hat es einen Helden. Der meine besteht in der Hauptsache, wenn nicht sogar zur Gänze, aus Eigenschaften, die ich meinen Wunschbildern entnehme, nicht meinem wahren Wesen. Es täte mir leid, würden Sie, wie das Gros meiner Leser, im Prozeß des Lesens unabsichtlich den Autor mit der Führungsfigur des Romans identifizieren.

Sie müssen nämlich wissen, daß unsere Begegnung sich mir eingeprägt hat. Ich sähe sie gern gelegentlich wiederholt, wobei mir –

eine Eitelkeit, die Sie mir verzeihen werden – daran liegt, daß Sie den Menschen in mir kennenlernen, der zu sein ich glaube und weiterhin sein möchte. Aber bin ich es noch? Ich sehne mich nach Bestätigung…›

Reichlich verblasen, sagte die Frau aus ihrer Ecke. Verstehst du, was er will?

Ich versteh ihn, sagte Hans-Georg verklärt, und wie ich ihn verstehe!

So? Na, dann lies weiter. Vielleicht kommt doch noch was Vernünftiges.

‹Wie plastisch Sie die Enge Ihres Milieus schildern! Wenn ich mich in Sie hineinversetze, und darin besitze ich genügend berufliche Übung, frage ich mich, wie ein Mann Ihrer Intelligenz es auf die Dauer erträgt, so am Leben vorbeizuleben. Gewiß, Sie haben, wie Sie schreiben, eine hübsche und um etliche Jahre jüngere Frau…›

Jetzt beginnt er mir zu gefallen, warf Elfriede dazwischen.

‹…jüngere Frau, aber ist das eine Kompensation für das, was Sie einst für sich erhofften? Für den Verlust an Möglichkeiten, sich zum freien Menschen zu entwickeln? Verzeihen Sie, lieber Freund, wenn ich Sie so nennen darf, aus mir spricht der Ehegegner, der Freiheitsbedürftige, der sich in keinerlei Ordnung einzufügen vermag. Frauen waren mir nie ein Problem, sie haben es mir immer leicht gemacht, zu leicht möglicherweise – die Identifikation mit den Helden meiner Bücher, ich sagte es schon –, so daß ich ihrer, unter uns gesagt, ziemlich überdrüssig bin. Die Muster wiederholen sich. Lassen Sie sich übrigens von meinem Aussehen nicht täuschen: Auch ich bin gut über die Vierzig. Da fällt mir ein: Lesen Sie eigentlich viel? Ich glaube Ihrem Briefstil zu entnehmen, daß Sie an Literatur zumindest periodisch interessiert sind. Vielleicht ja entdecken wir noch weitere Gemeinsamkeiten, falls Sie Lust haben sollten, mir an meine postlagernde Adresse zu antworten. Es ist, das müssen Sie mir glauben, nicht nur berufliche Neugier, die mir den Wunsch eingibt, mehr über Sie zu erfahren. Ich stehe mit einer beträchtlichen Anzahl von Menschen in regem Briefwechsel, Menschen, zu denen sich, meist zufällig, irgendwann einmal ein Kontakt ergeben hat. Das ist meine Art von Treue, die ich um in Vielfaches interessanter finde als jene stumpfsinnige Form der

Monogamie, wie sie die Frauen von uns Männern fordern. Diese Korrespondenz, mit der ich die Zeit zwischen meinen Arbeiten ausfülle, wo immer ich mich gerade befinde, sichert mir lebendigeren und dazu bleibenderen Austausch von Erfahrungen, als auch das fesselndste Gespräch es vermöchte. Als Schriftsteller fühle ich mich nun mal dem geschriebenen Wort näher als dem gesprochenen. Und wenn man noch so viel in der Welt herumkommt, glauben Sie mir: die aufregendste Reise bleibt die Reise ins Innere der Menschen. – Zum Schluß noch einmal meinen Dank für Ihre Post in der Hoffnung, daß auch ich einmal etwas für Sie tun kann. Es grüßt Sie...› Die Unterschrift war kaum leserlicher als die im ersten Brief.

Seltsam, sagte die Frau, nachdem Hans-Georg geendet hatte und die Brille wieder im Etui verstaute.

Er wandte sich zu ihr um. Diesmal war er es, dem die Neugierde auf dem Gesicht geschrieben stand. Seltsam was? sagte er.

Offensichtlich hat er einen Narren an dir gefressen, meinte sie nachdenklich. Du mußt doch zugeben, daß das sonderbar ist. Ein Mann wie er, jemand so Bedeutendes.

Davon warst du bisher aber gar nicht überzeugt.

Wovon?

Zum Beispiel deine Vermutung, er benutze seinen Decknamen, um miese Pornographie zu schreiben. Nun auf einmal findest du ihn bedeutend.

Ich habe eben meine Meinung geändert. Dieser Daniel Arendt *ist* eine Persönlichkeit, sagte die Frau. Ich begreife nur nicht: was in aller Welt sieht er in dir?

Vermutlich Qualitäten, die dir bis heute unbekannt geblieben sind, weil du dir nie die Mühe gemacht hast, sie zu entdecken, sagte er. Sie lachte ihr kurzes, schrilles Lachen. Möchte wissen, welche. Als wenn ich dich nicht in- und auswendig kenne. In verträumtem Ton fuhr sie fort: Aber so ein Dichter, der lebt in einer anderen Sphäre, der sieht alles durch seine eigene Brille. Sogar dich, fügte sie in wieder normalem Ton hinzu.

Leider war es Hans-Georg nicht gegeben, ihrem Spott mit passenden Worten zu entgegnen. Im Lauf der Jahre war ihm seine Schlagfertigkeit abhanden gekommen. Dazu gesellte sich eine Art

Bequemlichkeit, die darauf fußte, daß er sich seiner Frau geistig weit überlegen glaubte. Dieses Gefühl wiederum rührte von der Besessenheit her, mit der er Bücher verschlang; in der Tat konnte er als recht belesen gelten, sah man davon ab, daß er wahllos alles in Buchform Gedruckte in sich hineinschlang, soweit es ihm seine Zeitung als lesenswerte Neuerscheinung empfahl. So hatte er sich im Lauf der Zeit ein konfuses, oberflächliches Wissen angeeignet, das er seinen eigenen Überzeugungen hinzufügte. Das Resultat setzte er einer profunden Bildung gleich – eine verzeihliche Verwechslung, die in sofern ihr Gutes hatte, als sie ihm wenigstens zeitweise zum Ausgleich seiner Unterlegenheitsgefühle verhalf.

Es schmeichelte Hans-Georg daher außerordentlich, als die Frau sinnend bemerkte: Er hat gespürt, daß du viel liest.

Vermutlich, sagte er. Liebend gern wäre er weiter auf dieses Thema eingegangen, eine ausführliche Erklärung, vielleicht sogar ein kurzes Referat über das Thema: Wodurch erkennen sich Männer von Bedeutung auf den ersten Blick? Doch es zeigte sich, daß das Hauptinteresse der Frau an seinem Freund anderen Qualitäten galt.

Wie sieht er aus? wollte sie wissen.

Hans-Georg dachte nach. Schwer zu beschreiben.

Versuch's, sagte sie.

Das Äußere ist doch nicht so wichtig.

Mir schon.

Warum?

Alberne Frage, sagte die Frau. Wenn du mir schon die Briefe vorliest, möchte ich mir auch vorstellen können, wie der Schreiber aussieht. Also?

Auf einmal spürte er sein Herz, zugleich mit einem feinen, ausstrahlenden Schmerz entlang seinem linken Arm. Die alte, immer wieder verdrängte, nie zur Oberfläche gelangte Eifersucht meldete sich. Es war ihm nicht verborgen geblieben, daß seine Frau etwas mit dem Filialleiter der Bank gehabt hatte, einem Grobklotz von Mann, schwarze Persianerwolle über der kurzen Stirn und auswärts gedrehte Füße. Aber jung war er natürlich, jung und potent. Daraufgekommen war er wie in einer billigen Komödie: Früher als vorgesehen heimgekehrt, Stimmen aus dem Schlafzimmer, in der Kurzatmigkeit des Tonfalls nichts an Deutlichkeit zu wünschen übriglassend. Die Peinlichkeit seiner Lage, die in diesem heiklen Augenblick alles andere überwog, hatte ihn auf Zehenspitzen zur Tür gehen und das Haus wieder verlassen machen, um sich und der Frau, wie Elfriede von nun an für ihn hieß, wenigstens das komödienhafte Auffinden des nackten Liebhabers im Kleiderschrank zu ersparen. Den Rest der Zeit bis zum Termin seiner vorgesehenen Ankunft zu Hause hatte er in der Ortskneipe gehockt und versucht, sich darüber klarzuwerden, was ihn mehr kränkte: die Unverfrorenheit, mit der seine Frau ihn während seiner Abwesenheit betrog, oder die banale Bildhaftigkeit, mit der ihm die vorgefundene Situation sein beträchtliches Mehr an Jahren und die damit verbundenen Schwächen unbarmherzig vor Augen führte.

Er hatte geschwiegen; die Frau hatte nie erfahren, daß er sie mit dem Filialleiter ertappt hatte. Und wer weiß, ob es bei diesem Bankmenschen geblieben war, dachte er jetzt. Bei ihrer sexuellen Unersättlichkeit... So jedenfalls bezeichnete er für sich ihr starkes Verlangen nach Körpernähe, dem sie durch ein fast schon sodomitisches Geschmuse mit dem Dackel Ausdruck verlieh.

Hattest du was gefragt? sagte Hans-Georg.

Sag mal, träumst du? Wie er aussieht, hab ich dich gefragt.

Es fiel ihm ein, daß es eine reizvolle Ergänzung seiner Brieffreundschaft wäre, die ihn in ihren Augen aufwertete, wenn er ihr das Äußere Arendts so anziehend wie möglich schilderte.

Er würde dir gefallen, sagte er in heimlicher Schadenfreude und ließ seine Fantasie spielen: Jugendlich, ja, erstaunlich jugendlich, wenn man bedenkt, daß er die Vierzig überschritten hat – kaum zu glauben. Sportliche Figur, kein Gramm zuviel Fett um die Hüften. Er ist wohl das, was man einen Frauentyp nennt, soweit ich das als Mann beurteilen kann. – Er saß nun so, daß er sie voll im Blickfeld hatte, und beobachtete interessiert ihre Versuche, seinen Worten eine unbeteiligte Miene entgegenzusetzen. Nun war es an ihm, zu denken: mich kannst du nicht täuschen, dieses kleine, glitzernde Licht in deinen Pupillen verrät dich, du Frau!

Du FRAU, wiederholte er noch einmal für sich, um sich seiner Verachtung für das ganze weibliche Geschlecht zu versichern, dem nicht zu trauen war.

Scheint wohl, nach dem, was er schreibt, sagte sie. Blonder Typ?

Blond? Warum?

Weiß nicht, sagte sie, aber irgendwie stelle ich mir unter sportlich immer was Blondes vor. Siegfried war auch blond, nicht wahr?

Hans-Georg dachte an den Filialleiter und sagte: Arendt hat dichtes, schwarzes Haar. Ohne eine Spur von Grau.

So, sagte die Frau gleichmütig, wobei ihm jedoch nicht entging, daß sich das Glitzern in ihren Augen verstärkte. Er folgte seinem selbstquälerischen Wunsch, der Frau ihr klischeeträchtiges Wunschbild von Mann sozusagen auf silbernem Tablett zu servieren. Wie weit würde ihre Neugier sie treiben? Immer noch besser, dachte er, mich selbst zu verletzen, als weiterhin ihre ständigen Demütigungen zu ertragen. Die Frau ahnte nichts von seinen schwarzen Gedanken. Wirst du ihm antworten? sagte sie.

Er mißdeutete, was nur beiläufige Erkundigung war, als Ungeduld, die Bekanntschaft voranzutreiben.

Das hat noch Zeit, sagte er, verblüfft über ihr bestätigendes Nikken.

Sie erhob sich, dehnte die Glieder. Mit dem Unbehagen eines, der sich schuldig fühlt, sah er zu, wie sich unter den zurückgebogenen Schultern ihr Busen wölbte.

Ich weiß nicht, ob du ihm überhaupt antworten sollst, sagte sie.

Es brachte Hans-Georg aus dem Konzept. Und warum nicht?

Ach, sagte sie und zog den Pullover zurecht, der sich bei ihrer Streckübung verzogen hatte, es wird doch nichts dabei herauskommen, so verschieden, wie ihr beide seid. Mach dir da nichts vor. Was willst du ihm denn schreiben? Von deinen Fahrten durch die Lande, um, erfolglos noch dazu, den Apotheken Mittelchen anzupreisen? Oder von deinem abenteuerlichen Leben an einem Ort, wo sich die Füchse gute Nacht sagen? Oder vielleicht und, wie mir scheint, hast du das ja bereits gründlich besorgt, von deiner Wunderkraft als Ehemann und unseren erregenden Nächten?

Noch nie hatte er sie geschlagen. Nun war er nahe daran. Hör auf! schrie er sie an, hör sofort auf!

Sie zuckte die Schultern. Ich wollte dir nur klarmachen, wie unsinnig diese Schreiberei ist.

Ich habe nie einen Freund gehabt, sagte Hans-Georg aus seiner gewohnten Verteidigungsecke heraus, mißgönnst du mir einen Freund?

Die Frau, sie hatte schon zur Tür gehen wollen, setzte sich wieder. Er ist nicht dein Freund, sagte sie in nachsichtigem Ton, als spräche sie zu einem unmündigen Kind, das bildest du dir nur ein.

Und der Brief? Schreibt so einer, der keine Freundschaft sucht?

Als wenn ein Mann wie der das nötig hätte. So einem rennen die Leute doch nach. Und da wird er gerade auf dich verfallen!

Aber du hast doch selbst gehört, wie –

Sie fiel ihm ins Wort. Wenn du glaubst, jeden Satz, den solch ein Mensch dahinschreibt, auf die Goldwaage legen zu müssen, bist du gewaltig auf dem Holzweg. Wieder ließ sie ihrer Bemerkung jenes Lachen folgen, dessen einst gutmütig-ironische Note sich mit den Jahren in Spott verwandelt hatte.

Zu seiner Enttäuschung, daß der Brief offenbar nicht die erhoffte Wirkung erzielt hatte, gesellte sich einmal mehr das Gefühl beschämender Machtlosigkeit.

Du traust mir wohl gar nichts zu, sagte er. Es war keine Frage, es war eine Feststellung.

Wenn du doch nur einmal etwas realistischer denken wolltest, sagte die Frau. Was, ich bitte ich, versprichst du dir von deiner Antwort? Arendt wird sie lesen und damit hat sich's dann mit der Freundschaft, er wird anderes zu tun haben, als mit dir seine Zeit zu vergeuden. Und hör bitte mit dem Zähneknirschen auf. Du weißt, ich kann das nicht vertragen.

Weißt du, was du bist? sagte er. Du bist ein Miststück, ein verdammtes kleines Miststück, das seinem eigenen Mann nicht einmal einen Freund gönnt!

In diesem Augenblick, wie immer in die Verteidigung gedrängt, kreuzte ein Gedanke sein Hirn, der ihn seinen inneren Halt wiederfinden ließ: Eifersucht? Ja natürlich, das war's, die Frau war eifersüchtig auf seine neue Beziehung, sie wollte ihn, ihren Mann, für sich allein. Sein Unmut wich vor dieser schmeichelnden Perspektive. Verbarg sich unter ihrem ruppigen Umgangston womöglich noch ein Rest echte Empfindung für ihn? Hans-Georgs überraschender Einfall, dem er bereitwillig den Wert einer völlig neuen Erkenntnis verlieh, erwies sich leider schon kurz darauf als unhaltbar. Ausgerechnet jetzt erinnerte er sich an die Äußerungen eines bedeutenden Psychologen, dessen Werke er hoch einschätzte. Die Bände stammten noch aus seiner Studentenzeit, und er hatte die betreffenden Stellen mit roter Tinte unterstrichen. Sie sagten aus, daß gerade diejenigen Frauen, die zur Eifersucht neigten und aus diesem Grund die Freundschaften ihrer Männer zu zerstören suchten, um ihren Alleinanspruch auf ihn geltend zu machen, zur Liebe unfähig seien. Sie versuchten zu nehmen, was zu geben sie nicht imstande wären. Wie hieß es doch wörtlich? DER KERN EINER SOLCHEN EIFERSUCHT IST EIN MANGEL AN LIEBE. Einmal erweckt, zeigte sich sein Gedächtnis von seiner erstaunlichsten Seite:

Einhundertzweiundvierzig – dreiundvierzig, sagte er laut. Selbst die Seitenzahl hatte er noch im Kopf. Nach seinen Worten des Zorns standen die Zahlen beziehungslos im Raum. Sie verhallten ungehört, die Frau hatte das Zimmer verlassen.

Nach dem Mittagessen wollte Elfriede wissen, ob sie für den Nachmittag den Wagen haben könne. Sie müsse endlich einmal wieder zu einem Friseur in der Stadt. Um in die Stadt zu gelangen, brauchte man mit dem Wagen von Kirchheim aus eine gute Stunde.

Hans-Georg nickte sein Einverständnis, aber seine Gleichmütigkeit war gespielt. Der Wunsch der Frau nach fachmännischer Verschönerung war ungewöhnlich. Im allgemeinen wusch und richtete sie ihr Haar selbst. Was also zog sie so plötzlich in die Stadt – wenn nicht ihr Interesse an Daniel Arendt, das sie so sorgfältig vor ihm, ihrem Ehemann, zu verbergen suchte? In heimlicher Schadenfreude stellte sich Hans-Georg vor, wie sie zur Hauptpost eilen, nach dem Telefonbuch von Kassel fragen und dieses nach Erhalt durchforsten würde, um Arendts Privatadresse ausfindig zu machen. Vergebliches Suchen würde ihr in Erinnerung bringen, daß ihr Mann einmal etwas von Hamburg erwähnt hatte und daß der Schriftsteller dort sein Domizil habe. Also würde sie sich auch den Hamburger Nummernwälzer aushändigen lassen und in ihm blättern. Er sah sie förmlich vor sich, die über den abgegriffenen Folianten gebeugte, angespannte Miene, die kleinen, ungeduldigen Finger, die die aneinanderhaftenden Seiten zu trennen suchten. Sollte sie nur. Finden, da war er sicher, würde sie seinen Freund nicht. Prominente vom Format eines Daniel Arendt verfügen im allgemeinen über eine telefonische Geheimnummer. Zum Abendessen würde sie wieder zurück sein. Frisiert und frustriert. Er freute sich auf ihr Gesicht.

Während die Frau sich umzog, forschte Hans-Georg im Gehäuse des Nußbaumkastens, eines zum Flaschenbehälter umgebauten, schwiegerelterlichen Uraltgrammophons mit dem hochtrabenden Namen Hausbar, nach der Cognacflasche. Als er sie fand, hielt er, abgesehen von wenigen Zentimetern Trübe über dem Boden, durchsichtiges Glas in der Hand. Sein Ärger, die Flasche leer vorzufinden, richtete sich automatisch gegen Elfriede. Schließlich unterstanden ihr die Obliegenheiten in bezug auf einen ordentlich funktionierenden Haushalt, wozu auch das Auffüllen geschrumpfter Alkoholbestände gehörte. Er wollte sich, war sie erst einmal fort, gleich an die Beantwortung des Briefes machen, was ihm der geheimen Lust wegen, die er beim Gedanken daran empfand, als reizvolle Aufgabe erschien. Allerdings hatte ihm der freie Umgang mit dem geschriebenen Wort die Erfahrung eingebracht, daß er, um sich dem Partner öffnen zu können, einen Anlauf brauchte, und der, hatte er herausgefunden, ließ sich mit ein paar Gläschen Cognac auf anregende Weise verkürzen.

Was suchst du? sagte seine Frau hinter ihm, fertig gekleidet zum Ausgehen.

Der Cognac ist alle, sagte er.

Cognac fiel bei Elfriede unter die Bezeichnung Medizin, ein Hausmittel, schnell zur Hand, sollte ihr Mann wieder einen seiner leichten Schwindelanfälle bekommen, die in letzter Zeit an Häufigkeit zunahmen. Sie selbst rührte keinen Alkohol an.

Wieder dein Herz? fragte sie und, als er bejahend nickte: Ich bring dir welchen aus der Stadt mit. Steht schon auf meinem Zettel.

Typisch für sie, dachte er, alles muß sie sich notieren, nicht das Einfachste kann sie im Kopf behalten, und das bei ihrer Jugend. Als ich in ihrem Alter war... Erschrocken unterbrach er seine Gedanken, die in die falsche Richtung zu steuern begannen. Wie kam er nur auf solch altväterischen Vergleich?

Aber einen guten! sagte er, wir können nun mal nicht an allem zugleich sparen. Der letzte war seifig im Geschmack. – Verdien mehr. Dann hole ich dir vom besten, sagte sie und ging aus dem Zimmer.

In Ermangelung seines gewohnten Stimulans griff sich Hans-Georg eine Flasche Weißwein der Sorte, die seine Frau zum Kochen zu verwenden pflegte und stieg die Treppe hinauf zu seinem Zimmer. Er hörte die Haustür zuschlagen, das enttäuschte Jaulen des Dackels und kurz darauf das Anlassen des Motors. Jetzt gehörte ihm für Stunden das Haus allein; er atmete auf. Es war kurz nach halb drei; vor halb acht würde sie nicht zurück sein. Die Zeit dazwischen wollte er im Gespräch mit seinem Freund verbringen.

Der Kochwein schmeckte scheußlich, seine Säure zog ihm die Halsmuskeln zusammen und machte den Gaumen pelzig. Er starrte im Bemühen, einen Anfang zu finden, auf den leeren Bogen in der Maschine. Aufdringlich, dieses ungebremste Weiß, seine Leere wirkte hypnotisch.

‹Lieber Herr...› schrieb er und geriet schon ins Stocken. Es erschien ihm befremdlich, den Mann, der mittlerweile als verwandte Seele längst einen Vorzugsplatz in seinen Gedanken einnahm, mit ‹Herr Arendt› anzureden. Herr, das suggerierte respektvolle Distanz zum Briefempfänger. Einem Mann, den man zusätzlich zu seinem Nachnamen mit Herr titulierte, ließ sich schwer Privates anvertrauen. Da half auch das ‹Lieber› davor nicht, im Gegenteil, die Albernheit des sinnentstellten Worts in Verbindung mit HERR wirkte, fand Hans-Georg, wie ein Anbiederungsversuch, der nicht einer gewissen Peinlichkeit entbehrte. SEHR GEEHRTER? Der Gipfel blödsinnigen Amtsdeutschs. So schrieb er seine Lieferanten und Kunden an. Er ehrte keinen von ihnen, geschweige denn SEHR. Lieber Arendt? Lieber Daniel? Lieber Freund? Hans-Georg tat sich schwer mit der Anrede, bevor er sich doch für den lieben Herrn Arendt entschied – schließlich hatte dieser ihn ja auch auf diese Weise angesprochen – und ein dickes Ausrufungszeichen dahintersetzte. So hatte es ihn zu seiner Zeit die Schule gelehrt.

‹Lieber Herr Arendt!› schrieb er. ‹Haben Sie allen Dank für Ihren Brief, vor allem für seine Ausführlichkeit und die offene Art, in der Sie mir, einem Ihnen bis vor kurzem noch Unbekannten, Ihre Probleme anvertrauen. Ihre mir ganz unverdient erscheinende Zuneigung, die Sie hiermit ausdrücken, berührt mich tief, und ich brauche wohl nicht zu betonen, daß ich sie auf das Herzlichste erwidere. Sie möchten sich erkenntlich zeigen, schreiben Sie. Ich bitte Sie, für was? Lassen Sie uns die Umstände des Zufalls, der uns zusammenführte, ganz schnell vergessen, sie sind zu banal, um ihnen in unserer Korrespondenz, von der ich mir regen Austausch erhoffe, auch nur eine Zeile zuzugestehen. Wie wenig Gedanken man sich doch als Durchschnittsmensch über die inneren Schwierigkeiten derjenigen macht, die im Licht der Öffentlichkeit stehen! Man bewundert sie und neidet ihnen insgeheim das Ansehen, das sie in der Gesellschaft genießen. Und dabei sind sie unfreier als ein einfacher Angestellter, dem zumindest nach Feierabend sein Leben wieder selbst gehört – ein für mich ganz neuer Aspekt, ein wichtiger dazu, denn, wie Sie schon ahnten, ich lese viel und gern, ohne mich indes besonders für die einzelnen Autoren zu interessieren. Das, ich verspreche es, soll von nun an anders werden.›

Hier machte Hans-Georg eine Pause. Er hätte jetzt gern etwas darüber geschrieben, wie schwierig es doch wohl für Arendt sei, sein wahres Wesen von den Helden seiner Bücher und deren Beliebtheit beim Leserpublikum zu trennen. Aber, kam es ihm durch den Sinn, geschah nur Künstlern derartiges? Erging es ihm, dem mittelmäßigen Pharmavertreter, nicht ähnlich? Er dachte an die Diskrepanz zwischen seinen Fantasien und Träumen, denen er großen Raum in seinem Dasein zugestand, und der Trostlosigkeit seines in automatischer Gleichförmigkeit ablaufenden Alltags. Wer war er denn nun wirklich? Der wenig erfolgreiche Pillenheinrich, wie die Frau ihn einmal spöttisch genannt hatte, oder aber der imposante, frauenverachtende Held zwar nicht seiner Bücher, doch seiner geheimen Vorstellungen? Das sollte, das wollte er zu Papier bringen, schon um seinem Freund damit zu sagen, wie verwandt sie trotz aller äußeren Gegensätze einander waren, doch er suchte vergeblich nach der richtigen Formulierung. Der ‹Herr›, das ‹Sie› standen ihm im Wege. So etwas ließ sich wohl nur sagen, wenn man miteinander auf Duzfuß stand, wollte man nicht voreilig Grenzen überschreiten, die, Hans-Georg vermerkte es schmerzlich, zur Zeit noch gegeben waren. Abgesehen davon, daß er das ihm anvertraute Problem seines Briefpartners nicht dadurch abschwächen wollte, daß er es auch auf sich bezog. Am besten, er begnügte sich mit dem, was er bereits in einigen Sätzen angedeutet hatte, und ging dafür näher auf Arendts Fragen nach seiner eigenen Existenz ein, was ihm von Beginn an Hauptanliegen war. Hatte der Schriftsteller ihm nicht zu verstehen gegeben, wie wichtig ihm Einblicke in das Leben und Wirken anderer Menschen waren? Das gehörte schließlich zu seinem Beruf.

Er schenkte sich ein weiteres Glas Wein ein, stellte zufrieden fest, daß sich nach dem fünften Glas die beißende Säure in etwas verwandelte, das sanft und wärmend die Kehle herunterrann. ‹Was mich selbst anbelangt›, fuhr er in seinem Brief fort, ‹so haben Sie natürlich recht, wenn Sie von der einengenden Atmosphäre des dörflichen Lebens sprechen, der man sich gezwungenermaßen anpassen muß. Ein weiser Geist muß Sie bis heute vor der Ehe bewahrt haben. Auch ich gehörte bis zu meinem vierzigsten Lebensjahr zu den Ehegegnern. Aus vielerlei Gründen. Warum ich dann doch heiratete? Ich hätte es wohl nie getan, wäre nicht meine Mutter gestorben. Sie müssen wissen, ich hing außerordentlich an ihr. Sie war eine wunderbare Frau und mir Mutter und Freundin und Lebenskameradin, alles in einem. Lange Zeit wohnten wir zusammen. Es mag Ihnen seltsam klingen, doch als ich nach dem Tod von Mama meine damals knapp vierundzwanzigjährige Frau heiratete, ehelichte ich in ihr meine Mutter, wenigstens glaubte ich das seinerzeit. So jung an Jahren Elfriede auch war, faszinierten mich an ihr doch ihr ursprünglich vorhandenes Einfühlungsvermögen und die Zielstrebigkeit, mit der sie das Leben anging. Was dann die folgenden Jahre brachten – Jahre in einer völlig anderen Gemeinschaft, als ich sie mir erhofft hatte –, zwang mich, die Augen zu öffnen und mit großer Verspätung zu begreifen, daß ich kein Kind mehr war. Unsere Ehe beruht auf einem grundsätzlichen Mißverständnis: Jeder suchte Geborgenheit beim anderen, und keiner konnte sie geben. Weder war sie in der Lage, meine kleinen Fehler und Schwächen zu übersehen oder sie mir mütterlich zu verzeihen – dazu ist ihre Kritiklust zu ausgeprägt –, noch bin ich fähig, ihr zu bieten, was ich selbst noch immer benötige, auch wenn ich es mir jetzt nicht mehr eingestehen will. Verglichen mit meinem Verhältnis zu meiner Mutter ist mir nur eines geblieben: die Abhängigkeit, hier jedoch unter dem negativen Aspekt der Zwangsgemeinschaft, sehr verschieden von dem Band tiefer Zuneigung, das meine Mutter und mich einte. Das hat dazu geführt, daß ich mich mehr und mehr in meine Gedankenwelt geflüchtet habe. Sie haben recht: Ich lese viel. Die Vorstellungswelt jener Autoren, deren Bücher ich verschlinge, belebt auf ungeahnte Weise meine eigene Fantasie und läßt mich meine Umwelt vergessen. Oder, besser gesagt: sie *ließ* mich vergessen. Denn nun endlich bin ich in Ihnen einem Berufsschriftsteller begegnet, von dem, ich erwähnte es schon, ich so gern mehr erfahren würde. Ihre Arbeitseinfälle. Ihre privaten Gedanken. Oder läßt sich das eine vom anderen nicht trennen? Wie ist das, wenn man ein Buch schreibt? Ist da alles Fantasie oder setzen Sie persönliche Erfahrungen um? Ich versuche, es mir vorzustellen. Im letzten Brief deuteten Sie Probleme an. Identitätsschwierigkeiten. Werden Sie mich mehr darüber wissen lassen? Mit den besten Grüßen. Ihr ... ›

Hans-Georg zögerte. Sollte er es mit dem Vornamen genug sein lassen oder den Brief mit voller Unterschrift signieren? Nach kurzem Überlegen entschloß er sich zu letzterem, nur um mit Unbehagen festzustellen, daß sein Zögern sichtbar geworden war: das hinzugefügte REITZE verriet durch verschobene Höhe die Unterbrechung des Schreibflusses.

Die Frau war pünktlich zurück. Sie hatte ihm Cognac aus der Stadt mitgebracht, keinen Verschnitt, sondern echten französischen. Seine Freude, daß sie über all dem, was sie vorgehabt haben mochte, seine Bitte nicht vergessen hatte, wich alsbald dem Mißtrauen. Oft genug hatte sie ihn mit ihrer knauserigen Art geärgert. Diese plötzliche Großzügigkeit, wo sie doch sonst jeden Pfennig dreimal umzudrehen pflegte? Hatte sie etwas zu verbergen? Wollte sie mit dieser spendablen Geste ihr Gewissen beschwichtigen?

Was ziehst du für ein Gesicht? wunderte sich Elfriede. Echter Napoleon. Ich dachte, es freut dich.

Schon gut, ich freu mich ja, sagte er.

Die Frau stellte die Flasche in den Grammophonkasten. Du hattest mir aufgetragen, Qualität zu kaufen. Man könne nicht an allen Ecken zugleich sparen, erinnerst du dich? Deine Worte!

Ich bitte dich, hack jetzt nicht wieder stundenlang auf dem Thema herum, sagte er. Wie war's beim Friseur? Er warf einen Blick auf ihr ziemlich schlampig zusammengestecktes Haar und fand, es sah aus wie immer, was ihm im Grunde lieber war als das künstlich in Form gehaltene, angeklebte Werk eines Meisters der Frisierkunst.

Ich bin nicht drangekommen, sagte sie über ihren Rücken in den Raum hinein. Mein Fehler. Ich hätte mich vorher anmelden sollen. Hast du Lust auf Hering mit Pellkartoffeln?

Heringe mit Pellkartoffeln gehörten zu seinen Lieblingsspeisen am Abend. Nun war sein Mißtrauen hellwach. Sie war drei Stunden in der Stadt gewesen, ohne ihr Haar richten zu lassen, kam mit französischem Cognac zurück und erbot sich, ihm sein bevorzugtes Essen zu servieren – da stimmte doch etwas nicht! Seine Vermutung, sie habe Adreßbücher gewälzt, um Daniel Arendts Anschrift ausfindig zu machen, erklärte nicht, womit sie die restliche Zeit verbracht hatte. Länger als maximal eine halbe Stunde würde sie für die Entdeckung, daß der Gesuchte auf herkömmliche Weise nicht zu finden war, kaum brauchen. Wo war sie dann? Und mit wem? Hatte sie einen Geliebten in der Stadt, stammte der Napoleon von ihm? Derartige Überlegungen, die Hans-Georg nicht zum erstenmal anstellte, führten im allgemeinen, nach kurzem Aufbäumen der gekränkten Eitelkeit, zur Erkenntnis, daß man über bereits Geschehenes am besten Stillschweigen bewahrte. Es ist ihre Jugend, pflegte er sich zu sagen und sich angesichts seiner Zurückhaltung weise vorzukommen – nur, um nicht zugeben zu müssen, daß er ihre schrille Stimme fürchtete, mit der sie bei Auseinandersetzungen nicht sparte. Möglicherweise war es die Wirkung des reichlich genossenen Kochweins, die ihn dazu animierte, die Probe aufs Exempel zu machen.

Er trat auf sie zu, legte einen Arm um sie. Du, sagte er an ihrem Ohr, es ist Mittwoch. Gehen wir ins Schlafzimmer?

Seine Vermutung, die Frau würde ihn abweisen, erwies sich als irrig. Sie war sofort einverstanden. Ich setz nur noch die Kartoffeln auf, sagte sie, die brauchen gute zwanzig Minuten.

Sie zogen sich nicht aus, entfernten lediglich diejenigen Kleidungsstücke, die ihrem Tun im Wege waren. Erotisch nicht länger neugierig aufeinander, fiel es ihnen nicht schwer, ihre Liebesroutine einem Zeitplan einzufügen. Entweder es ging oder es ging nicht, was sich schnell herausstellte. Ihr intimer Umgang miteinander beschränkte sich auf die herkömmlichste Art, die einzige, der Hans-Georg, sexuell verklemmt wie er war, die Bezeichnung normal zubilligte. Vorspiele, fand er, waren ebenso zeitraubend wie unanständig, nicht so sehr, weil er ein Moralist war, als vielmehr, weil er sich davor fürchtete, den Appetit seiner Frau allzusehr anzuheizen. Zwar gestand er, wenn ihn die Lust überkam, seiner Fantasie, die in solchen Fällen nie auf eine spezielle Person, sondern auf Torsen mit auswechselbaren Köpfen gerichtet war, Ausschweifungen bis an die Grenze der Monstrosität zu. Von seiner Frau jedoch verlangte er Gesittung, so, fand er, gehöre es sich in einer Ehe. Seine Mutter war eine strenggläubige Katholikin gewesen. Das tut man nicht, ba-ba! hatte sie gesagt und dem Vierjährigen einen Klaps auf die kleinen Finger gegeben, als er gerade dabei war zu entdecken, welch angenehme Gefühle das Spiel mit sich selbst ihm bringen konnte. Das Kind, erschrocken, hatte nur begriffen: Diese Gefühle tut man nicht, und sie eilig verdrängt. Seither begleitete ihn ständig das Verbot, an dessen Ursprung er sich längst nicht mehr erinnerte, paßte sich der Stärke seiner Lust an und verwandelte sich hartnäckig ausgerechnet in den Momenten beiderseitigen Strebens nach Vereinigung in ein dumpfes Schuldgefühl, das er nicht zu überkommen vermochte. Seine Ehe stellte einen Kompromiß dar; der Rest an praktizierbarer Lust, den ihm seine rege Fantasie beließ, war so bescheiden, daß das innere Verbot gar nicht erst in Kraft zu treten brauchte.

Heute, nach Fertigstellung seines Briefs, fühlte er sich derart in Form, daß ihm sogar nach raschem erstem Kontakt eine Wiederholung gelang.

Genau in der Zeit, sagte die Frau mit Blick auf ihre Armbanduhr, jetzt müßten die Kartoffeln gar sein. Magst du Dillsoße dazu?

Vor allem Vollkornbrot, sagte er.

Natürlich Vollkornbrot, sagte sie. Hast du deine Tropfen schon genommen?

Sie richteten ihre Kleider, er folgte ihr in die Küche, mit sich selbst zufrieden. Keinen Augenblick zweifelte er daran, daß auch sie es war. Versöhnlich gestimmt, nahm er in Gedanken seine Verdächtigungen von vorhin zurück. Das Abendessen am Küchentisch verlief in friedlicher Stimmung, was nicht zuletzt den köstlichen Heringsfilets zu verdanken war, die Elfriede bei aller Einfachheit des Gerichts auf ganz besonders schmackhafte Art zuzubereiten wußte.

Nach den TAGESTHEMEN bringen sie heute im Fernsehen NÄCHTE DER LEIDENSCHAFT, sagte die Frau. Mit Joan Crawford. Siehst du mit?

Wieder einer dieser uralten Schinken, sagte er. Außerdem viel zu spät, ich muß morgen früh raus.

Sie nahm seine Absage mit Gelassenheit zur Kenntnis. Längst hatte sie sich daran gewöhnt, ihre Interessen von denen ihres Mannes zu unterscheiden. An den seinen nahm sie nur insofern Anteil, als sie ihren gemeinsamen Unterhalt betrafen. Da allerdings konnte sie, praktisch veranlagt wie sie war, eine Initiative entwickeln, die Hans-Georg immer wieder überraschte. Vor allem verfügte sie über ein hervorragendes Gedächtnis, was ihm, dem Zerstreuten, bei der Überlegung, wen von seinen Kunden er bei seinen jeweiligen Rundreisen möglicherweise übergangen haben könnte, zugute kam. Nach seiner Rückkehr nannte er ihr die Namen der von ihm aufgesuchten Ärzte und Apotheker, die sie mit pedantischer Sorgfalt in ein speziell dafür angeschafftes Buch eintrug. Es half ihm nicht nur, es gefiel ihm, wobei er übersah, daß ihre kameradschaftliche Unterstützung letztendlich nicht seiner Person, sondern seinem Verdienst galt, den sie gesichert wissen wollte.

Er brauchte es ihr nicht zu sagen, sie hatte längst erfaßt, wie schwer sein Beruf geworden war durch den ständig wachsenden Überschuß an neuen Präparaten, die eine produktionssüchtige Pharma-Industrie pausenlos auf den Markt warf, um sie durch ihre Vertreter an den Mann zu bringen. Die Apotheken größerer Orte oder Städte waren mangels Zeit gezwungen, sich auf die Texte der beigefügten Werbeschriften zu verlassen; die happigen Preise, hieß es unter anderem darin, erklärten sich aus der Summe in Milliardenhöhe, die dieser Industriezweig für Forschung und wissenschaftliche Information über seine Produkte verwendete. Einmal allerdings war es Hans-Georg geschehen, daß er bei seinem zweiten Besuch in einer kleinen Landapotheke an einen Apotheker geriet, der sich inzwischen die Zeit genommen hatte, sich mit der Zusammensetzung der neuen Präparate analytisch zu befassen, und ihm anhand der Ergebnisse einwandfrei zu beweisen imstande war, daß sie sich in nichts von der altbekannter Markenprodukte unterschied. Das war ihm zwar nur einmal widerfahren, doch Hans-Georg, der schon längst derartiges vermutete, hatte sich ertappt und schuldig gefühlt wie einer, der mit Rauschgiften handelt und sie verharmlosend als Heilmittel gegen Depressionen anpreist. Dabei war ihm bekannt, daß die hochproduktive Pharma-Industrie, falls sie sich überhaupt Gedanken über schädliche Nebenwirkungen ihrer Erzeugnisse machte, für diese Art Forschung Jahre benötigte. Es gehörte zum Aufgabengebiet eines Arzneimittelvertreters, anhand verlockender Werbeangebote, wie beispielsweise einer einwöchigen Symposiumsreise für zwei Personen nach Griechenland oder Südfrankreich, die Ärzte zu einer sogenannten ‹Feldstudie› über das eine oder andere Präparat zu veranlassen, um dessen Wirkung auf diese Art ‹wissenschaftlich› zu untermauern. Hans-Georg war sich darüber im klaren, daß Gallauner ihn zu den schlechtesten unter seinen Außendienstlern zählte, denn er hatte ihm schon seit über einem halben Jahr kein solches Gutachten mehr erbringen können. Wo immer er es versuchte – überall war die Konkurrenz bereits vor ihm dagewesen.

Die Frau begann den Tisch abzuräumen. Ich bin nervös, dachte er, muß sie denn die Teller so aufeinanderhauen und das gebündelte Eßbesteck daraufwerfen, als wäre es Abfall für die Mülltonne?

Ich geh mit dem Hund nochmal ums Eck, sagte er und wunderte sich gleichzeitig, wieso er auf ECK kam, wo es doch draußen, vom alleinstehenden Haus abgesehen, nirgendwo scharfe Biegungen gab; die Wege zwischen den Feldern, anscheinend gerade verlaufend, wechselten in weiten Bögen die Richtung. Er stieß dem zusammengerollten Hund die Schuhspitze in die atmende Flanke: Komm, Alter, Gassi gehen...

GASSI! Noch solch eine sinnlose Redensart bei einem Spaziergang durch die freie Natur. Wie viele unbedachte Sprüche man sich doch im Lauf der Zeit aneignete. Seitdem er angefangen hatte, mit einem Schriftsteller zu korrespondieren, bemühte er sich, seine Sprache sorgfältiger Beobachtung zu unterziehen, um seine Ausdrucksweise so eng wie möglich der seines Partners anzugleichen. Die vielen Stilarten, bisher achtlos zusammengelesen, da ihn ausschließlich der Inhalt eines Buchs interessierte, begann er nun plötzlich näher in Augenschein zu nehmen und sie in ihm jeweils gut oder schlecht erscheinende Formulierungen aufzuteilen. Gut nannte er Sätze, über die er ein wenig nachdenken mußte, die also die Frau bestimmt nicht verstehen würde, wenn er sie ihr nicht erklärte; schlecht dagegen a priori alles, was sie las. Es mußte schlecht sein, denn ihr fehlte ja die Bildung, auf die er sich neuerdings wieder etwas einbildete.

Nimm deinen Anorak, rief die Frau ihm aus der Küche nach, die

Nächte sind schon kalt. Er verstand nur die Hälfte durch das penetrante Freudengekläff des Hundes, doch es war auch nicht wichtig; was er anziehen wollte, wußte er selbst.

Die Schwärze der Nacht hatte die Öde der herbstlichen Felder aufgehoben und sie, soweit das Auge reichte, zu einer einzigen, konturenlosen Fläche verbunden. Stille ringsum bis auf das Summen der Telegrafenmasten längs des Hauptwegs. Ab und zu riß die dunkle Wolkenkette vor dem Mond auf. Dann tauchten, bizarr, geisterhaft, die Gerippe einzelner Bäume aus dem Schatten, um kurz darauf wieder aufgeschluckt zu werden. Hans-Georg liebte die nächtliche Flachlandschaft mit ihrer Kargheit an Struktur, wie seine Fantasie in allem Nahrung fand, was den Kern des Geheimnisvollen in sich barg und somit zum Hineindichten einlud. Hatte er nicht im Grunde selbst das Zeug zum Dichter? Die Sonette fielen ihm ein, die er in seiner Schulzeit verfaßt hatte, genaugenommen, in den Turnstunden, zu denen er mit immer neuen Ausreden erschienen war. Einmal war es ein verstauchter Fuß, ein andermal ein dick umwickeltes Handgelenk gewesen, die ihn davor bewahrten, mit Anlauf in Sandkuhlen zu springen oder wie ein Affe an Metallstangen hochzuhangeln. Hans-Georg haßte Turnen. Er saß auf einer für beaufsichtigende Lehrer vorgesehenen Seitenbank. Seltsam, aber der Anblick all der jungen, biegsamen Knabenkörper in Bewegung inspirierte ihn, den damals Fünfzehnjährigen, zu einigen seiner besten Gedichte über die Trauer des Mondes. Sie mußten sehr ergreifend gewesen sein, denn er glaubte sich zu erinnern, daß seine Mutter Tränen in den Augen gehabt hatte, als er ihr eines vorlas. Ja, mit einigem Glück hätte aus ihm ein Dichter, ein Schriftsteller werden können. Seine Gedanken verstiegen sich dazu, ihm vorzuspiegeln daß dies seit Jugendtagen sein vordringlichster Wunsch gewesen sei, dies und nicht etwa der Schiffsarzt mit seiner Sehnsucht nach fremden Ländern, so sehr hatte er sich bereits mit der Fantasiegestalt angefreundet.

Kam der Mond hervor – eine milchig verschwommene, fast volle Scheibe –, wurden die schwarzen Schatten grün. Er hörte seine Sohlen auf dem steinigen Boden knirschen. Der Hund, weit voraus, rannte auf die ferne Baumgruppe zu. Hans-Georgs Gedanken kehrten zu Arendt zurück. Er versuchte sich vorzustellen, was dieser wohl zu seinem soeben verfaßten Brief sagen, wie er reagieren würde. Abgesehen davon, daß es ihm zu seinem Kummer bis heute nicht gelungen war, die Gestelztheit aus seiner Sprache zu verbannen – all die unbeabsichtigt mit einfließenden kleinen Verbeugungen vor dem Träger eines solch hehren Berufs, die Devotion und unangemessenen Zeichen des Ausrufs, wo ein schlichter Punkt angebracht gewesen wäre – wie würde ihn die Vertraulichkeit berühren, mit der sich sein Idol übergangslos konfrontiert fand? Würde sein Ton kühler, seine gesamte Haltung distanzierter werden? Gewiß, Arendt hatte um seine Freundschaft geworben. Aber durfte man Künstler auf diese Art beim Wort nehmen? Tief in Gedanken versuchte Hans-Georg, sich bis zur völligen Vereinnahmung in Daniel hineinzuversetzen, sein Innerstes auszuloten: Was würde ich in diesem Mann Reitze sehen, wenn ich er wäre? Ein Experiment, von dem er sich wohl nicht gerade besonders Schmeichelhaftes erwartete, auf dessen Schockwirkung er jedoch nicht gefaßt war: In jäher Erkenntnis, einem scharfen Augenblick des Begreifens, sah er sich selbst in das unmenschliche Versagen einer Welt mit einbezogen, der er nichts entgegenzusetzen hatte. Er hatte geträumt, immer nur geträumt, seit er geboren war, gezwungen, an der Realität vorbeizuleben, die seinen Vorstellungen zu sehr entgegengesetzt war, als daß er sich ihr hätte anpassen können. Durch ihre ständige Anwesenheit, der er nicht ausweichen konnte, hatte die Wirklichkeit seinen Traum krank werden lassen, kraftlos, untergraben vom Wissen um die eigene Bedeutungslosigkeit, dem verächtlichen Lachen der Frau, von Einsamkeit, Sehnsüchten, Alp- und Angstträumen. Am Ende, dem unauffälligen Ende, der Müllhaufen des Fleischs, eine Schaufel, das Nichts: Hier liegt ein ungelebtes Leben.

Hans-Georg verließ die angenommene Betrachtungsweise Daniel Arendts und nahm seine eigene wieder auf, die, um einiges optimistischer, sich wider besseres Wissen vom Glauben nährte, daß alles sich noch ändern und besser werden könnte. Teufelsgedanken hatte ihm der Augenblick eingegeben, durch nichts begründet als durch das haltlose Schweifen seiner Fantasie, die, anstatt seinen Freund in herzliche Beziehung zu ihm zu setzen, diesen zum Zyniker machte, zum erbarmungslosen Kritiker an einer Existenz, für die er in seinen Briefen ein lebhaftes Interesse offenbarte. Selbstverständlich, sagte sich Hans-Georg, noch immer beunruhigt, während er den Weg nahm, der an den verschatteten Weizenfeldern vorbei in weitem Bogen zum Haus zurückführte, war Arendt nichts von alledem. Ein wahrer Dichter war er, ein hochsensibler Literat, dessen feine Antennen ihm Eindrücke übermittelten, die er augenblicklich und ohne die Vergröberung intellektueller Anpassung an vorgegebene Denkmuster wiedergab. Sein Freund war, glaubte er zu wissen, kaltblütiger Kritik gar nicht fähig. Allerdings... Gedanken, die er als störend in seinen aufbauenden Überlegungen in den Hintergrund gedrängt hatte, wollten nun auch zu Wort kommen. Dein Daniel Arendt ist ein Bestsellerautor, meldeten sie, einer von denen, die nicht nur bequem von dem, was sie an Romanen verfassen, leben können, sondern darüber hinaus sich einen guten Tag zu machen verstehen, in der Welt umherreisen und sich Agenten leisten, die ihnen alle Sorgen abnehmen und Verträge für sie abschließen. Erst vor kurzem war Hans-Georg durch Zufall die mit allen Attributen des Abenteuerlichen ausgestattete Autobiografie eines namhaften amerikanischen Romanschriftstellers in die Hände geraten. Sie hatte ihn derart beeindruckt, daß er sich ein Buch des Autors besorgt hatte. Schund! hatte er nach etwa fünfzig Seiten laut gerufen und den Band in eine Ecke gefeuert. So weit war sein Verständnis für Schrifttum immerhin gediehen, daß es ihn, wenngleich in groben Zügen, die Spreu vom Weizen unterscheiden ließ. Zwei, drei weitere Stichproben in Richtung Bestseller festigten seine Überzeugung, nur Makulatur brächte das große Geld, so sehr es ihm dafür auch an Erklärung mangelte. Daniel Arendt aber war ebenfalls ein Erfolgsautor. Wie paßte das zusammen? Er faßte den Entschluß, dem Freund – auf höfliche Weise, versteht sich – im nächsten Brief die Alternative zu stellen, entweder sein Pseudonym zu lüften und sich damit zur Art seiner Bücher zu bekennen – oder aber die Titel seiner Werke zu nennen, die er so erfolgreich produzierte, und damit Hans-Georg die Möglichkeit zu geben, sich selbst ein Urteil zu bilden. Von Freund zu Freund. Vertrauen gegen Vertrauen.

Er hatte das Haus erreicht, durchwühlte zerstreut die falsche Tasche nach dem Schlüssel, tastete an sich herum, fand ihn schließlich in der Außentasche seines Anoraks, einem für diese Jahreszeit ungewöhnlichen Kleidungsstück. Seitdem er einst die Frau mit dem Bankmenschen überrascht hatte, war es ihm zur Gewohnheit geworden, bei seiner Rückkehr die Haustür möglichst geräuschlos zu öffnen. An ihm vorbei drängte der Hund ins Warme der Stube. Nachdem er mit pedantischer Sorgfalt die beim Abstreifen seiner Jacke nach innen gezogenen Ärmel herausgezupft und sie mit flacher Hand zu glätten versucht hatte, folgte er dem Hund ins Wohnzimmer.

Die Frau beachtete ihn nicht; sie saß gebannt vor der Fernsehscheibe, auf der sich nach Meinung ihres Mannes nichts tat, was eine solche Aufmerksamkeit verdient hätte.

Er atmete laut aus. Klärt den Kopf, die frische Luft, sagte er.

Die Frau reagierte nicht. Entweder hielt sie es nicht der Mühe wert, seine Anwesenheit zur Kenntnis zu nehmen, oder sie befand sich tatsächlich derart im Bann des vor Alter streifigen Schwarzweißfilms, daß ihr dabei alles äußere Geschehen entging. Was immer es sein mochte, auch seine höfliche Erkundigung, ob noch Bier da sei, blieb unerwidert.

Eine Weile stand er da, unschlüssig, was zu tun, wartete auf eine Reaktion, irgendeine, die ihm sagte, daß die, die dort bewegungslos vor ihm im Sessel hockte, nicht nur eine starräugige Ausgeburt seiner Fantasie war. Doch einzig der Bildschirm blieb lebendig, und so sagte er in die streitbare Crawford-Stimme hinein: Also dann geh ich jetzt schlafen, und begab sich in die Küche, wo er dem vollbepackten Kühlschrank nach Entfernung einiger Klarsichtbeutel mit Friergemüse eine Dose Bier entnahm, die er lochte und leertrank, ohne sich die Mühe zu nehmen, ihren Inhalt in ein hierfür vorgesehenes Glas umzuschütten. Er war gekränkt, beleidigt, kam sich auf lächerliche Weise in seinem eigenen Haus überflüssig vor. Es hatte nicht in seiner Absicht gelegen, gleich nach seiner Rückkehr vom Abendspaziergang schlafen zu gehen, das Fernsehen hatte ihn vertrieben, dieser Kasten mit seiner hypnotischen Anziehungskraft auf die Frau, den er verfluchte, der ihr abendliches Zusammensein in der Bequemlichkeit ihres Wohnzimmers, wie unergiebig es auch immer sein mochte, zur völligen Beziehungslosigkeit verurteilte. Fernsehen, entschied er, war Leerlauf schlechthin. Was es an Nachrichten bot, konnte man am Morgen darauf in informativer Ausführlichkeit in der Zeitung lesen, kein Grund zu besonderer Eile. Das Übrige interessierte ihn nicht. Da wurde ihm zu viel geredet, ungeachtet dessen, daß dieses Medium in erster Linie optischer Übermittlung dienen sollte: Politiker, Moderatoren, Ansager, Frager und Befragte, alle redeten und redeten sie, wichtigtuerisch, ohne Komma und Punkt.

Was hast du gegen Fernsehen? hatte ihn die Frau einmal gefragt. Es strengt mein Herz an, hatte er geantwortet und an die grimmen Reflexe gedacht, die Unterhaltungen solch allgemeiner Art in ihm auslösten.

Der Abendspaziergang hatte ihn müde gemacht. Er beschloß, sich ausnahmsweise früher als sonst zu Bett zu begeben, vielleicht noch ein wenig im medizinischen Journal zu blättern, bis die Frau nachkommen würde. Wie ruhig es hier war, wie friedlich. So sollte es immer sein. Gemeinsame Schlafzimmer, ging es ihm durch den Kopf, sind eine Unsitte, eine Abscheulichkeit. Selbst in den Nachtstunden noch zwingen sie den durch Ehevertrag miteinander Verbundenen ein Beisammensein auf, das, glaubte er zu wissen, nur völlig fantasielose Menschen auf die Dauer ohne Sympathieverlust zu ertragen imstande waren. Diese allzu große Nähe, die auch nicht die leiseste Neugier mehr aufkommen läßt, die alles Ahnen in Wissen, Spiel in Gewohnheit verwandelt. Er erinnerte sich, daß er, der Vierzigjährige, seinerzeit Elfriede den Vorschlag gemacht hatte, für ihn ein zweites Schlafzimmer einzurichten, von dem aus er sich nach ihr sehnen und abenteuerliche Ausflüge zu ihr unternehmen konnte, wenn die Lust ihn überkam. Sie hatte wenig Verständnis für die Feinsinnigkeit seiner erotischen Vorstellungen gezeigt. Hier in diesem immer etwas nach Mottenpulver riechenden Raum hatten ihre Eltern geschlafen und einander geliebt, hier würde auch Steinmetzens Tochter mit ihrem Mann schlafen und lieben, wie es sich für ordentliche Bürger gehörte: Sei nicht albern, Hans-Georg, Ehepaare gehören ins gemeinsame Bett... Danach hatten sie bald jede Scheu voreinander abgelegt. Zu erotischen Kumpeln geworden, stakste er in ausgebeulten Unterhosen um das Bett, schmierte sie sich zur Nacht weißes Fett auf Gesicht und Arme, schnarchten sie Rücken an Rücken um die Wette.

War der Film noch nicht zu Ende? Er war müde, wünschte zu schlafen, was ihm jedoch ohne die Frau neben ihm nicht möglich war, wollte er nicht riskieren, gleich darauf durch die sattsam bekannte Reihenfolge von Zubettgehlauten wieder geweckt zu werden: das Abstreifen der Kleider, das Klatschen von Gummi auf der nackten Haut, wenn die Frau sich des zu engen Hüfthalters zu entledigen suchte, der Gang zum Bad und endlich ihr Einstieg ins Bett, der seine Seite der Matratze in Stößen unterlief wie die Ausläufer fernen Erdbebens. Hans-Georg versuchte, seinen schläfrigen Gedanken eine andere Richtung zu geben. Mutter, dachte er. Was hatte er seinem Freund von seiner Mutter geschrieben? Daß sie ihm viel bedeutete, hatte er gebeichtet – gebeichtet? Wie kam er auf dieses Wort? Er hatte noch nie mit jemandem über seine Mutter gesprochen. Beichtgedanken. Beichtgeheimnis. Geheimes beichten, das Innerste nach außen kippen. Daß sie ein Haus gewesen war, ein Zeltdach im Regen, ein sonnengewärmter Stapel Heu, in den man hineinkriechen und von dort aus gegen die Ungerechtigkeiten der Welt zetern konnte, eine Welt, die ihm einst ebenso bedrohlich weit vorgekommen war, wie sie ihm heute eng erschien. Und: er habe in seiner Frau seine Mutter geheiratet, auch das hatte er dem Freund anvertraut. Es hatte wohl daran gelegen, daß es ihm bis zu seiner Heirat mit Elfriede an Erfahrung mit der weiblichen Psyche mangelte; seine Kontakte mit dem anderen Geschlecht beruhten fast ausschließlich auf der Basis des Sexuellen. Je hurenhafter, desto freier hatte er sich im körperlichen Umgang mit ihnen gefühlt. Der Bereich des Geistig-Seelischen, in dessen Mitte er seine Mutter inthronisiert sah, blieb ausgespart. Darüber müßte ich ihm auch einmal schreiben, dachte er, man wird sich über manches erst richtig klar, wenn man es auf dem Papier sieht. Ich hätte eine Gleichaltrige zur Frau nehmen sollen, mit der zusammen ich älter werden könnte, ohne daß einer es am anderen bemerkt. Vielleicht sogar eine um einige Jahre Ältere, überlegte er, die vor mir altern und mir in Anbetracht ihrer Hinfälligkeit das Gefühl geben würde, noch ein Mann in den besten Jahren zu sein...

In seine Gedanken hinein knarrten die bejahrten Scharniere der Schlafzimmertür. Die Frau kam; Film und Vorschau für den nächsten Tag, die Elfriede nie versäumte, obwohl ihre bebilderte Fernsehzeitung sie ausführlich über alle Programme informierte, waren zu Ende. Hans-Georg stellte sich schlafend. Alles übrige lief wie erwartet: Rock und Unterwäsche raschelten beim Abstreifen, das Elastik schnellte gegen pralle Oberschenkel, schlurfende Schritte zum Bad – er haßte ihre Angewohnheit, sich seiner für sie zu großen, ausgetretenen Schlappen zu bedienen, anstatt in ihre eigenen Pantoffeln zu schlüpfen, wozu sie sich allerdings bücken mußte, um die Schuhe ihren breiten Füßen anzupassen –, wo sie eine Viertelstunde lang rücksichtslos rumorte. Gurgeln, Ausspucken, diverse Klirrgeräusche, wenn sie Tiegel und Töpfe, deren Inhalt der Pflege der Haut dienen sollte, hart auf die Glasplatte aufsetzte und schließlich, als Krönung der nächtlichen Kakophonie, die Wasserspülung, anhaltendes Getöse, das durch sein schlafmüdes Gehirn gluckerte und überhaupt nicht mehr aufzuhören schien.

Die Frau kehrte ins Zimmer zurück. Einmal mehr fragte er sich, weshalb sie sich nicht wie normale Menschen ruhig im Liegesitz in die Kissen schieben konnte. Aber nein, sie mußte jedesmal diesen halben Sprung vollführen, der ihn auf seiner Seite hochschleuderte und auf den er, sobald er sie aus dem Bad kommen hörte, immer von neuem mit angehaltenem Atem wartete, um sich dann endlich, ihr den Rücken zuwendend, in seiner Kuhle zurechtzurücken. Diesmal war es an ihr, die Frage: Schläfst du schon? zu stellen als letzte Versicherung, daß auch für diesen vergangenen Tag alles gesagt war, was es zu sagen gab. Er schwieg bejahend. Mit einem Seufzer, den er für unangebracht hielt, löschte sie das Licht.

3

Es regnete in tausend nieseligen Tröpfchen, die der Scheibenwischer verschmierte, als Hans-Georg müde und übellaunig von einer Vertretersitzung in der örtlichen Werksfiliale nach Hause zurückfuhr. Durch die großzügige Verglasung des Sitzungssaals hatte es erbärmlich gezogen. Jemand hatte die Heizung angedreht. Zusammen mit der trockenen Warmluft wirbelte der Staub hoch, der sich im Sommer zwischen den übertünchten Metallrippen angesammelt hatte, und blockierte die Atemorgane. Allgemeines Hüsteln und Schniefen waren die Folge, durch die sich die Stimme Gallauners, des Bezirksleiters, Gehör zu verschaffen suchte. Niemand schien so recht an seinem über zweistündigen Vortrag interessiert, ausgenommen zwei Neulinge, die mit der gebührenden Aufmerksamkeit seinen Ausführungen folgten. Die anderen wußten, worum es ging. Die gleiche, ausgewalzte Masche im Dreiwochenturnus der Zusammenkünfte: der Einsatz mußte verstärkt, der Umsatz erhöht werden, es könnte dem Werk ein Defizit drohen. Daß es sternenweit davon entfernt war, daß es im Gegenteil gerade der steigende Umsatz war, der zur Überproduktion führte, war allen Anwesenden klar. Sie hörten sich einmal mehr an, wie dem Trend der Zeit zufolge übermäßige Sachlichkeit Irrationales in der Vorstellung halbgebildeter Menschen gebar, die nun plötzlich, ‹aus unersichtlichem Grund› – Gallauner sagte es, ohne die Augen zu senken – von den Ärzten und der Chemie weg zu oftmals selbsternannten oder im Schnellkurs angelernten Heilpraktikern hindrängten. Ließe man dies unwidersprochen zu, so könnten sich die Heilsversprechungen dieser Praktikanten eines dubiosen Nebenzweigs der Medizin zur ernsthaften Konkurrenz auswachsen.

Sie wissen, was das bedeutet, meine Herren: Entlassung. Arbeitslosigkeit. Der Bezirksleiter machte eine Pause, um die verkappte Drohung in die Gemüter einsinken zu lassen. In das entstehende Schweigen hinein hatte ein älterer Kollege etwas gemurmelt. Von

Gallauner aufgefordert, seiner Meinung laut und verständlich Ausdruck zu verleihen, hatte der so Angesprochene, nach Worten suchend, die ihn nicht als Verräter an seinem Arbeitgeber auswiesen, gefragt, indem er es wie die harmlose Erkundigung eines Mannes klingen ließ, der um Information bittet, ob es nicht möglicherweise mit der zunehmenden Giftigkeit der Präparate zu tun habe, nein, er habe einen falschen Ausdruck gewählt, Schädlichkeit, habe er sagen wollen, oder besser: Unverträglichkeit; die Menschen seien anfälliger geworden, obwohl natürlich – mehr behauptet als bewiesen, die negativen Auswirkungen auf die Gesundheit – doch immerhin, was er eigentlich meine, sei –

Gallauner hatte ihn, ganz väterliches Wohlwollen, unterbrochen. Das eben sei der Punkt, erläuterte er, über den sich die Werksleitung seit einiger Zeit ernsthaft Gedanken mache. Über die Verteufelung der allopathischen Pharmazie durch Presse und Rundfunk. Über die Leichtgläubigkeit des Publikums. Über den Mangel an Aufklärung. Soviel dürfe er sagen: man berate seit vergangener Woche über die Möglichkeit verstärkter Werbung für Ärzte und den übrigen Absatzmarkt der durch den unlauteren Wettbewerb der Heilpraktiker verärgerten Pharma-Industrie. Und zwar auf höchster Ebene. Man sei zu dem Entschluß gelangt, bei der Aufmachung der Produkte stärker als bisher deren Natürlichkeit und Unschädlichkeit zu betonen, Hand in Hand mit einer verbesserten Werbung.

Ich darf Sie bitten, meine Herren, bei Ihren Kunden vordringlich auf diese Eigenschaften hinzuweisen.

Der Rest war verbaler Leerlauf.

Hans-Georg fuhr den Wagen in die Garage, eine ehemalige Schreinerwerkstatt neben dem Haus, die ein Zugereister mit fremdem Akzent im Barackenstil errichtet hatte, bevor ihn der ortsansässige Sargtischler mit Unterstützung der übrigen Dorfbewohner durch allerlei Schikanen vertrieben hatte. Elfriede sah in diesem Umstand einen Glücksfall, der ihnen, ohne Maurer und Baubehörden in Anspruch nehmen zu müssen, eine billige Unterkunft für ihren Wagen bescherte.

Er räusperte sich, als er die Haustür aufschloß, eine völlig überflüssige Vorsichtsmaßnahme. In das gellende Begrüßungsgekläff des Dackels hinein sagte die Frau vom Wohnzimmer aus: Streif die Schuhe auf der Matte ab, sie sind naß. Aber gründlich. Daß du mir keine Flecken auf dem Teppich machst! Gehorsam schlug Hans-Georg mit den Füßen ein paarmal nach hinten aus, bevor er den Mantel an den äußersten der nebeneinandergereihten Holzhaken hängte und sich in seinen Sessel zur Linken des Sofas fallen ließ. Die Frau saß ihm gegenüber. Es waren ihre angestammten Plätze; aus langjähriger Gewohnheit geboren, war diese Anordnung zum festen Bestandteil ihrer häuslichen Ordnung geworden, und keinem von ihnen wäre je die Idee gekommen, sie zu ändern. Auf dem Nußbaumtisch zwischen ihnen lagen einige Illustrierte neben einem Aschenbecher voller Kippen. Die Frau nähte am Ärmel eines seiner Hemden.

Nun, wie war's? fragte sie, ohne aufzusehen.

Anstrengend, sagte er. Und bei dir?

Nichts Besonderes, sagte sie gleichmütig.

Sie wollen die Werbung verstärken, sagte er.

Prospekte, Prospekte, sagte die Frau. Wir ertrinken noch in all dem Papier.

Wär halb so schlimm, wenn wir uns endlich einen vernünftigen Briefkasten statt des Einwurfschlitzes leisten würden. Diese Verrenkungen jeden Morgen; ich brech mir noch mal den Arm.

Nun stell dich nicht an. Meine Eltern haben ein Leben lang ihre Post auf diese Weise bekommen. Ich habe sie nie darüber klagen hören.

Natürlich nicht, dachte er. Jedes Vierteljahr mal ein Prospekt über neue Grabsteinformen, Materialangebote oder Gravierungsmuster. Dazu vielleicht ab und zu eine Postkarte von Tante Ida oder Onkel Friedrich. Aber nicht darum ging es der Frau. Sparen wollte sie, knauserig wie sie war. Ging die Post nicht mehr in ihren Kasten hinein, sollte er eben schellen, der Briefträger, und sie abgeben.

Machst du mir eine Tasse Kaffee? sagte er.

Sie legte das Nähzeug zur Seite. Koffeinfrei?

Als wenn sie nicht genau wüßte, daß Bohnenkaffee ihm verboten war! Aber nein, jedesmal mußte sie sich von neuem erkundigen, ihm die freie Wahl einer Entscheidung vorgaukelnd, die er längst nicht mehr besaß. Er hatte es so weit gebracht, sie schon der geheimen Lockung zu verdächtigen, sah sich in einem schwachen Moment nach Bohnenkaffee verlangen, den sie ihm, daran zweifelte er nicht, bedenkenlos bereiten und servieren würde. Schon der verdammte Qualm ihrer Zigaretten, den er in ihrer Gegenwart ständig einzuatmen gezwungen war – die Frau scheute sich nicht, sogar noch im Bett das Rauchen fortzusetzen – war für sein schwaches Herz das reine Gift. Als ob sie das nicht wüßte. Eines Tages würde sie ihn damit noch umbringen. Es war nicht das erste Mal, daß ihm dieser Gedanke gekommen war. Immerhin war, dank der Initiative, die sie bei allen in irgendeiner Weise mit Geld zusammenhängenden Dingen bewies, sein Leben hoch versichert.

Er blickte ihr nach, wie sie zur Küche hinüberging. Diese strammen Waden und Muskeln, die von der starken Sinnlichkeit ihrer Trägerin kündeten. Mit Vierzig wird sie aussehen wie ihre Mutter, ein taillenloses Fleischpaket auf Säulenbeinen, so was vererbt sich. Dann würden die vom Übergewicht belasteten Knöchel und Knie anschwellen und die geschwungenen Beinkonturen verwischen. Hoffentlich erlebe ich das noch, dachte er, in Abwehr wie immer, wenn er Elfriedes aufreizenden Körper mit Bewußtsein zur Kenntnis nahm.

Der seines Hauptinhalts beraubte Kaffee schmeckte scheußlich. Auch sich selbst hatte die Frau eine Tasse mitgebracht, Bohnenkaffee natürlich. Hans-Georg versuchte ohne viel Erfolg, Duft mit Geschmack zu kombinieren. Das Aroma aus der Tasse ihm gegenüber verstärkte nur seinen Ekel vor dem Gebräu in seiner eigenen. Nach einem kleinen Schluck setzte er die Tasse heftiger als beabsichtigt ab. Und ausgerechnet jetzt kam sie mit ihrer Muttimasche...

Was hat er denn, mein Kleiner? Ist die Milch zu heiß?

Nein bitte, sagte er, nicht auch noch das!

Vor ihrem über den Tisch gestreckten Arm wich er zurück. Wenn er nervös war wie jetzt, vertrug er keine Berührungen.

Die nervlich robustere Frau begann zu lachen: Hat er Angst, der Kleine, daß die böse Mutti ihn beißt?

Sie besaß nicht seine Fantasie, begriff nicht, hatte nie begriffen, daß ihm das Mutter-Kind-Spiel zu Beginn ihrer Ehe etwas Wichtiges, Substantielles bedeutet hatte, daß ihm jedoch, seitdem ihm die kindische Ursache seines Verlangens bewußt geworden war, ihr Geturtel bis zur Unerträglichkeit peinlich war.

Laß das! sagte er hart.

Ihr Wutausbruch kam selbst ihm, der doch schon solche Szenen gewohnt sein sollte, unverhofft.

Du gemeiner Kerl, schrie sie aufspringend. Was bildest du dir eigentlich ein, wer du bist? Wenn du schlechte Laune hast, laß sie gefälligst an jemand anderem aus, nicht an mir. Kommt hier herein, sagt kaum guten Tag, versaut mir den frisch gereinigten Teppich mit seinen Drecksohlen und wünscht bedient zu werden, das hab ich gern! Du jammervoller Wichtigtuer! Wenn mein Vater nicht gewesen wäre –

Halt den Mund! sagte er drohend. Er wußte, was nun kam. Mit tödlicher Sicherheit brachte die Frau bei jeder ihrer Auseinandersetzungen ihren Vater ins Spiel, dem er, ihr untüchtiger Mann, alles zu verdanken hatte, das Dach über dem Kopf, eine, wenn auch in bescheidenem Rahmen gesicherte Existenz und nicht zuletzt eine junge, häusliche Frau, die, wenn er so weitermachte wie bisher, ihn eines schönen Tages verlassen könnte, denn was habe er ihr schon zu bieten im Vergleich zu anderen Männern, die sie hätte haben können und jederzeit noch haben konnte? Seine Gegenfrage, weshalb sie dann ihn und nicht einen anderen geheiratet habe, pflegte sie mit: ‹Ich war eben seinerzeit noch zu jung und unverständig› zu beantworten.

Spiel dich nicht auf, sagte die Frau, Verachtung in der Stimme.

Hans-Georg gebrach es an Kraft und Ausdauer, einen Streit weiterzuführen, der von ihr in Abständen immer wieder vom Zaun gebrochen wurde, ohne den ewig gleichen Argumenten ein neues hinzuzufügen; er war müde und spürte ein lästiges Ziehen im linken Arm, das er wohlweislich verschwieg, um ihr keine Gelegenheit zu geben, in die Kleinkinder-Tonart zurückzufallen. Dann noch lieber ihr Toben, das oftmals in heftigem Schluchzen endete. Er war darauf vorbereitet, wartete darauf als Zeichen dafür, wie tief er sie gekränkt hatte.

Müssen wir denn immer streiten? sagte er einlenkend.

Ihre Augen blieben trocken. Wenigstens das. Tränen gegenüber wurde er hilflos. Ist es meine Schuld? sagte sie. Seitdem du begonnen hast, mit deinem Schriftsteller zu briefwechseln, bist du ganz verändert.

Das bildest du dir ein, sagte er.

Da war es wieder, das Lachen, das er verabscheute, das ihre regelmäßigen Gesichtszüge verzerrte und ihnen einen Zug ins Gemeine verlieh: Tu nicht so scheinheilig. Richtig scharf bist du auf seine

Briefe. Kannst morgens nicht schnell genug zum Briefkasten kommen. Vielleicht deiner Prospekte wegen? Daß ich nicht lache!

Du lachst aber, sagte er. Im übrigen ist das mal wieder eine deiner maßlosen Übertreibungen.

Und weißt du auch, was dich daran so fasziniert, mein Lieber? Daß du glaubst, in dem Mann einen Dummen gefunden zu haben, bei dem du dich so richtig über uns und unsere Ehe auslassen kannst. Hab ich recht?

Er wollte antworten, sich verteidigen, doch er erhielt keine Gelegenheit dazu. Natürlich habe ich recht, fuhr sie fort. Glaubst du, ich weiß nicht, wie Männer untereinander reden? Er stellt dir Fragen, aus Höflichkeit, unverbindlich, und du in deiner Eitelkeit wirst es für bare Münze nehmen und ihm berichten, haarklein vermutlich, was du alles an mir auszusetzen hast. Wage das Gegenteil zu behaupten!

Sie konnte es nicht wissen. Er fühlte sich ertappt. Und wie immer, wenn er sich ertappt fühlte, verriet er sich, indem er schwieg. Man kroch, ging ihm durch den Sinn, wie das personifizierte schlechte Gewissen durch das Leben des anderen. Unter solchen Spannungen verwandelte sich jede versuchte Entschuldigung in einen neuerlichen Vorwurf, da half nur Schweigen.

Siehst du, siehst du, du kannst es nicht, triumphierte sie, gegen das Fenster gelehnt, die Hände zwischen getopften Pflanzen aufgestützt. Du versuchst es nicht einmal.

Mit aller Kraft trachtete er, sich zu beherrschen. Denkst du wirklich, wir hätten keine anderen Themen als dich?

Die Frau lachte spöttisch. Habt ihr? Habt ihr tatsächlich? Welche denn? Vielleicht die sinkenden Umsätze im Verkauf künstlicher Babynahrung oder das verstopfte Leitungsrohr in der Küche? Das wird einen Mann wie ihn bestimmt ungeheuer interessieren.

Hör schon auf, sagte er, das führt doch zu nichts.

Die Frau löste die Hände von der Fensterbank, machte ein paar Schritte in den Raum hinein und ließ sich wieder in den Sessel fallen.

Stört es dich, wenn ich noch eine rauche? Sie warf sich eine weitere Zigarette zwischen die Lippen, ließ das Feuerzeug aufflammen, ohne sich im mindesten um eine Antwort auf ihre Frage zu kümmern. Natürlich schreibst du Arendt über unsere Ehe, sagte sie nach einem ersten, langen Zug und betrachtete Hans-Georg, dem sein Schuldbewußtsein auf der Stirn stand, mit dem wachsamen Blick der Katze vor dem Vogelkäfig. Was sonst sollte Daniel Arendt dazu bringen, mich zu verteidigen?

Es verwirrte ihn. Wovon sprichst du überhaupt?

Na, wovon wohl? Von seinem Brief.

Von welchem Brief? sagte er mit verkrampftem Lächeln.

Von dem, der heute morgen mit der Post kam, sagte sie, ohne die Augen zu senken. Du warst schon fort.

Hans-Georg versuchte zu denken. Es war also Antwort gekommen. Verblüffend schnell, er hatte sie frühestens morgen erwartet.

Aber der Brief war da, und die Frau hatte ihn geöffnet, hatte geöffnet und gelesen, was ausschließlich an ihn gerichtet war, mit ihrem Dazwischendrängen eine Freundschaft entweihend, die ihm alles bedeutete. Er hätte sie erwürgen mögen. Dazu war es ihr wieder mal gelungen, ihn da zu haben, wo sie ihn haben wollte: auf der Anklagebank. Würde er jetzt, wie es nach solcher Unverschämtheit wohl durchaus angemessen wäre, seinem Zorn freien Lauf lassen und ihr Vorwürfe über ihr Verhalten machen, käme als nächstes wohl der Abschnitt aus Arendts Brief zur Sprache, der sich auf Hans-Georgs Schilderung seiner Häuslichkeit bezog und den die Frau mit Daniels Verteidigung ihrer Person bezeichnete. Sie würde, das wußte er aus schmerzlicher Erfahrung, ihren Mann so lange ins Gebet nehmen, bis er keinen anderen Ausweg mehr sah als ihr einzugestehen, wenn auch nur in groben Zügen, was den Schriftsteller zu seiner mitfühlenden Äußerung in bezug auf die Frau veranlaßt haben mochte. Zunächst mußte er herausfinden, um welchen Satz es hier eigentlich ging. Möglich ja auch, daß sie etwas falsch verstanden hatte. Er suchte nach einer Formulierung, die ihr keine Gelegenheit gab, mit einer heiklen Gegenfrage zu kommen.

Vielleicht, sagte er, hat Arendt, so wie ich ihm von dir schrieb, Gefallen an dir gefunden? Ein Mann mit seiner Vorstellungskraft macht Menschen zu Romanfiguren. Was sagt er denn von dir? – Beschämend, dachte er dabei, ich krieche ihr noch zu Füßen, anstatt ohne weitere Verzögerung mein Eigentum herauszuverlangen... Wenn nur sein Herz nicht wäre. Ein massiger Klumpen, füllte es den Hohlraum zwischen den Rippen aus, schlug dumpf, trieb ihm den Angstschweiß aus den Poren, sobald er sich auf das Druckgefühl konzentrierte. Nicht aufregen! hatte der Arzt gesagt. Ein Schwachsinn, den alle Ärzte der Welt Herz- und Nervenpatienten gegenüber von sich geben und dies auch noch für einen guten Rat halten. Man regte sich nicht auf, man wurde aufgeregt.

Während Hans-Georg, für einen Augenblick abgelenkt, seinen regelmäßigen Atem wiederzuerlangen suchte, war mit der Frau vor ihm eine Verwandlung vorgegangen, die allerdings weniger mit ihres Mannes offensichtlicher Erschöpfung als mit gewissen eigenen Gedanken zu tun hatte, die sie lächeln machten und prompt um Jahre verjüngten.

Er sagt von mir, kam es träumerisch von ihren Lippen, das Leben, wie du es beschrieben hast, könnte wohl kaum eine attraktive Frau wie mich ausfüllen. Ich finde, genaugenommen trifft es den Kern der Sache.

Hans-Georg, noch bemüht, jetzt, da das Ehegewitter abzuklingen schien, seine Fassung wiederzugewinnen, betrachtete sie verblüfft. Er wisse zwar nicht, wie Arendt das gemeint habe, sagte er, nicht, bevor er den Brief gelesen habe. Immerhin, falls sie mit dem Gedanken spiele, sich neben der Führung des gemeinsamen Haushalts noch eine Betätigung zu suchen, eine Halbtagsstellung zum Beispiel für die Nachmittage, an denen er auf Reisen sei, hätte er grundsätzlich nichts dagegen einzuwenden.

Nein, sagte die Frau ruhig, das hat er nicht gemeint.

Was denn? sagte er und wußte im gleichen Augenblick, daß er wieder in eine Falle getappt war.

Kinder, sagte sie. Kinder hat er gemeint, dein Freund. Ich hätte Kinder kriegen sollen, damals, gleich nachdem wir heirateten. Weißt du noch, wie sehr Vater sich Enkel wünschte? Wie er uns mit seinen wiederholten Erkundigungen, ob noch nichts unterwegs sei, in Verlegenheit brachte?

Man kann so etwas nicht forcieren, sagte er.

Wer spricht von forcieren? Wir haben es all die Jahre lang versucht – umsonst. An mir liegt es nicht, sagte sie. Die Resignation in ihrer Stimme brachte ihm auf einmal zum Bewußtsein, daß er eine Eigenschaft an ihr vermutlich unterschätzt hatte: ihre Kinderliebe. Ihre Mütterlichkeit, die, da nicht befriedigt, sich in ihm ein Ersatzobjekt geschaffen hatte, dazu eines, wie es seiner Charakterstruktur nach nicht undankbarer sein konnte. Nachdenklich geworden, überlegte er, ob ihre ewigen Querelen, die unter spontaner Feindseligkeit auch die zunehmende Entfremdung voneinander verrieten, ihre tiefere Ursache nicht in der Kinderlosigkeit hatten. In den ersten Jahren ihrer Ehe, als sie, fast noch ein junges Mädchen, festen Glaubens gewesen war, Geschlechtsverkehr, kirchlich abgesegnet, müsse zwangsweise zur Entstehung neuen Lebens führen, hatte Elfriede ihn wieder und wieder gefragt, wie es denn komme, daß sie noch immer nicht schwanger sei, und sich eine Weile mit unzureichenden Auskünften wie SO ETWAS MUSS MAN SORGFÄLTIG PLANEN oder DAS HAT DOCH NOCH ZEIT, WIR STEHEN JA ERST AM ANFANG abspeisen lassen. Es war ihre Mutter gewesen, die lange Zeit schwerkranke Frau Steinmetz Tümmelmann, die sich nach Enkeln sehnte und ihrer Tochter riet, sich und Hans-Georg auf mögliche Sterilität hin untersuchen zu lassen. Elfriedes Gynäkologe versicherte ihr nach gründlichem Test, es sei alles in Ordnung; sie sei kerngesund. Hans-Georg dagegen weigerte sich hartnäckig, sich seinerseits untersuchen zu lassen, bis er glauben konnte, seine Frau habe die Sache vergessen. Mag sein, er fürchtete, gleichsam offiziell als ‹Versager› entlarvt zu werden, und das in einem Ort wie Kirchheim, wo männliche Potenz und Kinderzeugen im frommen Glauben der Einwohner unlösbar miteinander verbunden waren. Stand erst einmal fest, warum die Reitzes keinen Nachwuchs bekamen, würde der Klatsch blühen und seine junge Frau die Leidtragende sein. Es war daher besser, nicht allzu genau nach den Ursachen zu forschen, gab es doch genügend Gründe, die zur Erklärung der ausbleibenden Schwangerschaft herangezogen werden konnten.

Offenbar hatte er die Angelegenheit, die er selbst kaum als Problem empfand, zu sehr auf die leichte Schulter genommen. Während ihm, der wenig für Kinder übrig hatte, weil er mit ihnen nicht umzugehen wußte, dieser Punkt wenig bedeutungsvoll erschien, hatte sich die Frau weiter nach einem Kind gesehnt.

Darüber hast du nie gesprochen, sagte er jetzt. Ich wußte nicht –

Siehst du, sagte die Frau, das ist es eben. Du hättest es wissen müssen. Dein Freund hat es sofort verstanden; daran merkt man, was für ein Frauenkenner er ist.

Darauf wußte Hans-Georg nichts zu erwidern. Jetzt gib mir

endlich den Brief, sagte er, meinst du nicht, es ist an der Zeit, daß ich selber lese, was mir zugedacht ist?

Verblüfft sah er zu, wie sie die verstellbaren Fächer des Nähkastens auseinanderschob und unter einem Gewirr von bunten Garnrollen das Objekt ihres Streites hervorholte.

Absender Kassel, postlagernd, wie immer, sagte sie. Weißt du, was ich denke?

Nun gib schon her!

Ich denke, wir sollten ihn einen dieser Tage zum Abendessen einladen, damit er sich selbst ein Bild von uns und unserem Haus machen kann.

Von dir, meinst du.

Sie hörte nicht, ließ sich von ihren Gedanken fortreißen: ein Abend, der sie entschädigen würde für lange Jahre im Trott ihres einförmigen Alltags. Unvergeßliche Begegnung mit einem Mann von Welt, einem Romantiker – für Elfriede waren Schriftsteller grundsätzlich Schwärmer und Idealisten –, einer Berühmtheit, von der die Zeitungen berichteten, die Frauen schwärmten, deren Bücher in der ganzen Welt gelesen wurden. Und solch ein Mann würde ihr Gast sein, hier, in ihrem Haus, das sie von ihren Eltern übernommen hatte. In diesem märchenhaften und doch zum Greifen nah erscheinenden Traum hatte Hans-Georg keinen Platz mehr, gerade, daß sie ihm noch die Rolle des Vermittlers zugestand.

Kalbsnierenbraten, sagte sie, und es klang wie Liebesgeflüster, Kalbsnierenbraten mit zartem Rahmgemüse und Croquetten. Vorher klare Fleischbrühe mit Eierstich – nein, Grießklößchen. Meinst du, er mag Grießklößchen?

Er wird nicht kommen, sagte Hans-Georg.

Wir werden ja sehen, sagte die Frau. Lad ihn nur erst einmal ein. Sie schien sich ihrer Sache sicher.

Er blickte auf den Brief in seiner Hand. Die leichte Schrumpelung seiner Oberfläche schien anzudeuten, daß die Frau zunächst erfolglos versucht hatte, den Leim des Umschlags über Wasserdampf zu lösen, bevor sie die Geduld verloren und die obere Kante aufgefetzt hatte, vermutlich mit dem Fingernagel.

‹Lieber Hans-Georg Reitze›, las er. ‹Wie Sie sehen, verliere ich keine Zeit, Ihnen zu antworten, was Ihnen beweisen mag, wie groß mein Interesse an Ihnen ist. Es gibt allerdings auch noch einen zweiten Grund für meine prompte Reaktion: Um meine immer reichhaltiger werdende Korrespondenz zu bewältigen, habe ich mir angewöhnt, Briefe meiner Privatpost noch am gleichen Tag zu beantworten. Das hat den Vorteil, mein Gewissen während der darauffolgenden Tage nicht mit Unerledigtem zu belasten. Darüber hinaus finde ich, eine Sofortbeantwortung, solange das Gelesene noch lebendig vor Augen steht, kommt fast einem Gespräch gleich. Geht es Ihnen nicht auch so? Wissen Sie was? Ich habe vor, Ihren Namen zu ändern. Hans-Georg klingt mir, verzeihen Sie, zu bieder, zu – wie soll ich sagen – humorlos. Sicher haben Ihre Eltern seinerzeit Ihre Geburt mit stolzem Ernst gefeiert, wie es damals die Sitte war, und Ihnen die Vornamen irgendwelcher Lieblingsbrüder oder Erbonkel angehängt. Nein, weg mit dem Hans, Georg genügt. Besser noch: George, englisch ausgesprochen. Gute Idee, ich werde Sie von nun an George titulieren, es sei denn, Sie hätten grundsätzlich etwas dagegen, sich von mir so nennen zu lassen.

Gerade habe ich Ihren Brief noch einmal aufmerksam durchgelesen. Wäre ich ein wissenschaftlicher Schriftsteller, würde es mich reizen, einmal eine Abhandlung über die Gesetze des Zufalls zu verfassen. Just zu dem Zeitpunkt, da wir uns begegneten, war ich – und bin es noch – mit der Schwierigkeit konfrontiert, in dem sehr langsam wachsenden Roman, an dem ich zur Zeit schreibe, eine Ehe zu schildern, und zwar eine durchschnittliche ohne die Möglichkeit diverser Spielvarianten, wie sie Mitgliedern der gehobenen Gesellschaft zur Verfügung stehen. Nun wissen Sie ja, daß ich aus Gründen, die ich Ihnen nannte, ein eingefleischter Junggeselle bin, dem ein langjähriges Zusammenleben mit ein und derselben Person nur schwer vorstellbar ist. Erkundigungen bei verheirateten Freunden in meinem Umkreis ergaben zunächst positive Auskünfte, die sich bei näherem Hinschauen als pure Heuchelei erwiesen. Wo immer ich hinhörte, hatte man sich den Standardvorstellungen der Gesellschaft angepaßt und sich irgendwie arrangiert, um nach außen hin den Schein zu wahren. Maskeraden aber nutzen mir für meine Arbeit nichts, was ich brauche, sind die alltäglichen Gefühle von – verzeihen Sie mir – alltäglichen Menschen in alltäglichem Milieu. Mißverstehen Sie mich nicht, mein Freund; nichts liegt mir ferner, als Ihr Vertrauen, das ich hoch werte, für meine eigenen Zwecke auszunutzen. Natürlich auch sehe ich in Ihnen keinen Durchschnittsmenschen, wie Sie nach dem eben Gesagten vielleicht glauben könnten. Weit davon entfernt. Was Sie mir bislang von sich und Ihrem Eheleben anvertrauten, bildet lediglich eine Art Grundkonzept, auf das sich meine Fantasie stützt, um daraus den Stoff zu entwickeln, der mir für diese Arbeit vorschwebt, verstehen Sie? Ich wäre sehr betrübt, würden Sie von nun an meinen Absichten mißtrauen.

Die Kombination Ihrer Ehe mit dem Schatten einer übermäßig von Ihnen geliebten Mutter, die etwas Inzestiges hat, über das Sie sich gerade klar zu werden versuchen, fasziniert mich. Wenn ich mich zurückerinnere: ich glaube nicht, daß ich meine Mutter besonders mochte, vielleicht deshalb, weil sie nie über das selbstverständlichste Maß hinausgehende Sympathien für mich gezeigt hat. Sicher bin ich mir allerdings nicht; die Ambivalenz kindlicher Gefühle mit all ihren Aspekten auszuloten, dazu bedarf es schon eines Experten, der ich, in offenbarem Gegensatz zu Ihnen, nicht bin.

Über Ihre Frau, lieber George, habe ich, so wie Sie sie mir schildern, lange nachgedacht. Man sollte alle Seiten abwägen. Es ist gewiß für eine sechsunddreißigjährige Frau mit natürlichem Erlebnishunger nicht gerade das Ideale, in solch einem Nest lebendig begraben zu sein, selbst wenn sie dort aufgewachsen ist. Wobei ich unterstelle, daß sie zu konservativem Denken neigt. Nur scheint die Ursache Eurer inneren Entfremdung in Eurer Kinderlosigkeit zu liegen. Gesetzt den Fall, sie ist eine Durchschnittsehefrau, wie ich sie für mein Buch erträume, braucht sie vermutlich Kinder um sich, zumal Sie viel unterwegs sind. Vielleicht, mein Freund, haben Sie diese Tatsache im Laufe der Zeit aus Ihrem Bewußtsein verdrängt oder haben sogar als langjähriger Junggeselle eine ähnliche Aversion gegen solch kleine Lärmmonster wie ich. Wahrscheinlich aber liegt diese Erklärung viel zu sehr auf der Hand, als daß sich der innere Mechanismus einer Zwangsgemeinschaft in all seinen Abläufen allein damit erfassen ließe ... ›

Hans-Georg blickte auf. Das also war die Stelle, aus der die Frau herauszulesen glaubte, sie diene ihrer persönlichen Verteidigung, obwohl es sich doch im Grunde um nichts weiter handelte als um theoretische Spekulation zur Motivierung eines Romanthemas. Insbesondere beruhigte ihn, daß aus Arendts Zeilen nicht hervorging, wie stark er, Hans-Georg, seinem Unmut über sie Luft gemacht hatte.

Da hast du's schwarz auf weiß, sagte die Frau, die ihn während des Lesens nicht aus den Augen gelassen hatte, ein Mann wie er versteht mich wirklich auf Anhieb.

Ein Mann wie er, wie du dich auszudrücken beliebst, meine Teure, entwickelt Arbeitshypothesen. Daß ihr Frauen immer alles sogleich auf euch persönlich beziehen müßt.

Sie stieß einen Laut aus, der, simultane Äußerung von Mißbilligung und Protest, wie höhnisches Schnorcheln klang.

Stur, sagte sie. Einfach stur. Kapiert nichts, will auch nichts kapieren. Früher warst du anders.

Wundert dich das?

Wenn ich daran denke, fuhr sie erbarmungslos fort, wie du mich seinerzeit mit Aufmerksamkeiten überschüttetest. Jeden dritten Tag Rosen. Und deine poetischen Liebesbriefe an mich...

Hör auf, sagte er peinlich berührt. Daran wollte er nicht erinnert werden, an die – von heute aus gesehen – geschmackliche Entgleisung seiner Liebeswerbung um die Frau vor zwölf Jahren. Der beachtliche Altersunterschied zwischen ihnen hatte ihn glauben lassen, mit romantischen Requisiten nachhelfen zu müssen. Schon damals, so sehr verliebt er auch in die vor Temperament sprudelnde Steinmetztochter gewesen war, hatte sich zwischen dem studierten Mann und dem Mädchen aus kleinbürgerlichen Verhältnissen ein gewisser intellektueller Niveauunterschied gezeigt, den jedoch beide in der Überzeugung, daß eine solche Nebensächlichkeit niemals ihre Zuneigung füreinander gefährden könne, ignorierten. Besonders Hans-Georg, der nun endlich seine erotische Hemmschwelle überwunden glaubte, war voller Zuversicht gewesen und rechnete fest damit, daß es in den zukünftigen Jahren allmählich zu einer Angleichung kommen würde.

Ja natürlich, davon willst du heute nichts mehr wissen. Und soll ich dir sagen, warum? Weil du es nicht mehr nachvollziehen kannst, darum. Weil du alt wirst. Alt und bequem. Und nun befürchtest du, ich könnte mich in deinen Freund verlieben, ein dir unerträglicher Gedanke!

Es gab Tage, da packte Elfriede die Lust, ihn gehörig zu provozieren. Hans-Georg, stellte sie bei solchen Gelegenheiten nicht ohne Genugtuung fest, war dem nicht gewachsen. Siege über ihn steigerten ihr Selbstgefühl. War sie erst einmal am Zuge, ließ sie sich von niemandem mehr aufhalten.

Diese Arroganz, dachte er in stillem Zorn. Hält sich für den Nabel der Welt, die Frau. Ist sie sich meiner Abhängigkeit von ihr und ihren Launen so sicher, daß sie sich der Überzeugung hingibt, ohne sie könnte ich nicht weiterexistieren? Doch nicht das war es, was ihn mehr als alles andere empörte. Es war ihr Spiel mit der Untreue, eine, wie er fand, besonders heimtückische Variante ihrer Kritik an seinen Unzulänglichkeiten. Er hatte in der Befürchtung, mit dem Versuch einer offenen Aussprache alles nur noch schlimmer zu machen, darüber geschwiegen, daß er einst unfreiwillig in seinem eigenen Heim Zeuge ihres Techtelmechtels mit dem Bankangestellten geworden war, und sich damit zu trösten versucht, es könne sich angesichts dieses Laffen mit der Stirn eines Gorillababys wohl nur um einen einmaligen Fehltritt handeln. Hans-Georg war sich seiner Charakterfestigkeit bewußt; weitere Vergleiche mit dem Mann, in dem er trotz seines mangelnden Selbstgefühls keinen ernsthaften Nebenbuhler sah, vermied er wohlweislich. Die Verdrängung hatte funktioniert; selbst in ihren zerstrittensten Stunden war ihr Seitensprung nie zur Sprache gekommen. Dagegen fand er nun ihre Äußerung bezüglich einer möglichen Affäre zwischen seinem Freund und ihr, obendrein als eine Art Erpressung gebraucht, im höchsten Maße unmoralisch und verachtenswert. Er kannte sie lange genug, um zu wissen, daß ihren Worten konkrete Vorstellungen zugrunde lagen. Auch wenn die beiden nie zusammenträfen – und dafür würde er sorgen –, ließ sich nicht leugnen, daß die Frau ihn in Gedanken bereits betrog. Man mußte, fand er, nicht unbedingt körperlich miteinander intim werden, um den Tatbestand der Untreue zu erfüllen. Die Skrupellosigkeit, mit der sie ganz offen ihre Absicht bekundete, ihrem Mann den Freund zu nehmen, sehr wohl wissend, wieviel Hans-Georg diese Freundschaft bedeutete, beraubte ihn einmal mehr der Möglichkeit einer passenden Erwiderung. Sie machte ihn stumm.

Er versenkte sich wieder in den Brief – warum hatte er sich überhaupt in seiner Lektüre unterbrechen lassen? –, um nun laut fortzufahren:

‹Wie Sie aus dem Stempel ersehen, bin ich mal wieder auf Reisen, halb beruflich, halb privat, privat insofern, als ich mir die Zeit nehme, mich ein wenig im Land umzusehen, was mir allerdings in den wenigen Stunden, die mir dazu zur Verfügung stehen, nur sehr oberflächlich gelingt. Ich bilde mir gern ein, die so gewonnenen Eindrücke später für meine Arbeit nutzen zu können, auch wenn meinem Gedächtnis nicht viel mehr bleibt als ein Gemisch von Farben, Lauten und Gerüchen, die bald nach der Heimkehr verblassen. Denken Sie aber nicht, lieber George, ich reiste zu meinem Vergnügen in der Welt umher. Es sind Lesetourneen, arrangiert von meinem Agenten im Namen meines Verlags, Reisen in diejenigen Länder, in denen meine Bücher in Übersetzung erscheinen. Und das sind, in aller Bescheidenheit, nicht wenige. Man hält mich auf Trab. Die Lesungen selbst, verbunden mit Signierstunden, Diskussionen und daran anschließenden opulenten Nachtessen sind sehr ermüdend. In der Regel besteht mein Publikum zu neunzig Prozent aus Frauen, begeisterten Leserinnen meiner Romane. Kein Grund, mich zu beneiden. Ja, wenn es junge, hübsche Mädchen wären! Aber die Frauen, die kommen, um ihren Lieblingsautor zu sehen und zu erleben, gehören, von seltenen Ausnahmen abgesehen, zu einer besonderen Kategorie. Da ist kaum eine jünger als fünfzig. Ich vermute, ihre attraktiveren Geschlechtsgenossinnen wissen die Abende besser zu nutzen, als in verstaubten Bibliotheksräumen zu hocken und sich anzuhören, was sie gedruckt in jedem besseren Buchladen käuflich erwerben können. Dafür sehen die meisten meiner Zuhörerinnen entsetzlich belesen aus und, was schlimmer ist, sie sind es auch. Diese Brillenblicke, die sich gierig nach Information in die meinen bohren, machen mir manchmal regelrecht Angst. Dann muß ich mich zur Liebenswürdigkeit zwingen, denn schließlich ist jede einzelne von ihnen eine potentielle Leserin, *meine* Leserin. Und kein Autor, wie berühmt auch immer, darf es sich leisten, sein Publikum vor den Kopf zu stoßen. Sie sehen, auch ich bin alles andere als ein freier Mensch und von den Umständen nicht weniger abhängig als Sie, wenn auch in anderer Weise... Aber ich will Sie nicht länger mit solchen Details langweilen. Außerdem muß ich mich nun wieder meinem neuen Roman widmen, von dem ich mir einiges erhoffe. Das Thema ist, wie gesagt, scheinbar unkompliziert: alltägliche Menschen bei alltäglichem Tun. Was die Spannung ausmachen soll, ist eine unterschwellige psychologische Komponente mit kriminalistischem Einschlag.

Halten Sie mich weiter auf dem laufenden über alles, was Sie betrifft, mein lieber George! Sie wissen, ich nehme regen Anteil an Ihrem Leben. Und verzeihen Sie mir, wenn dies manchmal nicht ganz uneigennützig geschieht, Ihr . . . ‹

Wie zuvor blieb die handschriftliche Signatur – ein eiliges Fadengebilde – unleserlich.

Hans-Georg faltete den Brief zusammen, schob ihn in den Umschlag und betrachtete interessiert die holländische Marke, bevor er aufsah. Die Frau saß zurückgelehnt im Sessel und blickte lächelnd dem Rauch ihrer Zigarette nach. Ihr Gesicht war völlig entspannt. Keiner, der sie so sah, wäre auf die Idee gekommen, daß diesem Bild des Friedens eine verletzende Auseinandersetzung vorausgegangen war.

Ein schöner Brief, findest du nicht? sagte sie.

Als Antwort brummte er irgend etwas Unverständliches.

Das mit dem kriminalistischen Einschlag. Meinst du, Daniel schreibt Krimis?

Unwahrscheinlich, sagte er. Es verblüffte ihn immer von neuem, mit welcher Unbefangenheit die Frau sich aus den Spannungen nach einem handfesten Ehekrach zu lösen vermochte. Eben noch geradezu angriffswütig, konnte sie gleich darauf fast übergangslos und mit einem Lächeln, das von dem Vorgefallenen keine Kenntnis zu haben schien, mit ihm plaudern, als sei nichts gewesen, während in ihm jedes böse Wort noch lange nachklang. Früher hatte er solche Fähigkeit zur Mimikry für impulsive Versöhnungsbereitschaft gehalten und sie als Hinweis darauf genommen, daß sie ihm nichts nachtrug, wofür er ihr dankbar war. Später hingegen, im Umgang mit ihr erfahrener, glaubte er zu verstehen, daß ihr Einlenken weniger einer friedfertigen Natur als nüchterner Überlegung entsprang und nichts anderes war als die Taktik, die Trümpfe nicht alle auf einmal aus der Hand zu geben. Im Gegensatz zu seiner Annahme, sie vergesse schnell, besaß Elfriede Reitze eine ausgeprägte Merkfähigkeit. Sie hob sich das eine oder andere Argument für spätere Gelegenheiten auf und pflegte ihren Mann gern gerade dann damit zu traktieren, wenn dieser sich in Sicherheit wähnte.

Wieso? Woraus willst du schließen, daß er keine Kriminalromane schreibt?

Seine ganze Art. Außerdem wären unter seinem Publikum dann mehr Männer.

Da hast du recht, pflichtete sie ihm bei. Mehr Männer, das stimmt. Du mußt unbedingt herausfinden, was er schreibt.

Hältst du das für so wichtig?

Du etwa nicht? Jetzt, wo ich seine Briefe kenne, möchte ich seine Bücher lesen. Wie sollen wir ihn denn wirklich kennenlernen, solange wir nicht einmal wissen, was er schreibt? Frag ihn!

WIR. Jetzt, wo es um ihre Interessen geht, solidarisiert sie sich mit mir.

Möchte ich nicht, sagte er. Arendt bat mich ausdrücklich, nicht nach seinem Schriftstellernamen zu forschen. Ich respektiere das, es ist sein gutes Recht.

Ich weiß nicht, sagte die Frau.

Was er meint, ist, daß unser Kontakt seine Unbefangenheit verlieren könnte. Mir leuchtet das ein.

Mir nicht, sagte sie. Entweder du fantasierst in diese Beziehung etwas hinein –

Wer fantasiert wo etwas hinein? unterbrach er gereizt.

– etwas hinein, was nicht da ist. Ich meine, daß er sich nicht halb so viel aus dir macht wie du aus ihm. Oder – sie machte eine kleine Pause, um den nachfolgenden Worten Bedeutung zu verleihen – er hat etwas zu verbergen.

Lächerlich. Was sollte ein Mann wie er schon zu verbergen haben? Unwillkürlich gewann ihr Dialog wieder an Schärfe.

Immer noch lächelnd, sagte sie: Du mit deinem Kinderglauben an das Gute im Menschen.

Hans-Georg hob und senkte die Schultern. Eine demonstrative Geste, die besagte, für wie überflüssig er ein Gespräch hielt, das nur auf Vermutungen basierte. Wie konnte er von ihr, deren Fähigkeit, sich in andere Menschen hineinzuversetzen, bei allem Geschick zur Anpassung gleich Null war, Verständnis für die Art der Beziehungen erwarten, die Männer miteinander verband; sie war eine Frau, ein Wesen von unbezähmbarer Neugier, wenn es darum ging, einen Blick hinter die Kulissen zu werfen, ein Wesen auch, das über einen schier unerschöpflichen Vorrat an Worten verfügte, mit denen es, wenig wählerisch, so lange und hartnäckig um sich warf, bis alles hoffnungslos zerredet war.

Jedenfalls solltest du, wenn du ihm wieder schreibst, versuchen, mehr Klarheit zu gewinnen, sagte die Frau, biß den Faden an der ausgebesserten Manschette des Wäschestücks durch und verstaute Schere und Garn im Nähkasten. Man muß doch wissen, mit wem man es zu tun hat.

Er war aufatmend dabei, sich der Stille hinzugeben, die nach ihren Worten eingetreten war, als ihr, die alles gern wiederholte, noch ein Zusatz einfiel.

Und vergiß die Einladung nicht! rief sie unter voller Ausnutzung ihres schrillen Stimmaterials.

Hans-Georg fuhr zusammen, sein Herz stolperte, seine Finger, von denen seine Mutter einst gesagt hatte, es seien die Finger eines Poeten, griffen automatisch zum Kragen. Wo waren seine Tropfen? Immer, wenn er sie benötigte, verkroch sich das verdammte braune Fläschchen irgendwohin, wo er es nicht erreichen konnte. Jetzt war er der Frau dankbar für ihr Talent, sich mühelos von einer Rolle in die andere zu manövrieren.

Schnell und geschickt öffnete sie die oberen Knöpfe seines Hemdes, bettete, ganz besorgte Ehefrau, seinen Kopf gegen die Sessellehne, setzte ihr bestimmtes Es-wird-schon-alles-wieder-gut-Lächeln auf.

Warte, ich hol dir deine Medizin, bleib ganz ruhig! Du Ärmster, sagte sie gleich darauf im Mitleidston einer Mutter, die ihren Vierjährigen über ein aufgeschlagenes Knie tröstet, nachdem sie die abgezählten Tropfen auf den Zuckerwürfel geträufelt und ihm ein Glas Wasser zum Nachtrinken gereicht hatte.

Zum Glück beruhigte sich sein Herz schnell. Er atmete tief durch. Vorbei, sagte er eilig, obwohl es nur zum Teil der Wahrheit entsprach. Noch saß ihm der Kloß im Hals, und seine Hände zitterten unkontrolliert. Das war die Angst, eine regelrechte Todesangst, die ihn jedesmal überfiel, wenn die Pumpe im Brustkorb einen kleinen Extrasprung vollführte. Dieser Angst schämte er sich sehr, weil er sie für unmännlich hielt, und er tat alles, um sich wenigstens diese Seite seiner Krankheit nicht anmerken zu lassen.

Die Frau sah ihn prüfend an, bevor sie ihm seiner unsteten

Hände wegen half, die Knöpfe des Hemdkragens wieder zu schließen. Geht's jetzt wieder?

Natürlich, sagte er. Es war nichts. Wirklich nichts.

Nach dem Abendessen setzte sich Hans-Georg, beruhigt darüber, daß der Bildkasten im Wohnzimmer der Frau ein Programm nach ihrem Geschmack bot, von dem sie sich so schnell nicht würde ablenken lassen, mit dem Napoleon und einer Flasche Mineralwasser an seinen Schreibtisch, um seine Antwort an Daniel Arendt zu komponieren. Der Freund hatte recht: Man sollte reagieren, solange der Eindruck noch frisch war; auf diese Weise erhielt das Ganze den Charakter eines lebendigen Gesprächs. Gewarnt von seinem Herz, füllte er sein Glas mit großer Vorsicht so, daß die bernsteinfarbene Flüssigkeit nur knapp zwei Zentimeter hoch den Boden bedeckte. Er konnte sich ja später nachschenken, wenn sich herausstellte, daß sie ihm bekam. Schließlich war guter Cognac auch Medizin.

‹Lieber Daniel›, schrieb er, denn mittlerweile war ihm der so Angeredete bereits um ein Vielfaches vertrauter, als es die noch junge Korrespondenz zwischen ihnen vermuten ließ. ‹Auch mir scheint die Methode der Sofortbeantwortung der beste Weg, unsere Beziehung nah und lebendig zu erhalten. Womit ich gleich Dank sagen will für Ihren Brief, den mir meine Frau beinahe vorenthalten hätte. Nun sitze ich nach recht heftiger Auseinandersetzung mit ihr, die sich das Recht nimmt, an mich gerichtete Post zu öffnen und zu lesen, in der erholsamen Stille meines Zimmers, um postwendend zu antworten, eine Tätigkeit, der ich mehr Freude abgewinne als selbst dem Studium meiner Lieblingsbücher. Auf die Gefahr hin, mich zu wiederholen, lassen Sie mich noch einmal sagen: Ihre Briefe bedeuten mir viel, tatsächlich so viel, daß mich Ihre Vermutung, ich könnte mich durch eine literarische Einbindung meines Daseins in Ihren neuen Roman ausgenützt fühlen, fast kränkt. Das Gegenteil ist der Fall: Ich bin geschmeichelt und wie ein Kind getröstet, daß ein Mann wie Sie, lieber Daniel, dieser Monotonie noch interessante Aspekte abzugewinnen versteht. Mehr und mehr wird mir die Flucht in unseren Gedankenaustausch zum Bedürfnis – doch ja, eine Flucht ist es: Trotz Ihres geschulten Einfühlungsvermögens werden Sie als standhafter Junggeselle wohl nur schwerlich nachvollziehen können, zu welcher Last sich der zähe Leim, der Ehepartner unserer Einkommensklasse aneinanderpappt, auswachsen kann, wenn wie in meinem Fall die Umstände den Verzicht auf jede Art von persönlicher Freiheit bedingen – und sei es nur die, sich dem Druck ständigen Beobachtetwerdens zu entziehen. Das geht so weit, daß ich mich gezwungen sehe, bis hin zu den Gedanken, die meine Frau mir von der Stirn abzulesen versteht, über jeden meiner Schritte Rechenschaft abzulegen, um nervenaufreibende Auseinandersetzungen zu vermeiden, denen meine Gesundheit nicht mehr gewachsen ist. Man sollte meinen, daß ein Vertreter auf seinen Reisen genügend Gelegenheit fände, sich auch einmal ein kleines Vergnügen zu gönnen. Ich müßte dieses, nähme ich es wahr, mit dem totalen Verlust meiner Unbefangenheit beim Heimkommen bezahlen, ein Preis, der mir angesichts der zu erwartenden Szenen zu hoch erscheint. Ein Pantoffelheld? Ja, ein Pantoffelheld, Daniel, ein Feigling. Und so einen wollen Sie zum Mittelpunkt Ihres neuen Romans machen? Allerweltsfiguren? Menschen wie...›

Hans-Georg nahm die Hände von den Tasten. ‹Menschen wie du und ich› hatte er schreiben wollen. Der Vergleich hinkte: ‹wie sie und ich›, sie, die Frau, mußte es heißen.

‹...meine Frau und ich›, fuhr er fort, ‹auf ihrer eingefahrenen Bahn, worin der Alltag sich in trübem Einerlei fortbewegt, reicht so etwas denn aus für ein Buchthema? Das kann ich mir nur schwer vorstellen. Werden Ihre Leser, die in Ihrem Roman statt der erwarteten Ablenkung nur ihre eigene Misere widergespiegelt finden, nicht sagen: Was soll uns das, diese Probleme haben wir selbst? Verzeihen Sie, ich versuche nur, mich als Laie ein wenig in Ihren Aufgabenbereich hineinzuversetzen, ein Versuch allerdings, der so lange zum Scheitern verurteilt ist, als ich die Art Ihres Schreibens nicht kenne. Was natürlich nicht heißen soll, daß ich Ihnen nicht auch weiterhin gern mit jeder Information über mein Leben zur Verfügung stehe, die Sie für Ihre Arbeit benötigen.›

Hans-Georg machte eine Pause, um auszuprobieren, ob der bereitstehende Cognac, vorsichtig genossen, ihm Schaden oder Nutzen bringen würde. Mit dem, was das Glas enthielt, war keine Wirkung zu erzielen; die Ration hatte er ja aus Vorsicht knapp bemessen. Jetzt, wo er sich wieder besser fühlte, fand er seine frühere

Bedenklichkeit übertrieben. Seine Hand zitterte nicht mehr, als er sich reichlich nachgoß und das zweite, bis zur bauchigen Hälfte gefüllte Glas leerte. Mit rauchigem Beizgeschmack rann die belebende Flüssigkeit seine Kehle hinab und verbreitete, im Magen gelandet, eine Art Flächenbrand in seinem Körper, der die Glieder durchströmte, die äußeren Extremitäten, Zehen, Finger und zuletzt den Kopf mit heliumleichter Wärme durchpulste. Hans-Georg fühlte sich bis zum Übermut gestärkt und angriffslustig, eine generelle Form von Aggressivität, die herauswollte, gegen niemanden im speziellen gerichtet, so jedenfalls erschien es ihm. Was hatte er sich da zusammengelabert über das neue Buch seines Freundes? Eitle Selbstbespiegelung. Zeigen, daß Herr Durchschnittsbürger alles andere als ein Nitwit ist. Daß er mehr versteht, als man ihm möglicherweise zutraut. Daß er mitreden kann. Soll Arendt doch schreiben, was er will – sein Beruf, nicht der meine! Themawechsel. Die Sache mit der fehlenden Nachkommenschaft lag ihm auf dem Gewissen. In seinem Unbehagen steigerte er sich mehr und mehr in aggressiv formulierte Verteidigung hinein.

‹Sie meinen also›, fuhr er in seinem Brief fort, ‹daß meiner Frau nur Kinder fehlen, um ihre Unzufriedenheit in Glück zu verwandeln? Ich bin nicht Ihrer Ansicht, Daniel, obwohl meine Frau diese Sätze Ihres Schreibens in Entzücken versetzten, da sie sie als Ihr persönliches Interesse wertet. Ich mache mir da nichts vor: um Sie, den im Licht der Öffentlichkeit stehenden Mann, geht es ihr, nicht um entgangene Mutterschaft. Was immer Sie Anteilnehmendes über sie geschrieben hätten, es wäre mit dem gleichen Entzücken und der Behauptung, in Ihnen endlich den Mann gefunden zu haben, der bis auf den Grund ihrer fraulichen Seele zu blicken vermag, aufgenommen worden. In meinem letzten Brief vertraute ich Ihnen an, was der Begriff Mutter für mich beinhaltet: Herzensgüte, Toleranz, Zärtlichkeit aus innerem Verstehen auch für die Schwächen des Kindes – alles Eigenschaften, die unser Kind, hätten wir eines, vergeblich bei Elfriede –› Widerwillig hackte Hans-Georg den verdrängten Namen Taste für Taste aufs Papier ‹– suchen würde. Nein, als gute Mutter kann ich sie mir nicht vorstellen, es fehlen ihr dazu meines Erachtens bestimmte charakterliche Voraussetzungen. Zum Beispiel ist sie gewohnt, stets das letzte Wort zu haben und in allem ihren Willen durchzusetzen, was bedeuten würde, daß sie in unseren Kindern Duckmäuser heranzöge, die nicht zu widersprechen wagten und keine Chance hätten, sich später im Leben zu bewähren und durchzusetzen. Ich andererseits wäre als Vater kaum imstande, ihnen Hilfestellung zu leisten. Meinen Widerstand habe ich schon vor vielen Jahren aufgegeben. Nein, wir wären beide keine guten Eltern. Sie mögen damit recht haben, daß die Frau sich Kinder gewünscht hat. Aber ich bezweifle, daß sie in ihnen etwas anderes als ihren persönlichen Besitz gesehen und ihre sich mit den Jahren entwickelnde Selbständigkeit je respektiert hätte.

Im übrigen sollte man bei der Überlegung, Kinder in die Welt zu setzen, die allgemeine wirtschaftliche Lage nicht außer acht lassen, meine ich. Ich weiß, lieber Daniel, für Sie kein Thema. Wir jedoch in unserer kleinen Welt leben in recht beschränkten Verhältnissen. Es reicht gerade für uns beide. Auch das ein wichtiger Punkt, über den sich meine Frau durchaus im klaren ist. Nein, nochmals nein, sie wäre keine gute Mutter. Auf der einen Seite würde sie das Kleinkind wie unseren Dackel umschmusen und es derart mit Leckerbissen überfüttern, daß es sein gesamtes übriges Leben damit zubringen müßte, die Fettpolster wieder abzubauen, die eine falsche Ernährung im Kindesalter ihm aufzwangen, und auf der anderen verlöre sie nur allzu schnell die Geduld, handelte es nicht nach ihrem Willen. Aber nun Schluß mit diesem Thema, das für uns sowieso nicht mehr aktuell und für Sie uninteressant ist, denn erstens sind Sie Junggeselle, Sie Beneidenswerter, und zweitens deuteten Sie mir Ihre Abneigung gegen die kleinen Lärmmonster, wie Sie sie nannten, schon an. Eine weitere Ähnlichkeit zwischen uns.

Ja, ich fürchte, viel ist es nicht, womit ich Ihnen in bezug auf Ihre Geschichte, an der Sie gerade arbeiten, weiterhelfen kann. Ich kann mich da so schlecht in Ihre Absicht hineinversetzen: was kann es schon Interessantes an der durchschnittlichen Existenz des einfachen Bürgers geben? Verzeihen Sie, Daniel, aber meinen Sie nicht, daß solch ein Stoff wenig Interesse finden wird? Gerade diejenigen, deren Leben Sie beschreiben, wollen doch in ihrer knappen Freizeit, in der sie nach einem Buch greifen, um sich zu zerstreuen, von etwas anderem lesen als von dem, was sie tagtäglich selbst praktizieren. Aber Sie werden schon wissen, wie Sie Ihr Thema aufbauen wollen, und vielleicht wird es ja auch, meinen laienhaften Bedenken zum Trotz, ein ganz großer Bestseller.

Wie ich Sie um Ihre Freiheit des Reisens in andere Länder beneide! Sicher werden Ihnen Ihre Lesungen wenig Zeit lassen, sich an den betreffenden Orten genauer umzusehen. Ich könnte mir jedoch vorstellen, daß das letztendlich gar nicht so wichtig ist. Eine weichere Luft zum Atmen beispielsweise, unvertraute Gerüche, die die Sinne erregen, oder Temperaturunterschiede zum Gewohnten, die verdeutlichen, daß man sich in einem fremden Land befindet, würden meiner Fantasie schon Flügel verleihen. Wie dann erst der Ihren! Oder ist Ihnen das Reisen bereits so zur Gewohnheit geworden, daß Sie solche Dinge gar nicht mehr empfinden? Gewohnheit ist ja wirklich etwas Tödliches; ein schleichendes Übel, das stumpf macht und aushöhlt, bis man schließlich gänzlich von ihr abhängig wird, dazu meist noch ohne die Kraft, sich über ihr Gift klarzuwerden, bis es zu einer Änderung zu spät ist. Ich weiß ein Lied davon zu singen, lieber Daniel ... ›

Hans-Georg unterbrach, um das zuletzt Geschriebene kurz zu überfliegen. Seltsam, dachte er dabei, ich bemühe mich doch wirklich, auf seine Belange einzugehen. Aber immer wieder komme ich auf meine eigenen zurück.

Die restliche Seite füllte er mit Fragen nach der Lebensweise seines Freundes aus, wobei ihn besonders die Lesungen im weiblichen Zuhörerkreis interessierten. Mit Daniel zusammen genoß er die offenbar bis ans Hysterische grenzende Bewunderung des weiblichen Auditoriums und ihre Macht über all diese Frauen, die zu erobern ein Kinderspiel war. Allerdings vermochte er sich nicht vorzustellen, daß ihn, Hans-Georg, solche Anbetung je langweilen würde.

‹Ich freue mich schon auf Ihren nächsten Brief›, schrieb er. ‹Aus welchem Land wird er wohl diesmal kommen? Herzliche Grüße, George.›

Es ging auf ein Uhr zu, als er sich in der Hoffnung, die Frau schliefe, vorsichtig dem Bett näherte. Im Dunkel machte er die vom Mondlicht gezeichneten Umrisse ihres Körpers aus. So konzentriert starrte er auf die schlummernde Gestalt, daß er fast einen Schemel umgestoßen hätte, der polternd gegen den Nachttisch eckte. Die

Konturen drüben verschoben sich. Den Atem anhaltend, blieb er reglos stehen, die Hand noch am aufgefangenen Stuhl, aus Angst, sich gerade aufzurichten; das Knacken seiner Wirbelsäule mochte die Frau endgültig zum Erwachen bringen, und das wollte er verhindern. Ihm war eingefallen, daß heute Sonnabend war. Zu spät. Die Federung knarrte. Im nächsten Augenblick ging das Licht der Nachttischlampe an.

Was stehst du da rum? sagte die Frau. Komm zu Bett.

Er zog sich schweigend aus, schlüpfte in seinen Schlafanzug und begab sich ins Bad, wo er sich so ausgiebig die Zähne putzte, als gelte es, der Vorderprothese das strahlendste Weiß ihres vierjährigen Lebens abzuringen. Menschen, die plötzlich in der Nacht hochschrecken, hatte er irgendwo gelesen, pflegen meist übergangslos wieder einzuschlafen. Er trödelte herum, stützte, nicht ohne einige Mühe, erst den einen, dann den anderen Fuß auf den Wannenrand, um sich die Zehennägel zu schneiden, drückte, das Gesicht dem Spiegel genähert, einen Mitesser an der Nase aus und kramte nach einer neuen Rolle Toilettenpapier, um sie gegen die mager gewordene im Halter auszutauschen. Ins Zimmer zurückkehrend, nahm er mit Erleichterung wahr, daß kein Licht mehr brannte. Erschöpft von seiner langen Schreibarbeit ließ er sich ins Bett fallen, nur um zu spüren, daß seiner Lieblingsschlaflage etwas Warmes, Elastisches im Weg war. Der schlafheiße Atem der Frau blies ihm in den Nacken.

Nicht! sagte er im vergeblichen Bemühen, sich aus der Umschlingung zu befreien.

Nun komm schon, drängte sie.

Nein, sagte er und stieß ihre tastenden Hände von sich.

Was heißt das: nein?

Es ist schon Sonntag, sagte er. Wenn sie ihn doch nur in Ruhe ließe! Der Gedanke, seine friedliche Einschlafstimmung an seinen Freund Daniel den sinnlichen Anwandlungen der Frau opfern zu müssen, war ihm höchst unwillkommen.

Er hörte sie seltsam lachen, die Tonleiter hinauf. Na, wenn schon, sagte sie, im Begriff, sich seines müden Körpers zu bemächtigen.

In ein paar Stunden gehen wir zur Sonntagsmesse, sagte er. Wir wollen doch rein vor Gottes Angesicht treten.

Ihre Arme erlahmten, als sei der Strom, der sie durchpulste, plötzlich unterbrochen. Kann ich dafür, daß du fünf Stunden brauchst, um einen einfachen Brief zu schreiben? Er hörte verhaltene Wut aus ihren Worten und gratulierte sich heimlich dazu, daß ihm zur rechten Zeit ein so überzeugendes Argument in den Sinn gekommen war.

Das nächste Mal, fuhr sie fort, komm ich rauf und nehm dir das Schreibzeug fort.

Soll das eine Drohung sein?

Ich werde sie wahrmachen.

Versuch's nur, sagte er aufgebracht, versuch's nur! Du wirst schon sehen, wohin das führt.

Wohin das führt? Das will ich dir sagen: daß ich mir einen Freund suchen werde, wenn du so weitermachst.

Die alte Leier, sagte er.

Jawohl, schrie sie, einen, der zu schätzen weiß, was eine Frau wie ich ihm zu geben hat, du – du Egoist mit deiner Selbstverliebtheit!

Hast du nicht noch etwas vergessen? unterbrach er sie wütend. Daß ich mein gutes Leben, wie du es zu nennen pflegst, ausschließlich der Güte und dem Fleiß meines verehrten Herrn Schwiegervaters zu verdanken habe? Nicht wahr, so ist es doch?

Sie sprachen schnell, ihre Worte überschlugen sich. Sie brüllten einander an, nicht mehr Herr ihrer Erregung, zuviel Aufgestautes brach sich da Bahn. Hochaufgerichtet saßen sie im Bett und starrten sich haßerfüllt in die Augen.

Die Stimme Elfriedes wurde schneidend, als sie ihm zur Antwort gab: Jawohl, genau so ist es! Wo wärst du denn heute ohne mein Geld? He? Was für eine Idiotin ich war! Jeden Mann in Kirchheim und Umgebung hätte ich haben können, jeden! Aber nein, ich mußte ja auf dich hereinfallen, auf dein väterliches Getue, deine verlogene Romantik...

Ehe er begriff, wie es geschah, hatte er ausgeholt und ihr mit aller Kraft ins Gesicht geschlagen. Erstaunlich, dachte er dabei, was für einen scharfen Knall doch eine simple Ohrfeige macht. Es erinnerte ihn, augenblicklich ernüchtert, an seine Kindheit: Platzpatronen gegen Spielkameraden... Er hatte seine Frau nie zuvor geschlagen.

Elfriede saß da, zu Stein erstarrt, und blickte ihn an, als begreife sie nicht, was das war, was sie so unvermittelt und nachdrücklich zum Schweigen gebracht hatte. Gleich, dachte er, während Zorn der Beschämung wich, daß er sich derart hatte hinreißen lassen, gleich wird sie in einen Strom von Tränen ausbrechen und die wüstesten Verwünschungen gegen mich ausstoßen. Er wartete. Noch immer bewegte sie sich nicht. Es war, als hielte sie eine hypnotische Kraft in Bann. Je länger der Zustand anhielt, desto inständiger hoffte er, sie möge ihn beschimpfen, verfluchen – alles, nur nicht dieses Schweigen.

Schüchtern streckte er den Arm gegen sie aus, um sie aus ihrer Starre zu wecken. Es tut mir leid, das habe ich nicht gewollt, leg dich hin und versuch zu schlafen, es ist schon spät.

Mit einer Langsamkeit, der noch immer etwas Automatisches anhaftete, ließ die Frau sich in die Kissen zurückfallen und zog die Decke über sich. Hans-Georg streckte sich neben ihr aus und horchte auf Schnüffellaute, die einem Tränenausbruch voranzugehen pflegten, denn er vermutete sie unter Schockwirkung. Aber alles blieb ruhig.

Schon überlegte er, ob er es nun verspätet doch noch mit Zärtlichkeit versuchen sollte, die ihm sein schlechtes Gewissen vorschlug, als er sie sagen hörte: Du bist der letzte, von dem ich das erwartet hätte! woraus er, schon bereit zu jeder Art von Zugeständnis, um endlich seinen dringend benötigten Nachtschlaf aufzuholen, verblüfft so etwas wie widerwillige Anerkennung herauszuhören glaubte. Einerseits beruhigte diese Wendung sein Gewissen, denn, so stand es im Buch der Bücher geschrieben: eine Frau zu schlagen ist Sünde und im höchsten Grad verwerflich, andererseits verwirrte es ihn, daß Elfriede keineswegs von seiner Schandtat sonderlich erschüttert schien, eher überrascht. Ich hab dir nicht wehtun wollen, sagte er.

Hat nicht wehgetan, sagte sie. So seid ihr Männer eben: Wenn ihr nicht weiter wißt, schlagt ihr zu. Ruhiger, sachlicher Tonfall.

IHR MÄNNER. Hatte ihn tatsächlich seine Entgleisung bei ihr aufgewertet? Wie das? Er verstand die Welt nicht mehr, bis ihm einfiel, wie Elfriede ihm in früheren Jahren von ihrem Vater erzählt hatte, der, wenn sie als Kind unartig gewesen war, eine lockere Hand gehabt und ihr schon mal ab und zu ein paar kräftige Maulschellen verpaßt hätte. Für sie, die ihn zärtlich liebte, war ihr Vater ein Halbgott gewesen und der Inbegriff des Mannes ihrer Jungmädchenvorstellungen. Bereit nun, die Zeit zurückzudrehen und aus den frühen Sonntagsstunden einen späten Samstag zu machen, wandte er sich zu ihr um und blickte ihr aufmerksam ins Gesicht, bevor er zaghaft die rituelle Frage stellte, ob sie schlafe. Wie es langjährige Gepflogenheit zwischen ihnen verlangte, blieb sie unbeantwortet. Hans-Georg beugte sich prüfend über ihr Gesicht. Die Lider über ihren geschlossenen Augen bewegten sich nicht, als sein Atem sie streifte. Die Frau schlief wirklich. Er empfand es wie eine Ohrfeige, die, ihm hiermit zurückgegeben, alles andere als Lustgefühle in ihm erzeugte. Kenne einer sich mit den Frauen aus, sagte er böse, bevor er sich auf die Seite drehte.

Rücken an Rücken schliefen sie, nah genug beieinander, um von der eigenen Körperwärme noch an den anderen abzugeben. Und Rücken an Rücken träumten sie, so weit voneinander entfernt, als hätten die miteinander verlebten Ehejahre nie existiert. Daß dennoch beiden Träumen ein gemeinsamer Ausgangspunkt eignete, hatte wohl seinen Grund darin, daß seit kurzem eine Figur in ihr farbloses Dasein getreten war, die von da an einen zentralen Platz in ihrem Vorstellungsvermögen einnahm, wenn auch auf verschiedene Weise.

Elfriede sah sich nackt, nur mit einer breiten Diagonalschärpe bekleidet, zwischen anderen Frauen, gleicherweise schärpengewandet, auf einer Bühne stehen, von Hunderten wohlgefälliger Augen gemustert, die körperlos aus dem die Bühne umgebenden Dunkel gierten. Sie begriff: irgendeine Miß sollte gekürt werden, und sie war offenbar die Favoritin, was sie dem wüsten Lärm bei ihrem Auftritt entnahm, als unzählige nicht sichtbare Hände Beifall klatschten. Was stand auf dem fliederfarbenen Schärpenband, an dem sie vergeblich zupfte, um ihre diagonale Blöße zu bedecken? Sie blickte zu ihren Konkurrentinnen hinüber. Auf allen Schärpen das gleiche: MISS KIRCHHEIM. Da war es nun auch kaum eine Kunst, die Schönste zu sein. Der Bibliothekarin, blutarm und grauhaarig, ragte der unbedeckte Beckenknochen so spitz hervor, daß sie das weich herabfallende Schärpenband darüber spannen und sich auf diese Weise notdürftig verhüllen konnte. Im Gegensatz zu ihr stand Schwester Mathilde, die Krankenpflegerin, dank ihrer mächtigen Körperfülle sozusagen im Freien. Ihre Schärpe, rot wie das Blut, das sie den Patienten abnahm, wuchtete eine ihrer mächtigen Brüste hoch und verlief in einer Art zusammengedrehtem Strick unter der entgegengesetzten Achselhöhle. Der Busen hieß Miß Ki, stellte Elfriede fest. Ferner erkannte sie Frau Hennig, diese dumme Pute von einer Bankangestellten mit ihrem augenzwinkernd-konspirativen Grinsen, sobald sie Elfriede in die Sparkasse eintreten sah, die Lebensmittelhändlerin, deren Körper an Häßlichkeit ihrer ewig sauertöpfischen Miene nicht nachstand, die rheumageplagte Papierwarenverkäuferin mit dem krummen Rücken sowie, Elfriede vermerkte es nicht ohne tiefe, innere Entrüstung, die Frau des Gemeindepfarrers, da sah man besser gar nicht hin. Schon war die Wahl entschieden, schwarzgewandete Honoratioren in Zylinderhüten näherten sich ihr, um sie zu krönen, als irgendjemand plötzlich verlauten ließ, dies alles sei ein bedauerlicher Irrtum: Nicht die Mütter, die Töchter dieser Mütter sollten zur Wahl der Miß Kirchheim antreten. Und wie von Zauberhand waren die Damen des Ortes von der Bühne verschwunden, saßen auf einmal wieder voll bekleidet in biederer Züchtigkeit vor der Rampe und lächelten stolz zu ihren Töchtern hinauf. Einzig Elfriede ragte aus der Schar der Minderjährigen heraus. Von einer Lautsprecherstimme gebeten, das Podium zu verlassen, sagte sie: Aber ich hab doch keine Tochter! Der schlichte Satz erregte unerhörtes Aufsehen. Es entstand Tumult, viele Dinge überlappten sich zeitlich, als müßten Uhren angehalten und in der Rückläufigkeit eines unklaren Geschehens etwas nachgeholt werden, was unbegreiflicherweise versäumt worden war. Stimmen schrillten durcheinander, die Wände wichen zurück. Mein Gott, sagte jemand, sie ist übergangen worden. Nachholen! brüllte ein Chor, holt den Präsidenten!

An diesem Punkt angekommen, gönnte sich Elfriedes Traum eine Erholungspause, das heißt, er griff in das Kästchen des Unterbewußten und holte zur Entlastung seiner Eigenkreativität Elemente aus dem von Elfriede erst kürzlich genossenen Fernsehkrimi WER IST TRENT? hervor, unter Nichtbeachtung der chronologischen Zusammenhänge, die seinem besonderen Zeit-Raum-Begriff entgegenstanden.

Elfriede, nun in irgend etwas Durchsichtiges gehüllt, fand sich von zwei riesigen Männern in schwarzen Trikots und Masken mit Augenschlitzen gepackt, an Armen und Beinen gefesselt und in einen bereitstehenden Wagen gezerrt, der sofort mit dem unwirklichen Tempo amerikanischer Verfolgungsszenen losraste. Sie hatte kaum Zeit, sich darüber zu wundern, wie wenig ihre mißliche Lage sie beunruhigte, da waren sie auch schon vor etwas angelangt, das wie ein Mittelding zwischen neugriechischem Tempel und Westernhotel aussah. Das nächste war, daß sie sich in einem ganz mit rotem Velours ausgekleideten Raum befand. Jetzt war sie nicht mehr gefesselt. Vor ihr stand ihr Lieblingsschauspieler, über dessen Leben sie bis hinunter zum Detail, daß er sein Frühstücksei mit einem extra für ihn angefertigten Eierlöffel aus massivem Gold zu köpfen pflegte, dank ihres bevorzugten Frauenblatts bestens Bescheid wußte. Schreibst du an einem neuen Buch? sagte sie. Ja, sagte er, über dich. Es wird mein siebenter Memoirenband. Komm zur Couch. Du bist nicht glücklich. Ich schrieb es deinem Mann. Eine Frau wie du braucht Kinder. Jetzt fiel es ihr ein: Er war der, dem sie schon immer hatte begegnen wollen, solange sie lebte, auf den sie, so hieß es doch in den bewegenden Liebesromanen des Wochenblatts, von jeher gewartet hatte.

Elfriedes Traum, müde nun und etwas gelangweilt, da ihm zur Formung eines Geschehens von mehr Lebensnähe nicht das geeignete Gedankenmaterial zur Verfügung stand, beließ es um seiner eigenen Bequemlichkeit willen beim szenischen Happy-End und gab den Ausklang an die die Bilder begleitenden Emotionen weiter. Elfriedes religiöser Sinn hinderte sie zwar daran, die einsetzende körperliche Mitarbeit an ihrem orgiastischen Hochempfinden schlicht als solche anzuerkennen, das tat jedoch der Intensität des Erlebens keinen Abbruch, nur mußte als Ausdruck höchsten Glücks der Himmel mit hinein: Sie fühlte sich, bevor die Tiefschlafphase sie erreichte, wie im ‹ siebenten Himmel›.

Hans-Georgs Traumwelt hingegen schlich sich nicht sanft in die letzten Regungen seiner dämmernden Gedanken; sie überfiel ihn in unruhigem Schlaf mit konfusen Bildfragmenten, scheinbar zusammenhanglos, doch von solcher Intensität, daß er sich im Gegensatz zur Realität wach glaubte nach der langen Monotonie ereignislosen Dahindösens. Zwischen wirbelnden Blättern, sich ihren tanzenden Bewegungen angleichend, lief er einen Weg entlang, einem Ziel zu, das der Ozean war, über dessen Weite ihn der Wind zusammen mit dem trockenen Laub hinaustragen sollte. Er wollte fliegen, abheben von der Erde, die zäh an seinen Sohlen klebte. Dort, hoch in den

Lüften, wo ihre Anziehungskraft keine Macht mehr über ihn besaß, wollte er sich wiederfinden. Er spürte, wie Erschöpfung, Leid und Verzweiflung ihn niederzudrücken suchten; jeder Tanzschritt kostete ihn gewaltige Anstrengung. Im Innern seiner Lider brannte in vielfacher Form das Entsetzen. Dann war sie da, die immense Silberfläche des Meeres. Die Blätter zu seinen Füßen, von einer Windbö gegeneinandergetrieben, wirbelten in einem Kreis zusammen, ließen sich vom Rückenwind hochtreiben und nahmen ihn mit. Einen Augenblick lang fühlte er sich besinnungslos glücklich, während seine Füße sich vom Boden lösten. Ich steige auf, dachte er, ich steige auf – endlich. Seine Euphorie wurde jäh unterbrochen, als die Schubkraft des Windes sich zurückzog. Er glaubte die Blätter mit Altmännerstimmen greinen zu hören, während sie kraftlos zum Wasser hinabtaumelten. Einige hefteten sich saugend an seinen Körper, als erhofften sie sich von ihm Rettung vor dem Untergang. Nein, schrie er, nicht ich! Die Elemente kümmerten sich nicht darum; wie ein plumper Gesteinsbrocken stürzte er der schimmernden Meeresoberfläche zu und verspürte, während er aufprallte, einen so scharfen Schlag, daß er für Minuten aus der Tiefe des Traums bis an den Rand des Erwachens katapultiert wurde. Das Wasser war Glas, durchsichtiges, grünlich schimmerndes Glas. Verwirrt setzte sich Hans-Georg hoch und befühlte seine Nase, die er für gebrochen hielt. Sein Herz hämmerte. Ohne das Wachbewußtsein zu erlangen, überließ er sich wieder der Welt seiner Nachtfantasien, in die nun allerdings durch den Tiefenwechsel ein paar Elemente aus einer oberflächlicheren Traumschicht eindrangen: Es schellte an der Haustür. Der Briefträger, träumte Hans-Georg, er bringt mir meinen Brief. Freudeempfindung, Erwartung. Der Mann aber, dem er die Tür öffnete, trug statt der blauen Uniform einen schwarzen Zivilanzug und seltsamerweise graue Wildlederhandschuhe. Der steife Bowlerhut machte ihn zu einer Figur von beunruhigend amtlichem Aussehen. Man habe, erklärte der Mann Hans-Georg, diese Neuerung eingeführt, um mit der Ablieferung der Post durch gleichzeitiges Kontrollieren von Absender, Empfänger und ausreichender Frankierung sicherzustellen, daß alles mit rechten Dingen zugehe. Als amtlicher Behördenrepräsentant, hauptberuflich Steuerprüfer, habe er auch das Recht, Briefe, die ihm suspekt erschienen, zu öffnen und zu lesen. Hans-Georg, zutiefst angewidert von so viel Einschränkung seiner persönlichen Freiheit, blickte dem Herausforderer seines Unwillens in Gesicht – vergeblich, er konnte in dem verwischten Blaß unter dem Hut keine Züge ausmachen, so sehr er sich auch anstrengte. Für einen Augenblick glaubte er die Züge der Frau zu erkennen, ihre mißtrauischen, blauen Augen, die verachtungsvoll gekrümmten Mundwinkel. Dann aber verschwand es, als habe ein Schwamm alles Lesbare von einer Schultafel gewischt und nichts als die blanke Fläche zurückgelassen. – Scheinbar ohne Unterbrechung nahm der Tiefentraum von vorher seine Arbeit wieder auf: Da war der endlose Ozean wieder, Erinnerung an kurze Euphorie und den Schrecken des Absturzes. Er mußte wohl an dem Glas entlanggeglitten sein in irgendwelche kalten Abgründe. Das, was er zunächst für Polareis hielt, war ein immenser Spiegel, so als wäre die glänzende Wasseroberfläche, zu Eis erstarrt, bei seinem Sturz senkrecht mit abgekippt. Er blickte sich um und fand sich, frierend, in einem Meer von Spiegeln, die nichts als grundlose Tiefe zeigten. Er hätte die reflektierenden Wände wohl kaum als solche erkannt, wäre er nicht bei der kleinsten Bewegung schmerzhaft angeeckt, ein paarmal mit den Schultern, danach mit der Hand, die er prüfend ausstreckte, um festzustellen, wo er von da, wo er stand, einen Ausgang finden könnte. Panik überfiel ihn. Er tastete sich mit dem Entsetzen eines im Wasserglas gefangenen Insekts die glatten Flächen entlang. Immer wieder geriet er an eine, die einen Ausweg zu versprechen schien, sich aber bei näherer Inspektion als Täuschung erwies. Schmale Gänge im Glasmeer bildeten Sackgassen, ähnlich Irrgärten, wie die Gartenkünstler des Barock sie aus Hecken schnitten. Erschöpft, dem Aufgeben nahe, ließ sich Hans-Georg in einer Ecke zu Boden sinken, die Knie angewinkelt, das Gesicht in die Arme vergraben.

Hier bin ich, hier bin ich doch!

Ganz deutlich hatte er die Stimme vernommen, diese Stimme, der er vertraute wie keiner anderen.

Daniel! rief er, hol mich hier heraus! Er war aufgesprungen, wollte dem Klang entgegenstürzen und prallte mit der Stirn hart gegen unnachgiebiges Glas.

Wo bist du?

Er erhielt Anleitungen. Zahlen, die Schritte symbolisierten, genau bemessene: zwei geradeaus, drei scharf links, Vorsicht Doppelwand, dann anderthalb rechts zur Seite und vier vorwärts bis zum Bild. Mit äußerster Konzentration setzte Hans-Georg die Füße, einen vor den anderen, dabei laut memorierend, verhielt zwischendurch, taumelig vor Anstrengung, den Schritt. Es kam auf das genaueste Maß an; ein paar Zoll zuviel oder zuwenig würden ihn, endgültig in die Irre geführt, rettungslos im Spiegelmeer ertrinken lassen. Das Bild – wo war es? Was war das für ein Bild, dem er mit allen Fasern seines Seins zustrebte? Ein paarmal noch rief er Daniels Namen. Doch er erhielt keine Antwort außer einem hohen, vielfältigen Klirren, das seine Stimme verursachte, die das Glas in Schwingungen versetzte.

Und dann, gerade als er aufgeben wollte, stand er vor dem Bild, unter dem er Daniel zu finden hoffte. Doch da war niemand, und das Bild war eigentlich gar kein Bild, sondern ein riesiger Spiegel, in dem Hans-Georg sich selbst erblickte, nicht einmal, fünfzighundert-, vielleicht tausendmal. Hinter dem, was er als sich selbst erkannte, stand eine unübersehbare Anzahl von Vervielfältigungen seines eigenen Spiegelbilds, ähnlich einer russischen Spielzeug-Babuschka, die, aufgeschraubt, immer kleinere, bunt bemalte Konterfeis ihrer selbst entläßt. Dutzendfach grinsten sie einander mit identischer Ratlosigkeit an, bewegten, gemeinsam auf der Suche nach einer Erklärung, die Köpfe mit mechanischer Präzision. Kam es Hans-Georg nur so vor, oder begann der Spiegel sich zu trüben? Die Ich-Armee im Hintergrund begann zu verblassen, jetzt merkte er es deutlich. Dafür ging mit ihm selbst, so wie er sich sah, eine Verwandlung vor sich. Der Rumpf streckte sich, die Schultern wurden breiter, und das Gesicht, das auch nicht mehr sein eigenes war, obwohl er nichts sehnlicher wünschte, als es zu besitzen, lächelte ihn an. Na also, sagte Daniel. Nun sind wir wieder beisammen. Willkommen bei mir zu Hause. Gefällt es dir?

Hans-Georg preßte in der Hoffnung auf noch mehr Nähe beide Handflächen gegen die Trennscheibe. Obwohl er sich redlich Mühe gab, Einzelheiten von Daniels Behausung auszumachen, gelang es ihm nicht. Alles einschließlich des Hausherrn schien auf unbestimmte Art durchsichtig zu sein, nicht von der Durchsichtigkeit eines klaren Wasserspiegels, eher der von teilweise beschlagenen

Brillengläsern, die, konturenverwischend, das Blickfeld einengen. Die Vervielfältigungen des Hauptbildes hatten sich kurz vor ihrer völligen Auflösung zu Vierecken zusammengezogen und sich in einer Waagerechten, die ohne Anfang und Ende schien, dem dunklen Hintergrund verhaftet.

Es ist schön, sagte Hans-Georg respektvoll, wer sind die auf all den Bildern dort hinten?

Meine Verehrer, meine Bewunderer, sagte Daniel, es sind so viele, und alle schicken sie mir ihre Fotografien, ich weiß schon gar nicht mehr, wohin damit. Und diese enthusiastischen Unterschriften, sieh nur hin! Im gleichen Augenblick streifte ein Licht gleich einem wandernden Scheinwerfer die Linie der Quadrate, die nun identische Goldrahmen waren und Porträts enthielten. Es war keine Frau unter ihnen. Sie alle hielten den Kopf in gleicher Weise, lächelten auf dieselbe selbstgefällige Art, blickten aus leicht verengten Augen dem Betrachter entgegen. Mit einem Schreck, den er dennoch nicht als unangenehm empfand, erkannte Hans-Georg in jedem dieser Gesichter sich selbst wieder. Das bin ja ich, sagte er. Wieso...

Du weißt, ich sammle Durchschnittsmenschen, sagte Daniel, die typischsten unter ihnen habe ich herausgesucht und sie gerahmt. Sie stimulieren mich beim Schreiben. Nichtssagende Gesichter wirken unendlich beruhigend. – Das Suchlicht hatte sich wieder verkrochen, nachdem es Bild nach Bild abgetastet und für Augenblicke dem Dunkel entrissen hatte.

Eigentlich hätte Hans-Georg sich gekränkt fühlen müssen. Daß er es nicht tat, lag daran, daß er sich als durchaus gerecht beurteilt empfand. Größe und Kleinheit gehörten zusammen wie Überheblichkeit und das unabänderliche Bewußtsein, zu den Versagern zu zählen. Das eine, ob positiv oder negativ, verdankte seine Existenz dem anderen. Hans-Georg fand dies völlig in Ordnung. Gerade, als er den Schriftsteller fragen wollte, wie sich wohl die gläserne Trennwand öffnen ließe, damit er seinem Idol die Hand schütteln und sich von ihm umarmen lassen könnte – waren sie nicht die besten Freunde? – hörte er ihn sagen: Keine Zeit mehr. Eine Lesung, du verstehst.

Warte, Daniel.

Muß weg. Die Stimme entfernte sich bereits.

Dann sag mir wenigstens, wie ich hier herauskomme.

Gar nicht. Kein Hinaus. Nur ein Herein.

Entsetzt schaute Hans-Georg zu, wie die bewunderte Gestalt seines Freundes sich wie schmelzendes Wachs verklumpte, sich aufzulösen begann. Mit beiden Fäusten trommelte er gegen die Scheibe. Raus! schrie er. Ich will hier heraus!

Ganz fern tönte ein Stimmchen, das eigentlich nur noch ein Flüstern war: Halte dein Herz an. Dann bist du draußen... Da, wo der Freund gewesen war, sah Hans-Georg in seine eigenen, vor Entsetzen aufgerissenen Augen.

Danach wußte er nichts mehr; die Tiefschlafphase löschte alle weiteren Traumbilder aus, trocknete den Angstschweiß auf seinem Körper und besänftigte das noch eine Weile erratisch pochende Herz.

4

Am jeweils ersten Tag der Woche fühlten sich die Reitzes als bessere Menschen oder zumindest auf dem Weg dazu. Es verstand sich von selbst, daß man, vom eindringlichen Gebimmel der Kirchenglokken geweckt, schon von der ersten sonntäglichen Minute an zwischen Kissen im mollig warmen Bett jeden auch nur annähernd lüsternen Gedanken augenblicklich verjagte. Was an Wochentagen als gemäßigtes Ehevergnügen galt, wurde am Sonntag zur Sünde. Die Frau zog sich zum bevorstehenden Besuch der Sonntagsandacht ein dunkles Kleid an, welches ihr Mann zufrieden als gesittet bezeichnete, denn es verbarg die herausfordernden Rundungen ihrer zur Üppigkeit neigenden Figur unter einer Menge schmucklosen Stoffs von tintenblauer Farbe, und dazu dunkle Strümpfe, wie es sich nun mal gehört unter anständigen Kirchgängern. Als einzige Aufhellung der ansonsten einer Trauerkleidung allzu ähnlichen Gewandung hielt eine Kameenbrosche einen weißleinernen Kragen unter dem Kinn zusammen, den Elfriede sorgfältig wusch, stärkte und frisch gebügelt in einem Sonderfach der Wäschetruhe verstaute, um ihn sofort zur Hand zu haben, sollten sie sich, was allerdings bisher noch nie vorgekommen war, an einem Sonntagmorgen verschlafen. Hans-Georg dagegen begann mit der Kasteiung zu Ehren des frommen Tages schon beim Anziehen seines Sonntagshemdes. Er besaß davon drei gleiche Exemplare, die er allesamt haßte, weil ihre gestärkten Kragen seinen Kehlkopf beengten. Als dem besonderen Tag erbrachtes Opfer Nummer zwei betrachtete er den Ersatz seiner geliebten, morgenfrischen Brötchen durch ein paar Scheiben kalten Graubrots vom Tag zuvor. Er verzehrte sie ohne Klagen, was zu dem Gefühl innerer Läuterung beitrug.

Auch Elfriede trug auf ihre Art dem besonderen Tag Rechnung. Spätestens beim Einschenken des Morgenkaffees verwandelte sie sich in die ihrer Christenpflicht wohlbewußte Tochter ihrer strenggläubigen Eltern, mochten diese auch bereits seit einem Jahrzehnt unter den Seligen im Paradiese wandeln, woran Elfriede keinen

Augenblick zweifelte: Eltern waren gut, eben weil sie Eltern waren und man seine Eltern zu lieben und zu achten hatte, solange man lebte. Eigenheiten an ihnen wahrzunehmen und zu bekritteln, fand sie, stand einer wohlerzogenen Tochter nicht an. Hans-Georg, der sich nur allzu gut noch seiner fetten, selbstbewußten Schwiegermama erinnerte – sie hatten sich nie leiden können –, sah die Dahingeschiedene jeden Sonntagmorgen in Gestalt ihrer Tochter ihm gegenüber am Frühstückstisch sitzen, etwas weniger umfangreich noch, doch das gleiche Gebaren, der gleiche, mit gefrorenem Lächeln servierte Small talk, um nur ja streitbare Worte zu vermeiden, die der würdevollen Stimmung des Tages abträglich sein konnten. Es war ihm recht; am Sonntagmorgen war er gewohnheitsgemäß in Bußstimmung, das Getue der Frau gehörte mit zum engen Kragen und zum Sauerbrot. Er empfand es als eine Art Selbstbestrafung, obwohl es ihm nie recht gelingen wollte, den vagen Ursprung der Schuldgefühle, die ihn quälten, zu orten. Vor einiger Zeit hatte er sich in dieser Sache dem Beichtstuhl anvertraut und zur Antwort erhalten: Wir sind allesamt Sünder. Diese Auskunft hatte ihn ungemein getröstet: was immer es war, das seinen Seelenfrieden bedrängte, es war etwas Kollektives und enthob ihn weiteren Forschens nach Fehlern im persönlichen Bereich. Man mußte nur glauben.

Würdest du mir wohl die Butter reichen? Noch etwas Kaffee? – Ja gern. – Bitteschön, dankesehr. Sie behandelten sich gegenseitig mit einer Zuvorkommenheit, die sie vollends einander entfremdete, lächelten sich zu, sobald sich ihre Augen begegneten, und ließen, jeder seinen eigenen Gedanken hingegeben, Bemerkungen über das Wetter, die Kinder des Bürgermeisters und das Mittagsmenü fallen, auch dies ein Teil des allsonntäglichen Rituals.

Das einzige, was sie daran hinderte, sich der mit soviel Umsicht errungenen Feiertagsruhe vor dem Kirchgang hinzugeben, war der Dackel. Sein Haß galt dem pausenlosen Gebimmel der Glocke, die ihre Gläubigen zum Gottesdienst rief. Für ihn war sie ein unsichtbares Feindtier, das mit seinem monotonen Geschrille seine Betreuer aus dem Haus lockte und ihn für über eine Stunde allein zurückließ. Wie rasend kläffte er gegen sie an, bis schließlich nur noch ein heiseres Gröhlen aus seiner Kehle drang. Vergeblich. Das Resultat war immer das gleiche: Der Unsichtbare mit seiner monotonen Metallstimme blieb Sieger. Immerhin zauberte das lautstarke Duett zwischen Tier und Glocke den beiden am Frühstückstisch allen guten Vorsätzen zum Trotz Unmutsfalten auf die Stirn. Ihr nur noch mühsam aufrechterhaltenes Sonntagslächeln verriet das geheime Verlangen, den Hund mit ein paar kräftigen Flüchen zurechtzuweisen.

Vor allem Hans-Georg regte sich auf, was seiner Pumpe nicht guttat. Wenn das mit diesem ungebremsten Lärm so weiterging, würde die Frau allein zur Kirche gehen müssen, ein Gedanke, der ihm gefiel. Er stellte sich vor, wie die übrigen, immer gleichen Kirchgänger mit ihren Feiertagsmienen sich so ihre Gedanken über sein Fernbleiben vom Gottesdienst machen und sich auf den späteren Klatsch freuen würden. Denn keiner von ihnen würde die Frau direkt darauf ansprechen; er kannte die heuchlerische Bande. Im übrigen bestand, vom Besuch der Sonntagsmesse abgesehen, so gut wie kein Kontakt irgendwelcher Art zwischen ihnen und den übrigen Bewohnern des Ortes, nachdem Elfriede einst durch ihre Heirat mit einem ‹Auswärtigen› selbst alle Brücken abgebrochen hatte.

So hübsch der Gedanke an eine Unterbrechung der Sonntagsroutine auch war, die Vorstellung, das eingefahrene Gleis vollkommener Anpassung einmal zu verlassen und für Verwirrung zu sorgen – der Anlaß war es nicht wert. Hans-Georg holte mit dem Fuß aus und traf den kläffenden Köter gezielt in die Flanke. Der Dackel jaulte auf, als habe ihn eine Gewehrkugel getroffen, fiepte noch ein wenig gekränkt vor sich hin, um dann in der vergeblichen Hoffnung, zwei besorgte Gesichter unter dem Tischtuch auftauchen zu sehen, gekränkt zu schweigen. Dackelspekulation; Fehlschluß. Die da über ihm genossen die segensreiche Stille wie ein Geschenk. Das Eis um ihr Lächeln schmolz. Sie waren sich einig.

Wie fühlst du dich? sagte die Frau.

Danke, wie immer. An Sonntagen, wollte er hinzufügen, schluckte es aber herunter, da es wie Kritik klingen und als Provokation wirken könnte. Was gibt es zum Mittag?

Huhn auf Reis, sagte die Frau. Leichtes Essen schont dein Herz. Nachher Vanillepudding.

Ich möchte aber lieber Nudeln zum Huhn, sagte er. Spinatnudeln. Du weißt, ich mach mir nichts aus Reis.

Die Frau schob den Stuhl zurück und erhob sich.

Wie du willst. Komm jetzt, es wird Zeit.

Vor der Garderobe in der Diele zögerte er. Da hing sie, die Sonntagsverpackung in Form ihrer dunklen Mäntel. Die Frau hatte sie sorgfältig gebürstet, sie sahen leblos aus, unbehaglich, und er mußte sich einmal mehr überwinden, die Hände durch das kalte Ärmelfutter zu stoßen. An Sonntagen, so wollte es die Sitte, gab man sich dunkel. Dunkel, das hieß ernst, und ernst verband man mit feierlich. Dieser Aufzug wurde vor allem von Ehepaaren erwartet, die keine Kinder hatten, von denen man also nicht annehmen konnte, daß sie anschließend an den Kirchgang auf den Wiesen herumtollten oder eine Fahrt in den Zoo unternahmen.

Vergiß nicht deinen Hut, sagte die Frau wie jeden Sonntag um diese Zeit. Seine heimliche Abneigung gegen den ‹Vertreterhut›, wie er ihn bei sich nannte, war ihr nicht verborgen geblieben. Vor Jahren hatten sie anläßlich eines gemeinsamen Einkaufs zu der Zeit, als sie ihn noch auf seinen Fahrten begleitete, die steifgepreßte Kopfbedeckung für ihn ausgesucht, weil Elfriede der Ansicht gewesen war, sie verschaffe ihm ein seriöseres Aussehen und damit einen offeneren Empfang bei neuen Kunden. Er hatte, längst entwöhnt, ihr zu widersprechen, zugestimmt und auf seinen späteren Alleinfahrten das Ding zwischen Werbepräsenten im Wagen verstaut, bevor er eine Apotheke oder ein Reformhaus betrat, um sich nicht lächerlich zu machen.

Sie verließen das Haus durch den Hinterausgang, von dem aus ein Pfad zwischen holprigen Äckern zur Dorfkirche führte. Kein enttäuschtes Wutgebell begleitete sie; über das Warten auf Tröstung war der Dackel unter dem Tisch eingeschlafen. Bei dem Blumenmann am Eingang zum Friedhof hielten sie an.

Wie immer? sagte der Händler und griff, ohne die Antwort abzuwarten, nach den gebündelten Astern.

Wie immer, sagte die Frau und nahm den Strauß in Empfang, während Hans-Georg umständlich die einzelnen Münzen abzählte, umständlich deswegen, weil die Frau ihm nicht gestattete, sich dabei seines Handschuhs zu entledigen. Beten mit schmutzigen Händen ist unhygienisch, pflegte sie unter Verzicht auf die Logik ihrer Äußerung zu bemerken, wer weiß, wer alles schon das Geld angefaßt hat.

Elfriedes hausgemachtes Elterngrab befand sich dort, wo die Einfassungsmauern im rechten Winkel zusammenstießen und eine windgeschützte Nische bildeten. Dennoch hatten auch sie nicht die Ablagerungen aus den Fabrikschornsteinen in der näheren Umgebung aufzuhalten vermocht: der Steinkranz, den die gigantisch beflügelten Boten des Himmels über den Namen ihres Schöpfers schwenkten, glich von Jahr zu Jahr mehr einem Marmorkuchen, und die Engel weinten schwarze Tränen. Elfriede tauschte die verdorrten Blumen in der Keramikvase gegen den frischen Strauß aus. Dann standen sie beide stumm nebeneinander, die Hände locker gefaltet, den Blick auf das ziervasengesäumte Rechteck zu ihren Füßen geheftet, ein Bild ehelicher Eintracht, und nur der alte Steinmetz, dem ihre kurze Andacht galt, mochte wissen, was in diesem Augenblick in ihren Köpfen vorging.

Die Kirche, ein bescheidenes Gotteshaus, war wie jeden Sonntag gut besucht, was nicht zuletzt der Beliebtheit Pastor Schürmanns zu verdanken war, einem Mann in den Sechzigern und Vertreter einer militant-konservativen Denkart, sprach er doch offen aus, was die zumeist älteren Einwohner des Orts, wenn sie im Kirchheimer Lokalblatt über die zunehmende Verrohung in der Welt lasen, mit geheimem Grimm erfüllte. Einmal jede Woche ließ der Pastor in ihrem Namen Dampf ab, und diese Genugtuung wollte sich keiner entgehen lassen.

Den zeremoniellen Teil der Messe beendend, stieg Pastor Schürmann die sich um den Basaltpfeiler rankende Wendeltreppe zur Kanzel empor, um gleich darauf über das Thema zu eifern, das er sich zum heutigen Tag gewählt hatte: den bedauerlichen Mangel an Liebe in der Welt. Liebe zu Gott. Nächstenliebe. Liebe an sich und überhaupt. LIEBE DEINEN NÄCHSTEN WIE DICH SELBST, forderte er mit grollender Altmännerstimme. Aus seinem Mund klang das verbindlichste aller Wörter wie eine Drohung, ein Mangel an liebevoller Zuwendung, zu was immer, wie eine Pflichtverweigerung, strafbar und unverzeihlich. Elfriede hörte ihm andachtsvoll zu. LIEBE DEINEN NÄCHSTEN, darüber nachzudenken war sie gern bereit. Zwar stimmte sie mehr oder weniger allem zu, was da an Mahnung zur Einsicht von der Kanzel auf sie herunterkam, denn es waren priesterliche Worte und Pastor Schürmann als Ortspfarrer eine Autorität in Sachen Moral, die anzuzweifeln sie sich niemals anmaßen würde. Doch das heutige Thema lag ihr am Herzen. Sie war nur zu bereit, ihren Nächsten zu lieben, war ihr erster, froh bejahender Gedanke, bis ihr einfiel, mit DEIN NÄCHSTER könnte wohl nur Hans-Georg gemeint sein. Ob es unbedingt der Nächste sein mußte? Könnte es nicht auch der Übernächste sein? Schließlich appellierte das Gebot in erster Linie an die Bereitschaft zu lieben. Das war eindeutig. Weniger eindeutig hingegen war, wen man als Nächsten anzusehen hatte, den, an den man kraft eines Vertrags ein Leben lang gebunden war oder aber einen, der dem Herzen näherstand und also, eigentlich und mal so gesehen, der echte Nächste war. Während der Geistliche aus halber Höhe weiter den zur Liebe Lustlosen mit ewiger Verdammnis drohte, ging Elfriedes Gewissen durch die philisterhafte Auslegung des Liebesgebots eine zufriedenstellende Verbindung mit ihrem Glauben ein. Alles schien ihr in bester Ordnung; ihre Gedanken an Daniel Arendt, wie lustbetont auch immer, hatten den Segen der Kirche.

LIEBE DEINEN NÄCHSTEN, dieses Wort beschäftigte auch die Fantasie des Mannes zu ihrer Linken, allerdings mehr die zweite Hälfte des Gebots, die da heißt: WIE DICH SELBST. War so etwas denkbar, oder hatte sich da nicht, wie ja an mehreren Stellen glaubhaft nachgewiesen, bei der Übersetzung der Heiligen Schrift ein Fehler eingeschlichen? Möglicherweise die Auslassung einer Ergänzung im Sinne von: Liebe deinen Nächsten, wie du von ihm geliebt werden möchtest? Das ergäbe mehr Sinn. Oder war es am Ende doch möglich, einem anderen Menschen, sozusagen einem Gegenüber mit dem gleichen Gefühl zu begegnen, das man für sich selbst empfand? Sein Traum von heute nacht fiel ihm wieder ein, versetzte ihn zurück in das furchterregende Spiegelkabinett mit seinen Hunderten von Irrgängen. Er sah sich wieder laufen, vorwärtstasten, anecken auf der Suche nach – ja, nach was? Da war das Stimmchen gewesen, das ihn gerufen hatte von irgendwo im Innern des Glasmeers. Daran erinnerte er sich noch, doch zu was oder wem es gehört hatte, war ihm entfallen. Auf einmal erschien es ihm äußerst wichtig, die Antwort darauf wiederzufinden. Hans-Georg schloß die Augen. Es war nicht leicht, sich zum Zweck der Rückversetzung in vergangenes Traumgeschehen dem eindringlichen Sermon des Geistlichen auf der Kanzel zu entziehen, doch nach ein paar anfänglichen Irritationen gelang es schließlich. Undeutlich, verwoben in Traumfetzen, die anderen Träumen entlehnt schienen, versuchte etwas Gestalt zu gewinnen, und dann wußte er: es war ein Bild, das er gesucht hatte, gesucht voller Begehren, Sehnsucht und Leidenschaft, wie nur ein Liebender den anderen sucht. Schenkte man also dieser Übersetzung des Bibelspruchs Glauben, so war es der Nächste, den er gesucht und gefunden hatte – oder hatte er ihn nicht gefunden? Doch, Hans-Georg erinnerte sich plötzlich wieder seiner Verzweiflung, mit der er gegen die Trennwand stieß. Es war Arendt gewesen, der sich ihm im Augenblick, wo er sich ihm am nächsten glaubte, entzog. Er ist mein Nächster, und ich liebe ihn wie mich selbst, wollte Hans-Georg folgern, um sich den Sinn des Bibeltextes handgerecht aufzubereiten, aber so ganz kam das nicht hin. Bei genauerer Betrachtung fand er, daß es eigentlich mit der Liebe zu sich selbst nicht weit her war; es gab Zeiten, in denen er sich jämmerlich und verachtenswert fand. Liebte man jedoch sich selbst auf derart unzuverlässige Weise, so war das Gebot, diese Gefühle in gleicher Stärke auf den Nächsten zu übertragen, nicht gerade in bestem Sinne christlich. Eben dachte Hans-Georg daran, wie oft er schon sich selber bei irgendeiner Vergeßlichkeit Ohrfeigen angeboten hatte: Ich könnte mich ohrfeigen – da setzte die Orgel ein. In dem feierlichen Gebrause, das das Ende der Sonntagsmesse anzeigte, verlor er den Faden seiner komplizierten Betrachtungen. Er mochte Orgel, wenn ihre Töne dröhnend durcheinanderflossen. Sie stimmte ihn friedlich und versöhnte ihn mit sich selbst. Gott war größer als er, und die Orgel war Gottes Stimme. Sie brachte jeden Sonntag wieder ins Lot, was an den übrigen sechs Tagen der Woche vorbeigelang.

Arm in Arm verließen die Reitzes das Gotteshaus.

Eine schöne Predigt, sagte Elfriede versonnen.

Tiefgründig, sagte Hans-Georg. Ein interessantes Thema.

Sie waren sich einig und durchaus gewillt, für den Rest des Sonntags als gute Christen die Mahnung des Pastors zu beherzigen und den Ehepartner als den zumindest räumlich Nächsten mit freundlicher Rücksicht zu behandeln. Da ihrer beider Auffassung von Liebe recht unterschiedliche Aspekte aufwies, verstiegen sie sich nicht dazu, einander die Komödie zweier Neuverliebter vorzuspielen, dazu kannte jeder den anderen viel zu genau. Und so wörtlich, dachten beide, hatte der Pastor das wohl auch nicht gemeint, er hatte nur die notorischen Streithähne in seiner Gemeinde ermahnen und an ihren guten Willen appellieren wollen.

Sie machten einen Umweg durch die sonnenbeschienenen Äkker, auf denen Krähen hüpften, bevor sie ins Haus zurückkehrten.

Diese Sonntagsruhe, sagte die Frau. Schön, nicht wahr?

Hans-Georg bestätigte kopfnickend, daß auch er die Stille entspannend empfände, und unterdrückte mannhaft seinen schnellen Ärger über Elfriedes ewiges ‹schön›, mit dem sie wahllos alles bedachte, was ihr gefiel. Er hatte ihr schon einige Male beizubringen versucht, wie unpassend diese Bezeichnung in vielen Fällen war, daß sie nur für eine spezielle Art optischer Wohlgefälligkeit stand und es zu ihrem Ersatz eine Menge anderer Adjektive gab, die weitaus präziser über ein Ding aussagten. Mein Fehler, dachte er. Ich hätte es ihr an einem Sonntag erklären sollen und nicht während der Woche. Dann hätte sie zugehört. Nichts wirkt besser gegen Verdruß, als sich selbst die Schuld zu geben.

Hast du die Beine ganz gelassen? sagte er.

Was für Beine? sagte sie.

Die vom Huhn. Du weißt, ich mag die Keulen am liebsten.

Nicht frikassiert, gekocht, Schatz. Als wenn ich um deine Vorliebe für Beine nicht wüßte. Sie hatte ihm das Gesicht unter dem Sonntagshut zugewandt und zwinkerte tatsächlich mit einem Auge.

Hans-Georg rang sich ein gezwungenes Lächeln ab. Also doch die Verliebtenkomödie. Stand wohl schon reichlich schlecht um sie beide, wenn sie zu solchen Mitteln greifen mußten.

Eifersüchtig? spielte er mit.

Sie stieg voll ein. Schmollmund, der an ihr, wie ein altes Foto bewies, schon mit zwölf aufgesetzt gewirkt hatte: Du erzählst mir ja nie, was du auf deinen Fahrten so alles treibst.

Warum sollte ich? Ich will dir doch nicht wehtun, sagte er. Eigentlich war das Spiel ganz lustig. Er beobachtete, wie Verdrossenheit Elfriedes sonnige Miene für Sekunden verfinsterte, ein früher Bruch der Spielregel, und er hätte gern noch hinzugefügt: ein Mann ist eben ein Mann, oder ein ähnliches Klischee, aber da waren sie schon beim Haus angelangt. Der Hund hatte sie bereits erschnüffelt und kläffte, noch ehe sie die Haustür aufgesperrt hatten, in erwartungsvollen Schüben, zwischendurch lauschend, um sicherzugehen, daß er sich nicht geirrt hatte. Sie waren kaum eingetreten, da sprang er, sich gebärdend, als sei er monatelang sich selbst überlassen gewesen, an Elfriede hoch und fiepte gerührt über ihre Diminutive, mit denen sie ihn zur Begrüßung bedachte. Hans-Georg, verärgert darüber, daß der Dackel der Frau so offensichtlich den Vorzug gab, stellte böse seine Frage, wie es denn nun mit dem Essen sei. Oder wolle man den übrigen Tag in der Diele verbringen? Es fiel ihm angesichts der Schmuserei mit dem sich hysterisch gebärdenden Hund schwer, seine Sonntagsmiene beizubehalten, die sich von der wochentäglichen dadurch unterschied, daß er – eine hervorragende Kontrollübung – seine Mundwinkel möglichst ausdauernd in der Waagerechten hielt. Gleich darauf allerdings entspannten sich seine Züge, als nämlich die Frau die Küchentür öffnete und ihm der Duft des in Freiheit gemästeten Suppenhuhns in die Nase stieg, das auf dem Herd friedlich vor sich hin blubberte. Eine seiner häufig wiederholten Behauptungen bezog sich auf seine angebliche Fähigkeit, ein liberal aufgezogenes Huhn von einem zwangsgemästeten am Geruch unterscheiden zu können. Elfriede hatte keinen Grund, ihm nicht zu glauben, nachdem sie sich einmal – nur ein einziges Mal – ein Huhn vom Fließband hatte aufschwatzen lassen. Es brodelte kaum zehn Minuten im Kochtopf, da erklärte Hans-Georg, das Ding röche wie alter Pappkarton. Seine gesamte Vorliebe für Geflügelkost war danach auf Monate hinaus grundsätzlich in Frage gestellt.

Das Tier, das die Frau dann hereintrug und mit liebevoller Behutsamkeit vor ihrem Mann absetzte, war der zwar nicht mehr lebende, jedoch augenfällige Beweis für den Wert freier Geflügelaufzucht. Ein prachtvolles Exemplar seiner Gattung. Dazu, wie gewünscht, Spinatnudeln, blaßgrün und fest im Biß.

Lang zu, sagte Elfriede, mir etwas Brust bitte.

Angesichts solcher Verlockung fiel Hans-Georg das vorschriftsmäßige Zusammennehmen leichter. Die Frau reichte ihm ihren Teller herüber. Unter seinem Messer löste sich das weiße Fleisch leicht und weich vom Knochen. Sich selbst säbelte er eine der honiggelben Keulen ab, indem er zunächst wie ein Chirurg das Operationsfeld markierte, bevor er schnitt, damit auch kein Schnipsel des saftigen Oberschenkels am Spitzbrustgerüst hängen blieb. Hätte ihn zu diesem Zeitpunkt jemand gefragt, was er gegen seine Frau habe, er hätte vermutlich nicht zu antworten gewußt.

Habe ich dir schon gesagt, daß du großartig kochst?

Sie hörte es oft. Zu oft. Aber jedesmal antwortete sie: Wirklich? Das freut mich aber, und jedesmal dachte sie, daß sie bessere Qualitäten habe, über deren lobende Anerkennung sie sich weitaus mehr freuen würde. Es wurmte sie, daß er keine andere Art fand, ihre weiblichen Qualitäten hervorzuheben, als durch ein Lob ihrer Kochkunst. Sie empfand Hans-Georgs Anschauungen, was die Geschlechterrolle anbelangte, als überholt, altväterlich, patriarchalisch. Ohne sie je kennengelernt zu haben, haßte sie seine Mutter, die sie für seine Mängel und Schwächen verantwortlich machte, besonders bei solchen, sich mit der Zeit leider häufenden Gelegenheiten, in denen er ihr von diesem Engel ohne Fehlbarkeit vorschwärmte, der so eminent verständnisvoll und gesittet gewesen war, daß Elfriede sich wunderte, wie dieses Muster an Tugend es überhaupt fertiggebracht hatte, ein Kind in die Welt zu setzen. Wem anderes als seiner Mutter war es zu verdanken, daß ihr Mann sie gleich nach der Hochzeit darüber aufgeklärt hatte, ihre Rolle sei von nun an vordergründig die der treuen Kameradin an seiner Seite. Liebe – gut und vermutlich auch wichtig, doch ohne Betonung auf Sex, den er nur ungern mit seinem Begriff von Eheleben verquickte. Er erschien ihm inzestig und flößte ihm Schuldgefühle ein, die er vor seiner Frau mit Beherrschung animalischer Instinkte rechtfertigte. Damit waren die Weichen gestellt.

Nach dem Pudding, den er besonders gern aß, begann die Frau den Tisch abzuräumen. Vor den Fenstern war die Sonne durch den Nebel gebrochen und sog seine Feuchte aus dem Boden des Vorgartens.

Hat's geschmeckt?

Ausgezeichnet, sagte Hans-Georg zufrieden.

Sie stellte das Tablett ab, beugte sich vor und streifte flüchtig mit den Lippen seine Wange – danke, Schätzchen! – bevor sie in die Küche verschwand und mit dem Tellerklappern begann. Auf der Liege in seinem Arbeitszimmer ausgestreckt, Hände hinter dem Kopf verschränkt, philosophierte Hans-Georg satt und schläfrig über die Neigung der Frauen, Männer, denen ihre Sympathie galt, mit Kosenamen zu betiteln, zumeist ziemlich albernen. Ein Mann tut sich da schwerer, dachte er eingedenk der Mühe, die es ihn kostete, auch nur ihren Taufnamen über die Lippen zu bringen. Eine Gefährtin seiner Studententage fiel ihm ein, mit der er ein von allen sonstigen Kontakten freies unterleibliches Verhältnis eingegangen war, die ihn ‹Katerchen› zu rufen pflegte und sich selbst sein ‹Schmusekätzchen› nannte, ein Infantilismus, der ihn um so peinlicher berührte, als es sich durch eine Indiskretion seitens eines ihm feindlich gesinnten Mitstudenten unter den Kommilitonen herumgesprochen hatte und er sich der Lächerlichkeit ausgesetzt fühlte. In jenen Jahren schon hatte ihm der Humor gefehlt, der ihn vor Überbewertung der Angelegenheit bewahrte. So war es zwischen ihm und dem Mädchen mit dem Mangel an gutem Geschmack zu einer heftigen Auseinandersetzung gekommen, in deren Folge sich der Kater trollte und Schmusekätzchen auf der Strecke blieb.

Die alte Sympathie für sich empfindend, lächelte Hans-Georg die Zimmerdecke an. Möglicherweise hatte er seinerzeit ein wenig zu drastisch, doch immerhin durchaus männlich reagiert. Heute, älter, oder nein, reifer geworden, war er bereit, die Neigung der Frauen zu Kosenamen einem ihnen innewohnenden urmütterlichen Instinkt zuzuschreiben, der sich zärtlich-verspielt an das Kind im Manne wendet. Den irritierenden Gedanken, daß seine eigene Mutter ihn nie anders gerufen hatte als Hans-Georg, solange er denken konnte, ja, daß sie, die Pastorentochter, derartige Verbal-Streicheleien als unzumutbar empfunden hätte, schob er zur Seite.

Während ihrer Kampfpausen bedachte die Frau ihn des öfteren wie zur Abbitte mit kleinen, zwar banalen, doch nie abgeschmackten Koseworten. Er hatte sich daran gewöhnt, sie wie ein Beruhigungsdragee entgegenzunehmen und zu schlucken. Meist tat es seine Wirkung. Schon wollte er sich der weichen Stimmung überlassen, die ihn bei dem Gedanken überkam, wie sehr die Frau im Grunde trotz allem an ihm hing, als ihm einfiel, daß ihre Wortwahl ihm gegenüber sich nicht wesentlich von dem Vokabular unterschied, dessen sie sich dem Hund gegenüber bediente, wenn sie mit ihm schmuste. Wieder einmal fand er bewahrheitet, daß es müßig war, über Frauen nachzudenken, sie waren und blieben unberechenbar. In seiner gekränkten Eitelkeit gestand er ihnen nicht einmal eine Ausnahme von der Regel zu.

Um vier Uhr tranken sie gemeinsam Kaffee und aßen selbstgebakkenen Apfelkuchen mit Sahneklecksen darauf, wobei Hans-Georg es nicht lassen konnte, die Löffelprobe zu machen. Löste sich die Sahne nur zögernd vom Metall, ließ sich der Rest zum Schneckenhaus drehen, war sie gelungen. Klatschte sie dagegen in einem Patsch auf den Kuchen, um seitlich an ihm hinunterzurinnen, mußte die Frau sie in die Küche zurücktragen und sie für kurze Zeit in den Kühlschrank stellen, bis sie zwar fest, aber in ihrer Kälte das Aroma der Äpfel tötend dem Kuchen auflag. Dabei war der allsonntägliche Apfelkuchen nicht zu Unrecht Elfriedes Stolz; sie verwandte viel Zeit auf die strikte Befolgung des ererbten Geheimrezepts.

Es war dieser Kuchen, der die zweite, die rustikale Hälfte des gemeinsamen Sonntags einleitete, denn bis auf die seltenen Ausnahmen, in denen das Wetter es unmöglich machte, folgte seinem Genuß der einstündige Rundgang durch den Wald, den Elfriede Reitze in Anbetracht der vertilgten Sahnemengen als ‹Verdauungsspaziergang› bezeichnete. Hans-Georg, der sich für einen Romantiker hielt, haßte das Wort, wie er alle Ausdrücke, die sich, in welcher Form auch immer, mit Ausscheidungsorganen und ihren spezifischen Funktionen beschäftigten, verabscheute. Die feierliche Vormittagskleidung mit Wollenem und solidem Schuhwerk vertauscht, machte man sich unter dem schrillen Freudengebell des Dackels zum Waldspaziergang bereit.

Im Grunde war Wald eine kühne Bezeichnung für die Gruppe von noch jungen Buchen, die sich an einen Feldrain anschloß und den Hauptweg eine kurze Strecke begleitete. Verständlich jedoch, daß sie den Kirchheimern mit ihrem an Abwechslung nicht eben reichen Flachland als Wald galt, vor allem vom Frühjahr bis zum Herbst, wenn dichtes Laub die Stämme überkronte. Jetzt waren die Äste fast kahl. Modrige Blätter bedeckten den Boden und bildeten einen glitschigen Teppich, der nach Erde und Fäulnis roch.

Die Bäume, sagte die Frau.

Die gute Luft, sagte er.

So gesund, bestätigten sie einander.

Man hielt sich an die Regeln, wobei es keine Rolle spielte, daß die Bäume zur Zeit in ihrer Nacktheit Telegrafenmasten glichen und die Luft den Hauch einer schwefelhaltigen Chemikalie mit sich trug. Dem Hund jedenfalls waren solche Dinge gleichgültig; er kläffte alles an, was raschelte und aalte sich im Fauligen. Sie schritten gemessen nebeneinander her – langsam, Hans-Georg, denk an dein Herz –, konzentrierten sich aufs Waldluftatmen und machten sich in Abständen auf dieses oder jenes aufmerksam, was dieser Aufmerksamkeit nicht wert, dafür willkommener Anlaß war, unter dem Gebot des allsonntäglichen SEID NETT ZUEINANDER kommunikative Schwierigkeiten zu überbrücken.

Sie waren bereits auf dem Rückweg, als Elfriede ihren Mann mit der unvermuteten Frage aus seinen Gedanken riß, ob er an die Einladung gedacht habe.

Welche Einladung? sagte er. Ihr Angriff, den er als eine Einmischung in seine privatesten Belange empfand, kam zu plötzlich, als daß er geistesgegenwärtig hätte reagieren können.

Du weißt genau, was ich meine, sagte sie ungerührt.

Er suchte nach Gegenargumenten, die die Frau überzeugen könnten, und wußte doch um die Zwecklosigkeit solcher Bemühung. Hatte sie sich erst einmal etwas in den Kopf gesetzt, war sie davon nicht mehr abzubringen, am wenigsten durch Einwände, und mochten sie noch so vernünftig sein. Dennoch wagte er es:

Ein Mann wie Arendt paßt nicht in unser Haus, sieh das doch ein, sagte er heftiger, als er beabsichtigt hatte.

Das wiederum brachte die Frau in Rage. Die Begegnung mit diesem Schriftsteller habe ihm wohl so den Kopf verdreht, daß er jedes Maß verliere? Was sei denn, bitte sehr, an ihrem soliden, gut gepflegten Heim auszusetzen? Wolle er etwa bezweifeln, daß sie imstande sei, seinen Freund aufs beste zu bewirten?

Er raucht nicht, fiel Hans-Georg ein. Deine Qualmerei wird ihn verjagen, bevor du dazu kommst, ihn zu Tisch zu bitten.

Dann rauche ich eben mal nicht.

Er lachte, er war erregt. Eher stürzt der Himmel ein, als daß du deine Zigarettensucht bezähmst, wem willst du was vormachen? Aufkommender Wind riß ihnen die Worte vom Mund. Sie sahen einander nicht an.

Du hast ihn also nicht eingeladen, resümierte die Frau. Wirst du es in deinem nächsten Schreiben an ihn tun? Es klang wie eine Frage, aber er wußte, es war ein Befehl, und er sah keine Möglichkeit, ihn zu umgehen. Wie er sie kannte, würde sie mit der Regelmäßigkeit eines Uhrwerks so lange darauf zurückkommen, bis er ihren Wunsch erfüllt hatte.

Ja, ja, ja, sagte er, und nun gib Ruh. Sonntags sollten wir uns nicht streiten.

Natürlich mußte sie das letzte Wort haben. Aber ich streite mich ja gar nicht. Du bist immer so unvernünftig und regst dich unnötig auf. Weißt du, wir werden Arendt auf ein Wochenende herbitten. Junggesellen wie er können nach Belieben über ihre Wochenenden verfügen. Wozu haben wir unser Gastzimmer?

Schon gut, sagte Hans-Georg. Er hatte keine Lust zu weiterer Auseinandersetzung. Wie so oft, wenn seinem eigenen Wollen beharrlicher Widerstand entgegengesetzt wurde, überkam ihn die selbstquälerische Versuchung, sich dem stärkeren Willen zu unterwerfen. Irgendeine dunkle Ahnung sagte ihm, daß er für seinen Mangel an Durchsetzungsvermögen bestraft zu werden wünschte. Die Gründe, die sein Verstand ihm dagegen bot, leuchteten ihm weitaus mehr ein: Zunächst einmal mußte er auf seine Gesundheit achten und durfte sich nicht aufregen. Und zweitens fand er Gespräche, die, nachdem das Wesentliche bereits durchgekaut war, sich durch ständige Wiederholung im Endlosen verloren, reine Zeitverschwendung. Frauen, pauschalisierte er sein Feindthema Nummer eins, neigen zum Reden um des Redens willen.

Vergiß es aber nicht, sagte Elfriede nachdrücklich, bevor sie ins Haus zurückkehrten.

Zum Abend hatte die Frau, wie immer an Sonntagen, eine kalte Platte gerichtet. Hans-Georg gestand ihr zu, daß sie dies mit einem erstaunlichen Maß an Einfallsreichtum machte. Reste des Bratens vom Vortag und im Kühlschrank aufbewahrtes Gemüse wußte sie so geschickt und abwechslungsreich zu garnieren, sei es mit gefüllten Tomaten, Salatblättern mit Champignons oder Käsewürfeln, daß er jedesmal mit großem Appetit zulangte, bis nur noch ein paar Petersiliensträußchen auf der großen Schüssel lagen. Dazu trank er Bier, während die Frau, ein langsamerer Esser als er, jede Art Alkohol ablehnte, sich dagegen schon beim letzten Bissen wieder eine Zigarette anzündete, bevor sie sich erhob, um sich selbst einen Mocca und Hans-Georg seinen koffeinfreien Kaffee zu bereiten.

Heute abend sehen wir aber gemeinsam fern, befahl sie von der Küche her.

Es war Sonntag. Er hatte keine Wahl.

Was gibt's denn? sagte er.

Sagtest du etwas?

Was es im Fernsehen gibt?

Weiß nicht. Hab noch nicht nachgesehen. Mit dem dampfenden Kaffee auf dem Tablett wechselten sie ins Wohnzimmer hinüber.

Die Tagesschau interessierte beide gleichermaßen; erschreckend, wie unruhig es in der Welt zuging. Überall Krieg und blutige Auseinandersetzungen, und die Politiker schienen mehr interessiert an endlosen Debatten oder Höflichkeitsbesuchen in befreundeten Nachbarländern als an einem einheitlichen Entschluß, in das Chaos einzugreifen. Es folgte eine jener Quizsendungen, die zu Elfriedes Lieblingsunterhaltung gehörten, weil ihr nichts mehr Freude bereiten konnte, als Hans-Georg, den derartiges so langweilte, daß er kaum mit halbem Ohr hinhörte, mit einer richtigen Antwort zu übertrumpfen. Beinahe jeden Sonntagabend gab es im Fernsehen auf einem der Kanäle eine Quizsendung, die er sich mit ihr anschauen mußte, darauf bestand sie. Erdnüsse kauend saß er neben ihr auf dem Sofa, in die Kissen zurückgelehnt und darüber nachdenkend, ob die Tatsache, daß Gallauner ihn mehr und mehr Produkte der frei verkäuflichen Sorte Arzneien wie Präparate auf Baldrianbasis oder muskelstärkende Tonika anbieten ließ, ein Hinweis darauf sein könne, daß er ihn zugunsten eines Jüngeren abzuservieren gedachte, als der Quizmaster von seinen Kandidaten wissen wollte, was sie als erstes tun würden, falls ihr Haus Feuer finge.

Hinausgehen, sagte Hans-Georg. Was denn sonst?

Elfriede fuhr zu ihm herum: Wieso hinausgehen?

Um Wasser zu holen oder sonst irgendeine Hilfe.

Und mich würdest du den Flammen überlassen? erregte sie sich.

Du kannst ja mittlerweile die Feuerwehr anrufen, sagte er.

Wenn aber keine Zeit mehr dazu ist? Wenn ich vor Rauch den Apparat nicht mehr finden kann?

Dann spring aus dem Fenster, sagte er. Er fand die Sache einfach blöd.

Ohne Spanntuch?

Wird schon eines da sein bis dahin.

Hans-Georg, soll ich dir sagen, was du bist? Du bist ein –

Schalt das Ding ab, sagte er. Es lohnt sich nicht. Erdnüsse sind auch keine mehr da.

Da sie sich nicht rührte, erhob er sich und drückte die Ausschalttaste.

So etwas habe ich geahnt, sagte die Frau.

Was hast du geahnt?

Daß du mich im Stich läßt, wenn wirklich einmal etwas Ernstes, ich meine, etwas Unvorhergesehenes eintreten würde. Ich bin dir nicht wichtig genug.

Wieder die schrille Tonart. Er verlor die Geduld. War denn der verflixte Sonntag noch immer nicht um? Es kostete ihn einige Mühe, harte Worte, die sich ihm auf die Zunge drängten, hinunterzuschlucken.

Das ist doch Unsinn, sagte er so ruhig wie möglich. Natürlich bist du mir wichtig.

Andere sind dir wichtiger. Da würdest du sofort zu ihrer Rettung eilen.

Was meinst du?

Daniel Arendt meine ich, sagte sie. Deinen Busenfreund. Glaubst du, ich merkte nicht, wie deine Gedanken um ihn kreisen?

Er erhob sich, blickte in den Grammophonkasten, um zu sehen, ob die Frau für Weinnachschub gesorgt hatte. Er brauchte jetzt seinen belebenden Schluck. Der fränkische Achtundsiebziger kam ihm gerade recht. Er entkorkte die Flasche und schenkte sich ein.

Ehrlich, Hans-Georg: Wenn irgend etwas geschähe, würdest du mich beschützen?

Offenbar war sie noch immer von der Sendung beeindruckt. Oder aber – der Gedanke war vielleicht gar nicht so abwegig – die Frau war eifersüchtig auf seinen Freund. Schon einmal war ihm die Idee gekommen, in einem anderen Zusammenhang. Jetzt bekam sie Gewicht. Als ob du Schutz brauchtest! sagte er und lachte, weil er die Vorstellung von Elfriede als ängstlichem Frauchen, das er beschützen sollte, einfach komisch fand.

Er leerte sein Glas, fügte besänftigend hinzu: Schon gut. Du wirst ihn kennenlernen, wenn es das ist, was dich beunruhigt. Im nächsten Brief lade ich ihn ein. Und nun komm schlafen. Morgen muß ich wieder früh aus den Federn.

Gemeinsam betraten sie das Schlafzimmer, krochen unter die Decke, rückten sich in ihren einander abgewandten Ruhestellungen zurecht. Immerhin, letztes Zugeständnis an den ausklingenden Sonntag, lagen ihre Rücken nah genug beieinander, um eine zarte, gleichmäßige Wärme auszutauschen, ohne indes einander zu berühren. Ihre Besitzer schliefen zufrieden im Bewußtsein, wieder einmal einen Sonntag nach dem Motto: SEID NETT ZUEINANDER ohne größere Panne hinter sich gebracht zu haben.

5

Die Frau war früh zum Bäcker gegangen, um morgenfrische Brötchen zu holen, ohne die Hans-Georg den Tag nicht beginnen wollte. Er holte inzwischen die Post aus dem Kasten, verblüfft, diesmal zwei Privatbriefe vorzufinden. Der eine, mit solcher Bestimmtheit bereits erwartet, daß sein Anblick anstelle der ursprünglichen Erregung nur noch Zufriedenheit über sein pünktliches Eintreffen auslöste, wurde von Hans-Georg wie ein alter Bekannter begrüßt. Beim gemeinsamen Frühstück in einer Viertelstunde würde er den Brief erwähnen und ihn anschließend in seine Jackentasche stecken, um ihn auf die Fahrt mitzunehmen. Der zweite Brief barg die wirkliche Überraschung. Er war an Herrn Daniel Arendt gerichtet, 3500 Kassel, postlagernd, und trug als Absender den Namen der Frau. Obwohl ausreichend frankiert, war er zurückgekommen, wenngleich erst nach über zehntägiger Lagerung, wie der Stempel zeigte, der das Ankunftsdatum trug.

Was sagt man dazu? dachte Hans-Georg, während er mit langsamen Schritten ins Haus zurückging. Sie schreibt ihm hinter meinem Rücken. Ihm, meinem Freund. Die rechtschaffene Ehefrau. Die häusliche Kameradin, die mir nicht das kleinste Privatgeheimnis zugesteht, während sie... so weit ist es also schon mit ihr. Zurück im Zimmer, warf er sich in seinen Sessel und fetzte den Umschlag auf. Beim Bäcker gab es jeden Montag Andrang nach frischem Brot, er durfte damit rechnen, daß Elfriede in frühestens einer halben Stunde heimkehren würde. Das rosa gemusterte Innenfutter erinnerte ihn daran, daß er ihr die Schreibkassette zum letzten Weihnachtsfest geschenkt hatte. Konnte sie nicht wenigstens neutrales Papier nehmen? Schamlos. Und wie sie sich um Schönschrift bemüht hatte. Sie schien ein Linienblatt als Unterlage benützt zu haben, so ordentlich standen die Lettern ihrer extravertierten Schrift Gewehr bei Fuß nebeneinander ausgerichtet zwischen Seitenrändern, die durch gebührenden Abstand sowohl links wie rechts dem Empfänger ihre Reverenz erwiesen. Macht sich doch nur lächerlich, die blöde Gans. Glaubte sie wirklich, jemanden wie meinen Daniel durch schulmäßige Schönschrift beeindrucken zu können? Kopfschüttelnd begann er zu lesen:

‹Sehr geehrter, lieber Herr Daniel Arendt. Bitte verzeihen Sie mir, daß ich es wage, Ihnen persönlich zu schreiben, wo doch sonst mein Mann Hans-Georg mit Ihnen in Briefwechsel steht. Es fällt mir ja auch sehr schwer, weil Sie als Schriftsteller bestimmt bessere Briefe gewohnt sind. Ich meine, da muß man jedes Wort, das man schreibt, erst überlegen. Sicher wollen Sie den Grund wissen, weshalb ich Ihnen diesen Brief sende. Also ich habe mir gedacht, daß wir Sie einmal zu uns nach Hause bitten sollten, weil Sie doch mit meinem Mann befreundet sind und er sicher vergessen hat, Ihnen das vorzuschlagen. Es ist für uns eine Ehre, daß ein so berühmter Mann wie Sie sich für meinen Hans-Georg interessiert, wo wir doch nur recht einfache Leute sind. Er ist immer ganz begeistert über Ihre Briefe. Ich weiß nicht, ob ich Ihre Bücher kenne, denn Hans-Georg sagt, Sie wollten ihm den Namen, unter dem Sie schreiben, nicht verraten. Werden Sie ihn uns sagen, wenn ich Sie hiermit herzlich einlade, uns besuchen zu kommen? Wir würden uns so freuen, Sie in unserem bescheidenen Heim begrüßen zu dürfen. Ich verbleibe in froher Erwartung Ihrer gefl. Antwort – Ihre Elfriede Reitze.

P.S. Mein Mann ist von Montag bis Mittwoch auf Reisen und dann wieder vom Donnerstag bis zum Freitagabend. Mittwochs und über die Wochenenden ist er daheim. Wählen Sie einen Tag, Sie sind herzlich willkommen, wann immer es Ihnen paßt.›

Er zerriß das Schreiben in kleine Schnipsel, die er in seine Brieftasche schob. Unterwegs würde er sich ihrer entledigen. Seine erste Reaktion nach Studium dieses Elaborats war widersprüchlich. Einerseits gab es ihm das unbehagliche Gefühl, die Frau sozusagen bei einer ihm bisher verborgenen Tätigkeit durch ein Guckloch zu beobachten. Andererseits fühlte er den gekränkten Zorn des Gehörnten in sich aufsteigen, auch wenn es sich bis jetzt nur um eine Möglichkeit handelte, die ins Haus stand. Es erging ihm damit wie mit so manchen Dingen, die er ab und zu einmal in Gedanken flüchtig gestreift, wohl auch, rein theoretisch natürlich, spielerisch in Erwägung gezogen hatte, ohne auch nur einen Augenblick daran zu glauben, daß sie sich eines Tages verwirklichen könnten. Doch an dem, was nun durch einen Zufall in seine Hände geraten war, gab es nichts zu deuteln: die Frau hegte die Absicht, ihn mit seinem Freund zu betrügen. Postaler Korrektheit hatte er die Vereitelung ihres perfiden Plans zu verdanken. Denn, sagte er sich in zutiefst verletztem Stolz, das P. S., klang auch das übrige unverfänglich, war eindeutig. Insbesondere kränkte ihn die Plumpheit ihres Winks, die schon vom Niveau her auf ihn zurückfallen mußte. Hätte die Frau nicht eine etwas weniger anzügliche Art finden können, Arendt die Stunden mitzuteilen, in denen er, Hans-Georg, nicht zu Hause war? Meine Frau betrügt mich. Er sagte es mehrmals vor sich hin, um sich des Tatbestands zu vergewissern, denn er hatte bei irgendeinem von ihm hochgeschätzten Schriftsteller gelesen, was jener wieder einmal von einem anderen abgeschrieben hatte, daß nämlich eheliche Untreue nicht bei der körperlichen Vereinigung, sondern beim Gedanken daran beginne, der in der Tat oft ausgiebiger und erregender sein konnte als die Erfüllung.

Er überlegte. Das beste war, er würde die Sache für sich behalten. Sollte sie doch glauben, Arendt habe ihren Brief bekommen, lege aber offenbar keinen Wert auf seine Beantwortung. Das würde ihr eine Lehre sein. Frauen sind eifersüchtig auf Männerfreundschaften und bemühen sich, einen Keil dazwischenzutreiben. Auch das hatte er irgendwo gelesen, wahrscheinlich beim gleichen Autor. Männerfreundschaften jedoch, das würde sie noch erfahren, hatten eine andere Konsistenz als das, was Frauen miteinander verband. Du hast dich verspekuliert, meine Liebe. Wir Männer halten zusammen. Dieser Gedanke besserte seine Laune augenblicklich.

Am Mittwoch nachmittag, zurückgekehrt von einer Bezirksfahrt, die ihn durch den offensichtlichen Mangel an Interesse bei den aufgesuchten Kunden einmal mehr mutlos gemacht hatte, las Hans-Georg seiner Frau Daniel Arendts Antwortbrief vor. Am Nachmittag des Vortags hatte er in einer Kneipe am Weg haltgemacht, sich mit einem vom Arzt strikt untersagten Doppelkorn in eine Ecke verzogen und den Brief vor sich ausgebreitet. Sorgfältig studierte er das Schreiben mit dem Wohlgefühl eines Mannes, der sich endlich, nach all der Herabsetzung von seiten seiner nächsten Umgebung, von innen heraus verstanden fühlt. Eine gewisse Pedanterie seines Charakters hinderte ihn jedoch nicht daran, da und dort einen orthographischen Fehler zu finden – mußte da nicht ein Komma hin, und fehlte hier nicht ein Buchstabe? Ein Schriftsteller sollte das wissen. Doch die Irritation war zu flüchtig, um sein Glück über die Intimität ihrer Beziehung, die sich, wenngleich noch verhalten, im Ton mehr und mehr abzuzeichnen begann, zu schmälern. Auch Schriftsteller sind Menschen. Das ursprünglich gedachte SELBST am Anfang dieser Einsicht ließ er rasch fallen, um es mit dem etwas weniger gottgleichen AUCH zu ersetzen.

Leider wich das seelische Behagen auf der Rückfahrt dem heftigen Kampf des Schnapses mit seinem Herz. Er mußte anhalten. Am Wegrand geparkt, wartete er, stoßweise atmend, die Wirkung der für ernste Attacken vorgesehenen Kapsel ab.

Nun lies schon, sagte die Frau. Es klang keineswegs ungeduldig, nicht einmal neugierig, eher wie eine Aufforderung, ihr als seiner Gattin, pflichtgemäßer Teilnehmerin an Dingen, die ihn beschäftigten, entsprechend Mitteilung zu machen. Wie sie sich verstellen kann, diese Frau, tut, als ließe sie das alles kühl, dachte er gerade, als sie wie nebenbei bemerkte: Übrigens ist er heute in der Radiozeitung abgebildet.

Arendt? Er fühlte sich überrumpelt. Zeig her.

Schneller, als er mit den Augen folgen konnte, hatte sie das an der bewußten Stelle aufgeschlagene Blatt zur Hand. Hier, sagte sie und reichte es ihm hinüber. Ein Schwarzweißfoto zeigte einen hochgewachsenen Mann in aufrechter, selbstbewußter Haltung vor einem Terrassengeländer mit Palmen im Hintergrund. Nirgendwo ein Gramm Fett zuviel. Sehr helles Haar über vermutlich sonnengebräunter, hier schwärzlich ausgedruckter Stirn. Pose. Selbstgefälligkeit, Zähnezeigen im Bemühen, alle Anzeichen, die auf geschwundene Jugend hinwiesen, zu überspielen. Die Zeile darunter lautete: Zu Besuch an der Riviera – der Schriftsteller Peter Maibaum, Verfasser des Bestsellers GEFÄHRTEN DER LUST auf der Hotelterrasse in Cannes.

Das ist er nicht, sagte Hans-Georg, ihr das Heft zurückreichend.

Aber das muß er sein, sagte die Frau. Alles paßt.

Nichts paßt. Zunächst: Daniel ist nicht blond, er ist dunkel.

Behauptest du. Schließlich hast du ihn nur einmal gesehen. Da hat er womöglich einen Hut aufgehabt.

Er hat keinen Hut aufgehabt.

Oder eine Mütze. Irgendwas.

Auch nicht irgendwas, sagte er gereizt. Hältst du mich schon für so verblödet, daß ich helles nicht mehr von dunklem Haar unterscheiden kann? Es ärgerte und kränkte ihn, daß die Frau in ihrem Unverstand den albernen Gockel in ihrem Hausfrauenblättchen für seinen Freund Daniel hielt.

So schnell gab sie nicht auf, wenn sie sich in etwas verbissen hatte. Hier steht's doch schwarz auf weiß, Schriftsteller. Bestsellerautor. Ihr Gesicht rötete sich vor Eifer.

Es soll auch noch andere Autoren geben, denen Bestseller gelungen sind, sagte er. Einige sind sogar darauf spezialisiert.

Offenbar gefiel ihr der auf dem Bild. Hatte es wohl in Gedanken mit ihm schon getrieben, das Weibsstück. Versuchsweise sozusagen. Er beobachtete mit einer Mischung aus Neugier und Abscheu, mit welcher Heftigkeit sie sich engagierte.

Bestseller und Bestseller ist nicht dasselbe, da gibt es auch langweilige darunter, wo man bei jedem Satz erst nachdenken muß, was gemeint ist. Der mit dem komischen Titel zum Beispiel, den uns Frau Köhler voriges Jahr zu Weihnachten schenkte.

Vielleicht ist der Schmarren von deinem Zeitungsschönling da ein ebensolcher Langeweiler.

Jetzt saß die Frau gerade aufgerichtet im Sessel. Kampfhaltung: Du hast ja keine Ahnung. TAGE DER LIEBE war in der Zeitschrift abgedruckt. Der gesamte Roman. Wundervoll. Warum soll sein Verfasser nicht Daniel sein? Erklär mir das!

Weil er es nicht ist, darum, sagte Hans-Georg wütend. Erstens ist Daniel jünger als dieser Lackaffe da, zweitens sieht er unvergleichlich besser aus, und drittens schreibt er keine Schnulzen. Er ist ein ernsthafter Autor.

Schon gut, schon gut, reg dich nicht auf, lenkte Elfriede ein. Es hätte ja sein können, nicht wahr? Man macht sich halt so seine Vorstellungen.

Hans-Georg nickte. Wir wollen uns nicht streiten, sagte er mit einer Gelassenheit, die ihn selbst überraschte. Ihm war ein kurioser Gedanke gekommen. Je weiter sich Eheleute innerlich voneinander entfernen, glaubte er zu erkennen, desto ähnlicher werden sie sich äußerlich. Eigentlich redeten er und die Frau nur miteinander, um

Laut zu geben, um die Stille ihrer vier Wände mit etwas mehr als ihrer Gegenwärtigkeit auszufüllen. Dabei bedurfte es im Grunde gar nicht der vielen, emotional aufgeladenen Dialoge; sie kannten einander in- und auswendig, ihre Überlegungen, Gefühle, Reaktionen nahmen gedanklich die Erwiderung vorweg, noch bevor die Frage ausgesprochen war. Das klang, oberflächlich betrachtet, nach inniger Verbundenheit, war es aber nicht, sondern das gerade Gegenteil. Nahm man die kleinen, sich aus dem ständigen Zusammenleben ergebenden gegenseitigen Freundschaftsdienste aus, blieb ein Gebilde von zwei zwangsläufig durch das Sakrament der Ehe aneinandergeschweißten Menschen, das aus Überbleibseln von dem bestand, was einst zwei eigenständige Persönlichkeiten gewesen waren. Eigenständigkeiten, die den ständigen Anpassungsforderungen zum Opfer gefallen waren, verdampft im Schmelztiegel zwangsläufiger Gemeinsamkeit. Zurück blieb der Bodensatz einer sich um sich selbst drehenden Tagesroutine. Ein gründlich mißglücktes, alchimistisches Experiment.

Woran denkst du? sagte die Frau.

An nichts, sagte er.

Man kann nicht an nichts denken, sagte sie, an etwas denkt man immer. Sag mir, an was du eben gedacht hast.

Ich hab's vergessen, sagte er. Oder nein, ich dachte daran, warum du so versessen darauf bist, Arendt kennenzulernen. Es genügt doch, daß er uns schreibt.

Nun würde sie, glaubte er zu wissen, erst einmal heftig dementieren, an seinem Freund mehr als nur oberflächlich interessiert zu sein, um anschließend, sollte er das Thema weiter verfolgen, das gekränkte, liebende Eheweib zu spielen, das sich in gerechter Empörung gegen angedeutete Unterstellungen wehrt, die nicht einmal im Traum – und so weiter.

Sei nicht albern, sagte Elfriede – er hätte schwören mögen, ihr Gleichmut war gespielt –, es ist doch nur natürlich, daß mein Mann mir seine Freunde auch einmal vorstellt, oder? Und jetzt lies.

Worauf er gern achselzuckend erwidert hätte: lies selbst. Das ging leider nicht, denn er hatte den Brief bereits zum Vorlesen präpariert, hatte diejenigen Stellen, die sich nicht für die Ohren der Frau eigneten, mit Kugelschreiber ausgeklammert. Es war eine Lust in ihm, die Neugier der Frau weiter anzustacheln. Dazu mußte er alle Mißfallensäußerungen Daniels gegen das weibliche Geschlecht im allgemeinen unterschlagen.

Seitdem Hans-Georg am Morgen Elfriedes Brief an den Schriftsteller geöffnet und gelesen hatte, war mit seinen Empfindungen ihr gegenüber eine Veränderung vor sich gegangen. Was er bislang als unklaren, starken Schwankungen ausgesetzten Gefühlsballast empfunden hatte, ein Hinundherzerren zwischen Auflehnung und Sichfügen, kurzen Anflügen von Sympathie, in selbstkritischeren Momenten auch Bewunderung für ihre häuslichen Tugenden, war mit einem Schlag ausgelöscht. Die Frau betrog ihn, träumte von einem Männerkörper, fraglos jünger und ausreichender bestückt, der nicht der seine war, und dafür haßte er sie, haßte sie in wohltuender Klarheit des Gefühls, das ihm sagte, woran er mit ihr war und ihm gleichzeitig den Beweis lieferte, wie objektiv gerechtfertigt doch sein Haß war. Von nun an, nahm er sich vor, würde er das Spiel mitspielen und gleichzeitig dafür sorgen, daß ihr Sehnen unerfüllt blieb. Eine lustbetonte Vorstellung, die ihn um ihrer Eindeutigkeit willen mehr befriedigte als alle noch auf Vertrauen fußenden Zärtlichkeitsbezeugungen der früheren Jahre.

‹Mein lieber George›, schrieb Arendt, ‹da ich Dich zu meinem nächsten Romanhelden erkoren habe, schlage ich vor, daß wir uns von nun an duzen. Einverstanden? Einerseits bin ich Dir sehr dankbar für das Bild, das Du mir von Deinem täglichen Einerlei entworfen hast, um das ich Dich gebeten hatte. Andererseits, ich gebe es zu, erschreckt es mich, woraus Du ersehen kannst, wie oberflächlich man doch über Lebensformen zu urteilen geneigt ist, die sich von der eigenen unterscheiden. Als ich Dir das nichtssagende Wort DURCHSCHNITTSMENSCH schrieb, hatte ich einen Mann vor Augen, der bis zu dem Zeitpunkt, da ihm durch eine Erbschaft viel Geld in den Schoß fällt, ein friedliches, zurückgezogenes Leben führt. Nun will er die Welt kennenlernen, wird zum Langzeittouristen, ohne indes fähig zu sein, sein ihm durch sein bisheriges Milieu aufgeprägtes Wesen und seine Anschauungen aufnahmefähiger zu machen und das Gewohnte durch Neues zu ersetzen. Eine recht einfache, sicher nicht sehr originelle Story, wie Du zugeben wirst. Als ich dann las, was Du mir über die Art Deiner Existenz schriebst, habe ich mich – warum soll ich es nicht zugeben? – ja, da habe ich mich geschämt. Ohne es wirklich zu wollen, habe ich Dich – auf schmerzhafte Weise, fürchte ich – zu einer Beichte Deiner näheren Lebensumstände veranlaßt, die Du vielleicht bisher nicht einmal Dir selbst so klar umrissen eingestanden hast. Ich hätte berücksichtigen müssen, daß Du ein hochsensibler, intelligenter Mann bist...› Die folgende Satzhälfte hatte Hans-Georg ausgeklammert: ‹... der schwer unter der Enge seiner häuslichen Verhältnisse leidet.› – ‹Verzeih, George. Du weißt, ich wollte dich nicht kränken... ›

Womit kränken? warf Elfriede ein.

Hätte ich auch noch auslassen sollen, dachte er. Das verstehst du nicht, sagte er. Daniel meint...

Daß du ihm den Spott nicht verübeln sollst, klar.

Welchen Spott?

Den Witz mit dem hochsensiblen, intelligenten Mann. Elfriede lachte.

Vielleicht, sagte er in verhaltener Wut, hörst du erst einmal weiter.

Mach mal, sagte sie heiter.

Da begann es schon wieder, dieses Flattern in der Kehle. Nicht aufregen, nur nicht aufregen. Die nächsten Sätze würden sie in ihre Schranken weisen.

‹Ist es nicht merkwürdig, wie selten man das wird, was man sich in der Jugend erträumt? Du mit deinen Vorstellungen und Hoffnungen, die Welt zu umsegeln, Dir den gesamten Globus zur Heimat werden zu lassen, heute ein schicksalloser Kleinbürger, und ich, der ich nach wie vor vergeblich versuche, mit mir selbst klarzukommen, vermarkte das Schicksal anderer, nicht immer nur erfundener Menschen wie ein gewissenloser Drogenhändler. Falls Du den Vergleich für unpassend hältst, solltest Du einmal meine Leserinnen erleben. Sie sind süchtig nach meinen Büchern, regelrecht süchtig. Beneide mich nicht; das ganze Getue hängt mir zum Hals heraus, schon deshalb, weil es mich zwingt, gegen meine eigentliche Natur zu leben. Beichte gegen Beichte: Tief innerlich sehne ich mich nach Eingrenzung, ein paar Quadratmeter Eigenleben, das Laubenhäuschen eines einfachen Mannes, in dem er ganz er selbst sein darf. Und was tue ich statt dessen? Ich meide alles, was meine Unabhängigkeit einschränken könnte, ich will die Gewißheit haben, innerhalb weniger Stunden alle Programme über den Haufen werfen und irgendeiner Laune, einem nicht näher zu begründenden Einfall Folge leisten zu können, wenn mich die Lust dazu packt. Vermutlich weist mein Inneres, an das ich nicht herankomme, masochistische Züge auf. Da scheint mir eine Ähnlichkeit zwischen uns zu bestehen wie in so vielen anderen Dingen . . . ›

Grundgütiger Himmel, schrie die Frau. Was hast du ihm bloß von dir vorgesponnen, daß er dich . . . Sie unterbrach sich plötzlich, um leise, als erschrecke sie dieser Gedanke, zu sagen: Ist er womöglich schwul?

Hans-Georg sah die Bitte in ihren Augen, ihre Vermutung zu entkräften. Nur zu gern hätte er sie jetzt zappeln lassen mit: ausgeschlossen ist das nicht, oder: nun ja, bei Künstlern . . . Statt dessen sagte er: Was weißt denn du schon von mir? Der Mann hat in diesen paar Wochen mehr von meinem wahren Wesen erfaßt als du in fast zwölf Jahren. Er mag mich einfach. Das soll es geben.

Weiter, sagte Elfriede.

Mach mir einen Kaffee, sagte er. Ich hab einen trockenen Mund.

Während Elfriede in die Küche verschwand, überflog er die weiteren Zeilen, die in immer dichterer Folge Klammerzeichen aufwiesen, um festzustellen, ob das, was zum Vorlesen übriggeblieben war, überhaupt noch einen Sinn ergab.

Viel zu schnell war die Frau mit der Tasse zurück. Das Wasser war noch heiß, sagte sie.

Er nickte. In einem hat dein Freund recht, sagte Elfriede, ihr könnt alle beide von nichts anderem reden als von euch selbst. Darin seid ihr euch ähnlich. Warum schreibt er nicht mehr von seinen Empfängen und Erfolgen?.

Als wenn du das nicht wüßtest. Er will nicht, daß wir dahinterkommen, wer er wirklich ist. Er möchte anonym bleiben.

Wetten, sagte die Frau, und ihre Stimme wurde wieder schrill, daß du ihm nichts von unserer Einladung geschrieben hast?

Alle möchten ihn zu sich einladen, versuchte er sich herauszureden.

Hast du oder hast du nicht?

Schon gut. Das nächste Mal, sagte er. Es ist zuwenig Zucker in meinem Kaffee.

Ich hab dir den braunen reingetan, der ist gesünder, sagte sie. Also lies schon weiter.

‹...wie in so vielen anderen Dingen›, nahm Hans-Georg den Faden wieder auf. ‹Wir ergänzen uns. Wenn Du so willst, stellt jeder von uns das dar, was das Leben dem anderen verweigerte. Dazu paßt auch unsere gegensätzliche Haltung den Frauen gegenüber, finde ich. Was mich anbelangt: Ich fürchte nichts so sehr wie die feste Bindung, sanktioniert möglicherweise. Und doch ahne ich, nein, ich weiß es, daß ich, käme es gegen alle Erwartung einmal dazu, nicht unglücklich wäre, weil es ein Bestandteil des einen Elementes ist, das ich sowohl verabscheue wie ersehne, ein unlösbares Paradox.›

Aha, sagte die Frau mit erneuter Aufmerksamkeit.

Erst vor wenigen Wochen sei ihm das wieder einmal zum Bewußtsein gekommen, berichtete Arendt mit Hans-Georgs Stimme, nämlich anläßlich einer Literaturtagung in Graz. Seine Teilnahme an der öffentlichen Diskussionsrunde: ein Fiasko, unkonzentriert, wie er nach einer wieder einmal durchzechten Nacht im Kreis von Freunden gewesen sei. Zu wenig Schlaf, mit den Gedanken überall, nur nicht bei der Sache. Bis dann auf einmal... ‹Ich fühlte mich angesehen, spürte die Vibration einer ausschließlich auf mich gerichteten Aufmerksamkeit. Es war nicht schwer, die Quelle auszumachen; der magische Strom lenkte meinen Blick ohne Umweg zu ihr hin. Sie mochte um die Dreißig sein – ein paar Jahre mehr oder weniger, wer kann das heute schon sagen? Wenn es stimmt, daß Anziehung auf den ersten Blick mit unserem Auge nur wenig, dafür um so mehr mit einem immer vorhandenen inneren Wunschbild zu tun hat, dann muß es wohl etwas in mir geben, das allem Frauenüberdruß zum Trotz immer noch hofft. Es war die Ausstrahlung dieser Frau, die mich faszinierte, ihre Passivität, Hingabebereitschaft inmitten all dieser bildungsbeflissenen, vor Lebenssinn strotzenden Mienen. Während der restlichen Diskussion, an der ich mich nur spärlich beteiligte, träumte ich mich in sie hinein, sicher, endlich die Frau entdeckt zu haben, die anders war als die übrigen, ganz anders, weich, anpassungsfähig mit gerade jenem Maß an Toleranz, das aus Achtung vor der Persönlichkeit des Partners seine Freiheit nicht einengt. Sie besaß Wissen, Intelligenz, ohne diese Eigenschaften, glaubte ich zu wissen, als Waffe im existenziellen Verteidigungskampf einzusetzen, wie es heute so viele Frauen tun. Sie würde sich führen lassen, ohne dabei zum willenlosen Werkzeug zu werden. An diesem Punkt meiner Gedanken angekommen, spürte ich, wie mich heftige sexuelle Erregung überkam, während meine Fantasie, Du verstehst, einen Salto nach dem anderen schlug bis hin zu vermutlich praktisch niemals ausführbaren Möglichkeiten... Wie es dann weiterging, willst Du wissen? Das ist in wenigen Worten gesagt. Nach Diskussionsende waren wir, wie meistens, umlagert von enthusiastischen Zuhörerinnen, Autogramme oder persönliche Widmungen erzwingend, ich erzählte Dir schon von dieser Sorte Frauen, die mir ein Greuel sind. Und zwischen ihnen, sich energisch vorwärts boxend, meine Traumfrau, breit in den Hüften und kurzbeinig, im Stehen kaum größer als im Sitzen. Der sanft lächelnde Mund war nun geöffnet und entblößte grobe Zähne, und es schrie aus ihm mit dem schrillen Gequäke einer Kindertrompete: Ein Autogramm – hier – unter Hans Neumann. Ich sammle Schriftsteller!›

Hans-Georg machte eine Pause, denn die Ausführung hinter der eiligen Klammer, worin sich nach Daniels Meinung alle Frauen zum Verwechseln glichen, ging denn doch zu sehr ins Detail und eignete sich nicht für weibliche Ohren. Er nahm einen Mundvoll Kaffee und überlegte, während er durch eine Grimasse seinen Widerwillen andeutete, die inzwischen ausgekühlte Brühe herunterzuschlucken – ein Manöver, um ein paar Sekunden herauszuschinden –, ob die nach der Klammer noch verbleibenden Schlußsätze mit dem eben Gelesenen genügend Zusammenhang ergäben, um die Frau nicht stutzig werden zu lassen. Die Vorstellung, daß sie selber nachlesen würde, war ihm peinlich, weniger der saftigen Ausdrücke wegen, mit denen der Schriftsteller an jener Bruchstelle wahrhaftig nicht gespart hatte als wegen der von Hans-Georg eingezeichneten Aussparung von Sätzen, die ihn vor Elfriede als indiskreten Plauderer über Intimitäten seiner Ehe bloßstellen würden.

Daß Männer doch immer so angeben müssen, sagte die Frau. Lächerlich. Weißt du, was ich glaube?

Was glaubst du? sagte er, froh um weitere Unterbrechung.

Ich glaube, er hat überhaupt keine Erfahrung mit Frauen.

Na, hör mal, sagte er gekränkt. Hier ging es um Männerehre. Und die war kollektiv. Einer für alle, alle für einen.

Wetten, daß ich recht habe? sagte sie. Die Frauen, auf die solch ein Mann trifft, sind natürlich von ihm hingerissen. Ich meine, nicht von ihm, so wie er wirklich ist. Von ihm als Schriftsteller. Als Berühmtheit, die in den Zeitungen abgedruckt wird. Auf so was ist jede scharf. Oder wenigstens die meisten. Die meinen gar nicht ihn, die meinen bloß seinen Namen. Das, was er darstellt.

Natürlich geht es um das, was er darstellt, das ist nun mal so bei Männern, sagte Hans-Georg. Ihr Frauen habt es da leichter: ein praller Busen, ein Wackelpopo...

Erlaube mal, wie sprichst du denn? sagte die Frau. Erst vor wenigen Tagen hatte sie in ihrem Sonntagsblättchen einen Protest-Bericht über die Frau als Lustobjekt gelesen. Wir Frauen haben eben äußere Reize *und* Persönlichkeit. Aber das wollt ihr natürlich nicht wahrhaben.

Männer, sagte er und regte sich schon wieder auf, haben äußere Lockmittel nicht nötig. Sie sind, was sie sind. Das genügt.

Vorbei, mein Lieber, vorbei, triumphierte die Frau. Wer sich als Mann beweisen will, muß schon mehr bieten als ein bißchen Selbstdarstellung.

Ich weiß nicht, was du meinst, sagte er, weil er nur zu gut wußte, was sie meinte und der Versuchung, es von ihr ins Gesicht gesagt zu bekommen, nicht widerstehen konnte.

Im Bett, sagte sie, zeigt sich, was wirklich mit euch los ist.

Nun war es an ihm, ihre Sprache zu rügen, die seinem Moralempfinden widersprach. Schäm dich, sagte er. Wenn dich der Pfarrer so hören würde!

Was als harmloses Geplänkel begonnen hatte, drohte, wie so oft, in offenen Streit auszuarten. Hans-Georg, sich hoffnungslos auf der Verliererseite wissend, bekam feuchte Hände. Nicht genug damit, daß er aus der Betonung, mit der die Frau die gesellschaftliche Stellung des Mannes hervorhob, den Vorwurf eigener Nichtigkeit entnahm, kam sie ihm nun noch mit dem heikelsten Punkt ihrer Beziehungen. Auch wenn er sich sexuell nicht als Versager sah – immerhin erfüllte er hier wie jeder andere brave Bürger sein ihm von Kirche und Staat abgefordertes Soll –, war er sich doch schmerzhaft der vielen Klippen bewußt, die er zu umschiffen hatte, bevor zaghafte Lust ihm anfängliches Bemühen erleichterte. Er fürchtete sich vor der Frau, fürchtete sich vor ihren Frauenblättchen, die, angepaßt an die veränderte Denkweise einer emanzipationsbestrebten Frauenwelt, ihren Leserinnen bis ins letzte Detail darüber Aufklärung boten, was sie von einem Individuum, das sich rühmte, ein Mann zu sein, erwarten durften.

Soll ich nun zu Ende lesen? sagte er gereizt.

Sie nickte. Dort ansetzend, wo sein Klammer-Zu den Weg freigab, fuhr er fort:

‹Bei Deiner Belesenheit halte ich es gar nicht für ausgeschlossen, daß Dir dabei auch das eine oder andere Buch von mir untergekommen ist. Wie wär's mit einem Quiz: Versuche nach dem, was ich Dir bislang von mir verraten habe, ein Buch der neuen Literatur herauszufinden, von dem Du annimmst, es könnte von mir sein, ja? Mal sehen, wie gut Du mich schon kennst oder auch, wie Du mich siehst. Aber ich warne Dich: Werk und Autor unterscheiden sich grundsätzlich voneinander, auch wenn sich zwangsläufig Affinitäten ergeben. Laß bald von dir hören. Deine Briefe sind mir immer herzlich willkommen. Dein Daniel.›

Den Wald vor Bäumen nicht sehen, das war's, was mir vorhin nicht einfallen wollte, sagte die Frau.

Hans-Georg sah sie ratlos an.

Verstehst du nicht? Daniel. Die Frauen um ihn. Vor lauter falschen Frauen sieht er nicht die richtige.

Für die du dich hältst.

Red keinen Unsinn. Er tut mir nur leid. Weshalb habt ihr Männer nur solche Angst vor uns Frauen?

Wo sie sich denn das schon wieder angelesen hätte? wollte er wissen. Einen solchen Mist konnte wohl nur eine frustrierte alte Jungfer verfassen, bei deren Anblick die Männer davonliefen. Er lachte ein bißchen dazu, um zu demonstrieren, für wie lächerlich er eine derartige Behauptung fand. Ein wenig flach, mein Widerspruch, spürte er, als er das Lächeln auf Elfriedes Gesicht sah, die sich jetzt erhob. Es war ein verhaltenes, ungewohnt sanftes Lächeln, und es kam ihm in den Sinn, so ungefähr müßte die Frau aus dem Publikum gelächelt haben, die Arendt in seinem Brief beschrieb. Er sah, wie sie sich zur Tür wandte und hörte sie sagen, es sei noch eine gute Stunde bis zum Abendessen und außerdem Mittwoch. Er stutzte. Dann glaubte er zu verstehen: Der Brief hatte sie erotisch animiert; sie spielte Daniels Traumfrau, die von ihm erwartete, daß er seinerseits die Rolle ihres Traumhelden übernahm, einen verliebten, begehrlichen Arendt darstellte, dort einsetzend, wo der Schriftsteller seine Illusionen einer anders gearteten Wirklichkeit geopfert hatte.

Die Vorstellung, für die Dauer einer Stunde der Freund sein zu dürfen mit allen bewunderten und heimlich geneideten Qualitäten seiner offenbar vielseitigen Persönlichkeit, sich in ihm zu verkörpern, wuchsen sich zu einer unwiderstehlichen Verlockung aus: Er stand vor einer gänzlich neuen Erfahrung, deren Möglichkeiten er kaum übersah.

Kommst du? sagte die Frau rückgewandt.

Im Schlafzimmer dann vervollkommnete sich die Metamorphose: ausgewischt, wegradiert der zaudernde Hans-Georg mit seinen Hemmungen und Schuldgefühlen, mit seiner Leistungsfurcht und Zentimeterscham. Er war Daniel, der Liebhaber seiner Frau, der Maßgerechte, der Perfekte, Elfriedes erträumte Medienkreation. Und sie spielte ihren Part, als habe sie ihn hundertmal erprobt, auch sie verwandelt, weich, passiv, mit genau jenem Quentchen Widerstand, das ihrer Nachgiebigkeit erotischen Reiz verlieh. Es war ein Spiel, sie wußten es und ließen sich Zeit im Genießen jeder einzelnen Minute. Zwischendurch dachte er verwirrt, wer nun eigentlich wen mit wem betrog, doch es schien ohne Belang.

Anders dagegen wurde es, nachdem die Leidenschaft sich in Sättigung zu verwandeln und abzuklingen begann. Im nachträglichen Bewußtsein ihres Verrats an sich selbst und am anderen wagten sie einander nicht in die Augen zu sehen. Liebesspiel mit gezinkten Karten. Besonders die Frau fühlte sich auf unbestimmte Art schuldig. Schweigend kleideten sie sich an, Hans-Georg beim Überstreifen der Hosenträger verwundert vor sich hin meditierend, wie sehr so etwas Abstraktes wie Imagination doch die Gegebenheiten zu verändern vermochte. Er hatte seinen Freund, den er über alles verehrte, seine Frau haben lassen und mit voyeuristischem Vergnügen die erstaunlichen Leistungen registriert, die diese beiden auf einem Sektor vollbrachten, dem er bisher, seiner schwachen körperlichen Konstitution wegen, wenig abzugewinnen wußte. Seltsamerweise kam Hans-Georg keinen Augenblick der Gedanke, er selbst sei einer der beiden Akteure gewesen; die Frau hatte Daniel herbeigerufen, und Daniel war zu ihr ins Bett gekommen, wie sie es sich gewünscht hatte, während er, Hans-Georg, so schien es ihm jetzt, hinter einem imaginären Vorhang verborgen, in schmerzhafter Lust zuschaute, wie sie ihn betrogen – seine Frau und sein einziger Freund.

Ich glaube, es gibt gleich Regen, sagte Elfriede. Geistesabwesend sah sie, auffallend schnell angekleidet, dem Bemühen ihres Mannes zu, seine Füße in die Slipper zurückgleiten zu lassen, ohne sich zu ihnen hinabbeugen zu müssen. Sein Kreuz tat ihm weh. Mehrere Ansätze mißglückten der Wollsocken wegen, die sich an den Fersen zu einem hinderlichen Wust zusammenschoben.

Wie wäschst du eigentlich meine Socken? sagte er. Sie werden immer länger.

Ganz normal, sagte sie. Wie man eben Socken wäscht.

Vom normalen Waschen werden sie nicht weiter, sondern fester.

Diese alten Dinger nicht mehr. Die Schublade klemmt schon vor Socken, aber du ziehst ja immer die gleichen an.

Weil sie mir am behaglichsten sind und am besten sitzen. Bisher jedenfalls. Hast du sie zum Trocknen über den Lampenschirm gespannt?

Sei nicht albern, sagte sie mit einem leichten, kaum vernehmbaren Seufzer, der dem nun endgültig entschwundenen Daniel Arendt galt. Sie betrachtete ihren Mann, wie er, eine Hand ins Kreuz gepreßt, sich ächzend zu seinem rechten Schuh hinabbeugte und überlegte, ob es wohl stimmte, daß ein Mensch zeitweise und unter bestimmten Voraussetzungen vom Geist eines anderen besessen sein konnte. Nach dem, was sie in einem aufregenden Roman über die Macht der Geisterwelt gelesen hatte, schien es ihr nicht undenkbar, daß der Schriftsteller ihre geheimen Wünsche erfüllt und sich aus Zeitmangel des Körpers seines Schreibpartners bedient hatte, um die Gelegenheit wahrzunehmen. Ihren Brief mußte er ja inzwischen bekommen haben. Im Roman hatte der dämonische Held die verblüffte Heldin darauf hingewiesen, daß es mehr Dinge zwischen Himmel und Erde gäbe, als ‹unsere Schulweisheit sich träumt›. Elfriede waren diese Worte sehr tiefgründig vorgekommen, obwohl ihr beim Grübeln über den Sinn die Vorstellung einer träumenden Schulweisheit unklar blieb.

Es kratzte an der Schlafzimmertür. Der Hund wollte herein, was bedeutete, er wollte raus, raus ins Freie.

Ich mach noch eine Runde mit ihm, sagte Hans-Georg.

Bis ihr zurückkommt, ist das Abendessen fertig, sagte sie. Sie warf einen besorgten Blick auf ihren Mann; er wirkte erschöpft und müde. Wie fühlst du dich? fragte sie noch.

Es geht. Die frische Luft wird mir guttun.

Nimm den Schirm mit. Der Himmel hat sich bezogen. Und bleibt nicht zu lange.

Halbe Stunde, sagte er und pfiff dem Dackel, der so freudig wedelte, daß sein haarloses Schwanzende gegen das Tischbein knallte. Seine Freude war allerdings nur von kurzer Dauer. Einige Schritte vor die Tür, und er kehrte um, hockte sich mit beleidigtem Gesicht auf die Treppenstufe, während erste Regentropfen das Pflaster sprenkelten. Hans-Georg nahm ihn an die Leine und zog ihn hinter sich her. Den Schirm hatte er zu Hause gelassen. Er erhoffte sich von einem tüchtigen Regenguß, dem er sein Gesicht entgegenhalten würde, Klarheit über einen Punkt, der seine Gedanken beschäftigte, seit er in Stellvertretung seines Freundes das Bett der Frau verlassen hatte. Es war selten, daß Hans-Georg die Aspekte sinnlicher Freuden in seine Gedanken aufnahm, denen er sonst in asketischer Strenge jede Annäherung an dieses Thema verwehrte.

Der sich verdichtende Regen trug einen Geruch wie von sauer gewordener Milch; seine Nässe, die Hans-Georg sich als erfrischendes Prickeln gewünscht hatte, stach nicht, sondern verglitschte die Haut, ohne in sie einzudringen. Dunst beengte die Sicht; Felder und Baumsilhouetten verschwanden in einer Wand aus Wasserstaub. Hinter seinem Herrn schlich der Hund mit gesenktem Kopf. Kein Baum am Wege interessierte ihn; das Wasser vom Himmel wusch alle verlockenden Duftspuren in Beinschwinghöhe von der Rinde. Als er sich zuletzt doch für einen Platanenstamm entschloß, der seiner spitzen Nase zusagte, schien es, als nehme er Rache an dem, der ihn der Unwürdigkeit einer derartigen Strapaze aussetzte: Hans-Georg, durch die Leine zum Stehenbleiben gezwungen, mußte sich von oben zusätzliches Naß gefallen lassen; an den im Gegensatz zu den übrigen Bäumen noch zahlreichen, doch kraftlos herabhängenden Herbstblättern lief das von der Krone aufgefangene, angesammelte Regenwasser bei jedem Windstoß platschend auf ihn herab. Besiegt vom unwirtlichen Wetter strebten sie, nachdem der Dackel, seine Länge zum Buckel verkürzt – natürlich hatte sie ihn heimlich wieder mit Süßigkeiten vollgestopft, die Frau –, sein Geschäft verrichtet hatte, dem Haus zu.

Er müßte zornig sein, beleidigt, zutiefst gekränkt in seiner Ehre als Mann und Gatte. Er war es nicht. Jede ihrer zärtlichen Gesten, Äußerungen bis hin zur leidenschaftlichen Vereinigung hatten ihm bewiesen, wie sehr sie ihn begehrte, nicht ihn, ihren Mann, sondern den anderen. Und er, in seiner Rolle als doppelter Hahnrei hatte als Stellvertreter des heimlich Geliebten sich in ihn verwandelt, den Hans-Georg kurzerhand über Bord geworfen und sich als sein Freund mit der eigenen Frau betrogen. Oder war sie die Betrogene? Wie kompliziert auch immer, die Lustgefühle, die er heute – trotz nachträglichen Anflugs von schlechtem Gewissen – empfunden hatte, berauschten noch im Nachhall seine Sinne. Die Frau hatte ihm Erniedrigung widerfahren lassen, indem sie ihn nur in der vorgegebenen Gestalt des Jüngeren als Mann anerkannte und behandelte. Seltsamerweise war es gerade dieser Gedanke, der ihn mit bisher unbekanntem Glück erfüllte: Mochte sie es mit seinem Freund treiben, wie sie wollte, er war dabei, es war seine Kraft, auf die sie angewiesen waren; nichts konnte hinter seinem Rücken geschehen. Wenn er aber in das Geschehen so entscheidend mit einbezogen war, ließ sich da noch von Betrug und Ehebruch reden?

Gleich nach dem Abendessen, das friedvoll, wenn auch mit gelegentlichen Verlegenheitspausen verlief, zog sich Hans-Georg mit einer Flasche Sherry Dry aus dem Grammophon auf sein Zimmer zurück, um in einem weiteren Brief an Daniel diesem die Situation darzulegen und von ihm zu erfahren, wie er als Schriftsteller die Situation beurteile. Nicht zuletzt spielte da wohl auch seine Eitelkeit mit, die sich, wenn auch ihm selbst kaum bewußt, von der Bezeichnung Durchschnittsmensch zu distanzieren suchte, mit der Arendt ihn ohne böse Absicht versehen hatte.

Wie Hans-Georg erwartet hatte, ließ die Frau es stillschweigend geschehen, daß er den Sherry mit nach oben nahm. Ein Gläschen oder selbst zwei dieses harmlosen Getränks konnten ihm wohl kaum schaden. Es entging ihr, daß ihr Mann mit geübter Fingerfertigkeit das Apéritifglas, dessen Kelch eigentlich nur aus einer Delle in massivem Glas bestand, mit einem der farbigen Römerpokale vertauscht hatte, aus denen Tümmelmanns an festlichen Tagen, stolz auf die funkelnde Pracht dieses Besitzes, ihren Wein zu trinken pflegten. In die Dinger, fand Hans-Georg, so wenig er ihre protzige Form mochte, ging wenigstens etwas hinein. Voller Vorfreude, die ihn jedesmal packte, wenn er sich mit einer guten Flasche allein und ungestört wußte, füllte er den Kelch bis zum spiegelblauen Rand mit Sherry, nahm dann einen kräftigen Schluck, um, für Augenblicke den Atem anhaltend, die wohltuende Wirkung zu erwarten. Anschließend wunderte er sich in einem Anflug von Enttäuschung, weshalb sie sich nicht, wie gewohnt, einstellte. Als wäre da etwas in ihm, das die Verteilung des Alkohols hinderte, blieb das genießerische Gefühl des Strömens durch die Blutbahn aus. Statt dessen erhitzten sich übergangslos, schubweise Einzelteile, ein Stück Hinterkopf, Oberarme, die Kniekehlen, wogegen alles übrige von einem recht unangenehmen Frösteln erfaßt wurde. Zwei weitere, großzügige Schlucke verstärkten noch den Blutandrang in die bereits angeheizten Partien, ohne indes bis in die Hände und Füße zu gelangen. Kreislauf, dachte er. Ich sollte noch etwas warten mit dem Schreiben. Zu schnell heruntergekippt wahrscheinlich. Es wird sich geben. Er lehnte sich in seinen Stuhl zurück, schloß die Augen und versuchte nach einer Methode, die ihm DAS GROSSE GESUNDHEITS-EINMALEINS, ein Geburtstagsgeschenk seiner Frau, bei mangelnder Durchblutung empfahl, mit Gedankenkonzentration den wärmenden Lebenssaft in die unterkühlten Partien zu lenken. Zur Unterstützung dieser Bemühungen schenkte er sich ein weiteres Glas ein, wobei er, Erfolg verspürend, seine Gedanken kurz zu der Novelle eines bedeutenden Schriftstellers schweifen ließ, die er gerade zu Ende gelesen hatte. Bevor er nun daran ging, dem Freund zu schreiben, vergegenwärtigte er sich so deutlich wie möglich die Art, mit der jener Autor seinen Worten Ausdruck verliehen hatte. Hans-Georg wußte es nicht, doch er besaß eine starke eklektische Begabung. Sein musikalisches Gefühl für Rhythmen ließ ihn augenblicklich Schwingungen aufnehmen und auf seine eigene Ausdrucksweise übertragen. Er empfand es als Inspiration, hielt es für ein Zeichen, daß ein wahrer Dichter in ihm steckte, den nur ein böses Schicksal, welches ihm jede Möglichkeit zur Entfaltung mißgönnte, daran hinderte, seiner echten Berufung als schöpferischer Geist freien Lauf zu lassen.

Nun war ihm warm. Die Standuhr gongte neunmal, als er begann.

‹Daniel, mein Freund›, schrieb er, ‹mehr und mehr entdecke ich an mir eine Fähigkeit, die mir Lust bereitet, die nämlich, mich in Dich hineinzuversetzen und, stellvertretend für Dich, Situationen nachzuvollziehen, die Du in Deinen Briefen an mich so plastisch schilderst. Nein, es ist nicht Neid, das mußt Du mir glauben, nicht, wie es scheinen könnte, der Wunsch des Mittelmäßigen, in der Öffentlichkeit etwas darstellen zu wollen. Es ist etwas anderes, doch noch weiß ich nicht, was. Ich denke viel darüber nach, zumal das, was als schlichte Bewunderung begann, sich in zunehmendem Maß sowohl verstärkt als auch wandelt. Du könntest mir entgegenhalten, das Motiv sei Realitätsflucht, ich wolle die Augen vor dem Alltag verschließen, der mich umgibt, mich der...› Hans-Georg hielt ein. ‹...der Unehrlichkeit zeihen› hatte er getreu dem Stil der noch nicht verdauten Novelle des großen Dichters schreiben wollen. Aber der war immerhin schon weit über hundert Jahre tot und seine Ausdrucksweise für den letzten Abschnitt des zwanzigsten Jahrhunderts wohl doch etwas antiquiert. Er strich das ‹mich der› durch und setzte einen nachdrücklichen Punkt hinter ‹umgibt›.

‹Womit Du vielleicht sagen willst›, fuhr er fort, ‹ich sei nicht ehrlich zu mir selbst. Aber nein, das würdest Du nicht sagen, nicht Du. Kann man sich etwas Törichteres vorstellen als die sich moralisch gebende Forderung, die Augen offenzuhalten, worunter zu verstehen ist, sich sämtlicher Freuden einer kreativen Fantasie zu berauben, nur um als ehrlicher Mann und Realist dazustehen? Ich denke, die Tatsache, daß ich mich Dir so nah und brüderlich verbunden fühle, hat mit jener unvorhergesehenen und unvorsehbaren Anziehungskraft zwischen uns zu tun, die ja auch Du empfinden mußt, da bin ich sicher. Hättest Du mir sonst spontan geschrieben und den kurzen Moment unserer Begegnung, der hoffentlich nicht der einzige bleiben wird, mit weiterer Korrespondenz zwischen uns vertieft? Nun, was immer es sein mag, für mich jedenfalls bedeutest Du eine unverhoffte Bereicherung meines Daseins. Es scheint mir, als begänne erst jetzt mein Leben, und das gerade zu einem Zeitpunkt, an dem ich mich langsam daran gewöhnen muß, die Tage, die mir noch vergönnt sind, einzeln zu werten. Du wirst natürlich denken, niemand habe es leichter als ich, ein Pharmavertreter, sich mit entsprechenden Medikamenten über die Runden zu helfen, aber da irrst Du. Was können Chemikalien schon anderes tun, als ein paar äußere Signale abzufangen und sie allmählich zum Abklingen zu bringen? Daß sie, anstatt lediglich die Wirkungen zu dämpfen, heilen können, ist ein Aberglaube, den die Werbung eifrig unterstützt...›

Hans-Georg machte eine kurze Schreibpause, als ihm klar wurde, daß er in Selbstmitleid zu schwelgen begann. Die weinerliche Alkoholphase, das heulende Elend, er mußte sich zusammenreißen. Wovon hatte er schreiben wollen? Ja richtig, von seinem Eheproblem. Falls es überhaupt eines war. Er goß sich ein weiteres Glas voll. Scheußlich, diese knubbeligen Pokale mit ihren Farbschalen, die das sanfte Bernsteinbraun des Sherrys in gleicher Weise verfälschten wie den Goldschimmer eines guten Weins. Und wie stolz die Steinmetzens auf ihren Sechser-Set gewesen waren. Auch für die Frau, dachte er grimmig, wären, würde man sie fragen, alte Römer in erster Linie Gläser. Gut war dieser Grimm, der ihn jetzt überkam. Er wischte weg, auch die bislang aufrechterhaltene Anlehnung an die Verbalrhythmik des lange toten Novellenautors. In natürlicherem Ton fuhr er fort:

‹Aber darüber wollte ich mit Dir gar nicht sprechen, sondern über etwas Seltsames, das sich zwischen mir und der Frau ereignet hat, ich erzählte Dir ja schon von ihren Launen, ihrem schwierigen Wesen. Seitdem sie durch Zufall von unserem Briefwechsel erfuhr, zwingt sie mich, ihr Deine Briefe vorzulesen; ich würde sonst riskieren, daß sie morgens vor mir an den Kasten geht und Deine Schreiben an mich öffnet. Da kennt sie keine Hemmungen. Daß ich beim Vorlesen alles ausklammere, was persönlicheren Charakter besitzt, versteht sich von selbst. Doch das wenige, was ich ihren Ohren gönne, hat ausgereicht, sie in Dich verliebt zu machen, und wie! Es ist zum Lachen: Dieses törichte Weib kennt Dich gar nicht, weiß weder, wie Du aussiehst, noch was und wie Du schreibst. Ihr genügt anscheinend schon, daß Du den göttlichen Beruf eines Schriftstellers ausübst, um sich einen Traumgeliebten aufzubauen, der selbstverständlich in allem und jedem das krasse Gegenteil ihres Ehemannes ist. Kürzlich erwischte ich sie durch Zufall dabei, wie sie an Dich schrieb und Dich nachdrücklich unter Angabe der Zeiten, in denen ich beruflich unterwegs bin, in unser Haus einlud. Man könnte also sagen, sie betrügt mich mit Dir, zumindest in ihrer Vorstellung. Das an sich wäre ohne Bedeutung. Ich schrieb Dir ja schon: Wenn wir streiten, versäumen wir im allgemeinen keine Gelegenheit, einander zu verletzen. Manchmal denke ich, daß diese Frau überhaupt nur auf der Welt ist, um mich zu ärgern. Was mich dagegen kränkt, ist ihre Art, in der sie meine krankheitsbedingte Körperschwäche zum Anlaß nimmt, mich als Mann zu verachten. Bringe ich dagegen ihre übertriebene Erwartungshaltung auf sexuellem Gebiet ins Spiel, so lacht sie nur, nennt es Lebensbejahung und lastet nicht sich, sondern mir unnatürliches Verhalten an. Du willst fressen, sagte ich ihr, Beute schlagen und sie fressen. Ein Restbestand unseres animalischen Erbes. Du bist eine Bestie. Ihre Antwort darauf? Dann müsse ihr wohl ihr Raubkatzeninstinkt abhanden gekommen sein, denn soviel sie wisse, schauten sich selbst die hungrigsten Tiere in der Wildnis noch nach etwas Jungem und Zartem um. Im übrigen sei sie mir, wie sie mir versicherte, bis heute treu geblieben, was mehr sei, als so manche Ehefrau von sich sagen könne. Sie kann sehr glaubwürdig lügen.

Als ich ihr jetzt von Deiner Literaturtagung in Graz und der Zuhörerin vorlas, die Deine Fantasie zu allen möglichen Kombinationen angeregt hatte, bevor Dich die Begegnung mit ihr im Korridor auf die Füße zurückbrachte, da hättest Du meine Frau sehen sollen! Sie schien völlig verwandelt, hatte sich kraft ihrer lebhaften Fantasie derart in Deine Vorstellung vom Wesen der Unbekannten eingelebt, daß es ihr – so unglaubwürdig das klingen mag – nicht nur gelang, sich selbst von ihrer angenommenen Identität zu überzeugen, sondern auch, mich als Gegenspieler mit einzubeziehen. Ich wurde zu Dir, zu dem Daniel Arendt, der in leidenschaftlichem Blickaustausch davon träumt, endlich die Frau gefunden zu haben, die ihm die gewohnte Ernüchterung nach dem Genuß erspart, die einmalige, die perfekte. Es ist nicht schwer, sich vorzustellen, wie Deine Geschichte mit der Unbekannten weitergegangen wäre, hätte sie auch anschließend an die Lesung Deinen Erwartungen entsprochen. Um sie zu einem guten Ende zu führen, haben wir sie für Dich weitergespielt, unter falscher Flagge zwar, uns selbst aber zu dem Zeitpunkt kaum bewußt. Welch ein Erlebnis! Ich war Du. Ich war ein Mann. Ich wurde bewundert und geliebt. Ich nahm, indem ich gab, und ich gab, indem ich nahm, ich war jung, gesund und stark, es war herrlich, solange es währte. Und jetzt? Jetzt schämen wir uns voreinander und wissen kaum, wie wir unsere Verlegenheit überwinden sollen, weil uns klar ist, daß dieser erotische Höhepunkt unserer zwölfjährigen Ehe nichts anderes war als das Eingeständnis des perfekten Ehebruchs im stellvertretenden Vollzug, schlimmer noch, die Offenbarung herzlicher Zuneigung zu einer dritten Person, betreffend sowohl sie wie auch mich. Dies scheint mir eine recht verzwickte Situation, und ich versuche mir darüber klarzuwerden, wer hier wen mit wem betrog. In meiner Rolle als gehörnter Ehemann sollte ich wohl den Nebenbuhler verfluchen und ihn dahin wünschen, wo der Pfeffer wächst. Doch so sehr ich mich auch mühe, es will mir nicht gelingen, und wenn doch einmal, so bist nicht Du es, den ich als den Störenfried betrachte und fortwünsche...›

Was schreibe ich da, dachte Hans-Georg, während er den letzten Satz überlas. Ich bin betrunken. Er versuchte seine Gedanken, die eine unerwünschte Richtung anzunehmen begannen, zu verscheuchen, sie in die dunkelste Ecke seines benebelten Hirns zu drängen, wo sie zu einem Nichts zerflattern würden, bevor sie feste Gestalt annehmen konnten. Das Dumme war, daß nun auch der übrige Gedankenvorrat, aus dem heraus er seine Weiterschrift gestalten wollte, mit wegrutschte und seinen Kopf in dumpfer Leere zurückließ. Was war es nur, das ich ihm hatte schreiben wollen? Eben war es noch da, jetzt ist es weg. Ich fühle mich schlecht. Gehirn wie eine treibende Boje. Ziehen im rechten Bein. Gefühl von Eingrenzung... Eingrenzung? Darüber hatte Daniel doch in seinem letzten Brief etwas geschrieben. Er wünschte sich, eingegrenzt zu sein – nein, Unsinn, welcher Mensch möchte schon freiwillig... Unter Aufbietung aller Willenskraft zwang er sich, seinen Brief zu vollenden, ohne ihm des Schwindelgefühls wegen, das ihn erfaßt hatte, ein allzu abruptes Ende zu geben.

‹Vielleicht›, schrieb er, ‹läßt Du mich gelegentlich einmal wissen, wie Du den Vorfall als psychologisch geschulter Schriftsteller beurteilst. Es würde mich interessieren. Danach entscheide, ob Du uns einmal besuchen kommen möchtest. Ich würde Dir ein Nein nicht verübeln, wir verstehen uns, nicht wahr? Wenn wir nur in Kontakt bleiben wie bisher. Laß mich nicht zu lang auf Deine Antwort warten, ich bin sehr müde, Immer Dein George.›

Gegen Morgen hatte Hans-Georg einen Herzanfall. Er hatte sich, von peinigenden Gedanken gequält, die ihn nicht zur Ruhe kommen ließen, mit weit aufgerissenen Augen auf den Rücken gewälzt. Schrecken und Erschöpfung nahmen ihn gleichermaßen in Anspruch. Er vernahm das dumpfe Pochen seines Herzens, als dröhne eine Trommel außerhalb seines Körpers, und er versuchte, dagegen anzudenken: Keine Panik jetzt. Ruhig atmen. Kein Grund zur Aufregung – entspannen, entspannen. Gleichzeitig flüsterte irgendein bösartiges Stimmchen unter seiner Schädeldecke: Halt dein Herz an. Es ist ganz einfach. Dann wirst du Ruhe finden. Schön langsam, ja, so ist es richtig ...

Sein Herz stolperte, Schmerzen sprangen ihn an von allen Seiten. Er versuchte, nach den Tabletten zu greifen, die Elfriede ihm für den Notfall griffbereit auf den Nachttisch gelegt hatte. Doch seine Hand zitterte so stark, daß sie kaum den Rand erreichte. Es ist aus. Ich sterbe. Ich will nicht sterben. Elfriede! Er glaubte, geschrien zu haben, doch es war nur ein heiseres Flüstern gewesen. Er kämpfte mit Atemnot, umklammerte seine Kehle, ließ sich fallen in einen orgiastischen Rausch von Schmerzen, aus dem er für Augenblicke an die Oberfläche tauchte, um nach Sauerstoff zu schnappen. Sein ganzer Körper zuckte. Die Frau an seiner Seite schlief fest, den Rükken ihm zugewandt. Dann kam eine neue Schmerzwelle, heftiger noch als die zuvor. Es schien ihm seltsam, daß sie ihm nicht das Bewußtsein nahm. Im Gegenteil: mit einem Gefühl, als stünde er neben seinem sich aufbäumenden Leib, richtete sich ein Teil seiner Aufmerksamkeit, die er wie durch Zauber wiedergewann, auf seine unmittelbare Umgebung. Wieso war ihm nie aufgefallen, daß die Bettbezüge in sich gemustert waren? Es war zwar nicht wichtig, nichts war mehr wichtig, doch wunderte es ihn, wie wenig Beachtung er den Dingen geschenkt hatte, die unmittelbar vor seiner Nase lagen. Die Birne der Nachttischlampe war zu stark; das runde Glas hatte einen braunen Fleck in den Stoffschirm gebrannt. Es gelang ihm, sie zu erreichen und mit derselben Bewegung der Herzpillen habhaft zu werden. Er zerbiß eine von ihnen unter Aufbietung letzter Konzentration, blieb flach ausgestreckt auf dem Rücken liegen und wartete darauf, daß sein aus den Fugen geratener Brustmuskel entweder zu schlagen aufhörte oder sich beruhigte.

Das plötzliche Licht hatte Elfriede geweckt. Ihr Unwille schlug in Besorgnis um, als sie sein schweißgebadetes Gesicht und die zukkenden Hände über der Bettdecke sah. Sie fuhr in seine Pantoffeln und eilte an seine Seite. Hans-Georg, was ist dir?

Er sah sie an wie aus weiter Ferne, mußte sich erst erinnern, wer sie war. Jetzt, da der Schmerz abklang, durchzog ihn ungewohnte Friedfertigkeit. Die da, die erschrocken und im leichten Nachthemd fröstelnd auf dem Rand seines Bettes hockte, war seine Frau, und es ging ihm durch den Kopf, er könnte eigentlich wieder freundlicher von ihr denken. Es war nur ein flüchtiger Gedanke, einer von denen, die ohne Ziel und Zutun in schneller Folge durch sein Hirn trieben.

Herzanfall, sagte er sachlich.

Aber Schatz, warum hast du mich nicht gleich geweckt?

Er hielt es für überflüssig, ihr zu erklären, daß es für einen Menschen keinen ungünstigeren Zeitpunkt gezielten Handelns gebe als den im Zustand totaler Hilflosigkeit. Erschöpfung und Schlafbedürfnis brachten die Dinge in seinem Kopf durcheinander. Es schien ihm, als sei er auf einem Schiff, alles weiß in weiß, auch er, seine Kleidung, was machte er hier? Richtig, man hatte ihn als Arzt zu einem Passagier gerufen. Infarktpatient.

Geht ihm schon wieder besser, sagte er laut. Kein Grund zur Aufregung, Schwester.

Traumlogik sagte ihm, Elfriede müsse wohl die Nachtschwester sein, weil sie ein Nachthemd trug.

Das Nitroglyzerin? Wo ist es? Ihre Blicke suchten den Nachttisch ab, tasteten über seine Hände, die nun entspannt und leer auf der Decke ruhten. Das Schächtelchen war zu Boden gefallen. Die Frau hob es auf, stellte fest, daß es aufgerissen und angebrochen war.

Verabreicht, murmelte Hans-Georg. Gehen Sie wieder zu Bett – er schläft – jetzt...

Er merkte nicht mehr, wie sie zum Bad ging, ein Handtuch anfeuchtete und sein Gesicht vom Schweiß reinigte. Sein Atem ging ruhig und gleichmäßig, sie sah es mit Erleichterung. Hatte der Pastor nicht noch vor kurzem gepredigt, auch unfromme Gedanken entgingen der Strafe nicht, um so mehr, wenn sie sich auf das sündige Fleisch bezögen? Keinen Augenblick war ihr während der heftigen Umarmungen am Nachmittag, ganz beherrscht von der Lust ihrer Sinne, bewußt geworden, daß es nicht ihr erregender Traummann, sondern ihr eigener war, mit dem sie orgiastische Höhepunkte erlebte, ein Mann, gezeichnet von Krankheit und Enttäuschung. Wie hatte das nur geschehen können? Elfriede resümierte, während sie zwischen die auskühlenden Laken zurückkroch, daß diese Blendung nicht nur an ihr gelegen haben konnte. War nicht auch er wie verwandelt gewesen? Wieso nur? An wen mochte er dabei gedacht haben? *Ihr* hatte das plötzliche Aufleben seiner Sexualität, die sie in Jahren vergeblich anzuregen versucht hatte, nicht gegolten, das war ihr klar. Für Momente zog sie die Möglichkeit einer heimlichen Geliebten in Erwägung, irgend so ein Mäuschen auf den Fahrten zu den Kunden. Der Gedanke empörte und erleichterte sie zugleich. Sollte es sich so verhalten, sollte er sie betrügen, dann geschah ihm recht, daß sein Herz streikte. Das hatte er nun davon. Wie der Pastor gesagt hatte: sündige Gedanken, sündiges Fleisch – Gott sieht alles und rächt es auf seine Art. Das Wort SÜNDENBOCK erschien ihr in einem neuen Licht. Jetzt hatte sie einen gefunden, dazu den, dem sie sowieso alles anzulasten gewohnt war, was ihr Eheleben beschwerte. Beruhigt drehte sich Elfriede auf die Seite und schlief gleich darauf wieder ein.

Beim Frühstück am nächsten Morgen schien Hans-Georg bis auf die Blässe seiner Haut wieder der alte. Er zeigte Appetit, bemäkelte, daß die Milch zum Kaffee nicht warm genug sei, und versetzte dem Hund zu seinen Füßen einen Stoß, um seinen Beinen Bewegungsfreiheit zu schaffen.

Wie geht es dir jetzt? sagte die Frau.

Seit wann kommst du im Morgenrock zum Frühstück? sagte er.

Bei nur knapp vier Stunden Schlaf sollte es dich nicht wundern, ich leg mich nachher noch mal hin. Gehst du heute morgen zum Arzt?

Wozu?

Na hör mal. Nach dem Theater heute nacht. Du hast mich ganz schön erschreckt.

Daran kann auch ein Arzt nichts ändern, sagte er.

Blödsinn. Sei nicht so stur. Jeder Mensch geht zum Arzt, wenn er krank ist. Und du –

Hör schon auf, sagte er gereizt. Glaubst du, ich weiß nicht längst auswendig, zu was er mir raten wird? Viel Ruhe, Schonung, keine Aufregungen...

Keine Freundinnen, ergänzte Elfriede.

Er schaute verblüfft vom soeben geköpften Frühstücksei auf. Natürlich wieder zu fest. Sie mochte sonst eine über jeden Tadel erhabene Hausfrau sein, aber sein Dreieinhalbminuten-Ei bekam sie nicht hin, trotz der Eieruhr. Bewegte sich zu schwerfällig. Brauchte weitere dreißig Sekunden, um das Ei aus dem kochenden Wasser zu fischen.

Freundinnen? wiederholte er.

Angriff als Verteidigung. Vielleicht nicht im Plural, sagte sie, Spott um die Mundwinkel, aber eine. Gib's zu.

Er unterdrückte die übliche Frage, wie sie darauf käme, als ihm einfiel, daß es seine unklaren Rachegelüste gegen sie mehr befriedigte, wenn er unter Vermeidung all dessen, was ihre Vermutung, wo immer die herstammen mochte, entkräften konnte, mitmachte. Nun fragte er wirklich: Wie kommst du darauf? Jedoch nicht im Ton natürlichen Erstaunens, sondern unsicher, mit dem Quentchen Mißtrauen und Wachsamkeit, das glauben machte, er wolle die Antwort hinauszögern.

Die Frau hörte den Ton und fühlte sich momentan in einem Verdacht bestätigt, den sie bis zu diesem Augenblick nie ernstlich erwogen hatte. Mit ihrer hingeworfenen Bemerkung hatte sie ja nur ein Teil ihres heimlich schlechten Gewissens an ihn weiterreichen wollen, so wie sie es sich heute nacht zurechtgelegt hatte.

Verschiedene Anzeichen, sagte sie.

Zum Beispiel?

Du ziehst dich sorgfältiger an als sonst.

Er hütete sich, sie darauf hinzuweisen, daß sie selbst es war, die darauf gedrungen hatte, mehr auf seine Kleidung zu achten, denn was sollten seine Kunden – gebildete Akademiker, nicht wahr – von einem Mann denken, der in solch salopper Aufmachung bei ihnen erschien, um sie fachmännisch zu beraten?

Und sonst? sagte er.

Seit einiger Zeit kommst du später als bisher von deinen Touren zurück.

Es stimmte; immer öfter parkte er auf seinen Reisen den Wagen irgendwo an der Peripherie und nahm für das letzte Stück Weg den Bus, um später auf gleiche Art zu seinem Wagen zurückzukehren. Es ersparte ihm die Strapaze allzu langen Sitzens am Steuer, war eine Entspannung, die er zudem um der Möglichkeit willen, die Landschaft zu betrachten, doppelt genoß.

Ich bin aufgehalten worden, sagte er.

Und von was oder wem?

Du könntest mal Quittengelee kaufen, sagte er. Ewig Himbeermarmelade.

Weich nicht aus. Bitte beantworte meine Frage: von wem oder was?

Von wem oder was was? Er lachte; es machte ihm Spaß, den Dialog ad absurdum zu führen. Noch immer war etwas von dieser herrlichen Gelassenheit in ihm, die den Schmerzen gefolgt war.

Aufgehalten, sagte sie. Von wem oder was du aufgehalten wurdest.

Er genoß die Situation. Die Frau war tatsächlich eifersüchtig und schien ihn einer heimlichen Geliebten zu verdächtigen. Er fühlte sich aufgewertet, auch wenn er sich keiner Illusion über den Charakter ihrer Kränkung hingab. Das Motiv war ihr verletzter Stolz und hatte, wenn überhaupt, nur wenig mit ihren Gefühlen für ihn zu tun.

Ist das so wichtig? sagte er.

Allerdings, sagte sie, jede Silbe einzeln betonend.

Ich erinnere mich nicht mehr.

Dann sage ich es dir: Du hast dir ein Weibsbild aufgetan, eine dieser billigen Nuttentypen mit Stöckelschuhen und schwarzer Unterwäsche, so eine von der eindeutigen Sorte, auf die Männer wie du fliegen, gib's zu!

Schön wär's, sagte er, um sie weiter zu reizen. Wie wenig sie ihn doch kannte. Als diese Art Frauen ihn gelockt hatte, nicht zuletzt, weil das Risiko, sich in so eine zu verlieben, gleich Null war, war er zwanzig gewesen und voll sexueller Neugier. Äonen von Jahren schien das her zu sein; heute, in einer Zeit, in der an jedem Straßeneck käufliche Herrenmagazine weitaus tiefere Einblicke in die weibliche Physiologie boten als die Gespielinnen seiner Studentenzeit freiwillig gestatteten, war seine Neugier von einst längst erloschen und hatte einem leichten Ekelgefühl Platz gemacht. So genau hatte er es wieder nicht wissen wollen und daher auch den heimlichen Erwerb eines speziellen Sexmagazins schon vor einigen Jahren mangels Interesse eingestellt.

Elfriede hatte sich erhoben, dabei, sich in einen Zorn hineinzusteigern, der der Geringfügigkeit des Anlasses Hohn sprach. Wie er nur so gemein sein könnte, sie, die gute Kameradin an seiner Seite, mit einem billigen Flittchen zu betrügen, denn nur um so eine konnte es sich handeln, da war sie sicher. Ihre Stimme schrillte. Seine innere Ruhe war dahin. Sie hatte es wieder mal geschafft. Hör schon auf, sagte er müde. Alles Blödsinn. Da ist niemand, ich hab weiß Gott andere Sorgen.

An seinem Ton erkannte sie, daß er die Wahrheit sprach. Hoffentlich, sagte sie, sonst, ich scherze nicht, werde ich dich verlassen...

Und bei Arendt Trost suchen, der dich doch so gut versteht, nicht wahr? Mit Befriedigung sah er, daß sie sich ertappt fühlte.

Blödsinn. Elfriede blickte an ihm vorbei zur Wand. Ihre Wut klang ab. Offenbar war da keine Nebenbuhlerin, die ihr Gewissen entlasten konnte. Das Thema Ehetreue erwies sich als Bumerang. Wohin gehst du? sagte sie, als sie sah, daß er seinen Mantel nahm.

Zum Arzt, um mir einmal mehr sagen zu lassen, daß ich Aufregungen vermeiden müsse.

Wenn du dich doch nur auch danach richten wolltest, sagte sie.

Sie hat nichts begriffen, dachte er, als er das Haus verließ.

6

Der Brief war in Lissabon abgestempelt. Der Briefträger erkundigte sich bei Hans-Georg, ob er wohl die Marke für seinen kleinen Sohn haben könne, und erhielt die bedauernde Antwort, das sei leider nicht möglich, die Wichtigkeit dieser Briefe ließe keine Verstümmelung zu. Bitte um Verständnis.

‹George, lieber Freund, wie Du aus dem Stempel ersiehst, bin ich mal wieder unterwegs. Anders als Du halte ich es nie länger als ein paar Tage irgendwo aus, danach verlangt es mich schon wieder nach Tapetenwechsel. Eine Reiseschreibmaschine ist kein schweres Gepäck. Gerade noch vor meinem Abflug erreichte mich Dein Brief, hab Dank. Erste Reaktion, verzeih: Enttäuschung. Im Flugzeug dann ging ich Deine Epistel noch einmal durch, konzentrierter diesmal, und ich glaube nun zu begreifen, wo Dein Problem liegt.

Du erinnerst Dich, daß ich Dir zu Beginn unserer Bekanntschaft erklärte, daß ich auf der Suche nach mir selbst bin, wie sehr ich mich mühe, diesem von einer tüchtigen Verlagswerbung aufgebauten künstlichen Image zu entfliehen, und wie nötig ich einen Freund hätte, der mich sieht und nimmt, wie ich bin, um einer inneren Isolation zu entfliehen, die mich fertigmacht. Wozu sonst tarne ich mich Dir gegenüber? Du hast keine Vorstellung davon, wie verdammt mühsam es ist, das zu sein, was die Öffentlichkeit unter prominent versteht, und dauernd entsprechenden Anforderungen zu gehorchen. Von dem, was Du zuwenig hast, hab ich zuviel; das eine ist so schlimm wie das andere. Ich dachte, das hättest Du verstanden. Würde ich in einem der Interviews auch nur andeuten, daß auch ich ein sterbliches Wesen voller Ängste und Unsicherheit bin, was meinst Du, was geschehen würde? Ich garantiere Dir: Schlagartig würden die Verkaufsziffern sinken! Und da schreibst Du mir, Du habest Dich unter dem Einfluß der lächerlichen Schwärmerei Deiner Frau, die ich durchaus für eine dieser Personen halte, vor denen ich am liebsten zum ewigen Eis des Nordpols fliehen würde, während einer Eurer Intimstunden in mich verwandelt, in den herrlichen, starken und, was weiß ich noch, allpotenten Helden. In mich? Verdammt noch mal, George, fängst Du auch schon an zu spinnen? Hab ich Dir nicht deutlich gemacht, daß ich nichts von alledem bin? Ich gestehe, daß mir im ersten Zorn häßliche Gedanken kamen, geboren aus nicht minder häßlichen Vorurteilen – ein, wie ich später einsah, unverzeihlicher Fehler, der nicht passieren dürfte, am wenigsten einem weltoffenen Schriftsteller. Offenbar befinde ich mich zur Zeit in einer Krise, in der mir jede weitere Enttäuschung unerträglich scheint. So etwas macht ungerecht, und ich bitte Dich um Verzeihung.

Während des Fluges dann las ich, wie gesagt, Deinen Brief ein zweites Mal, diesmal sorgfältiger, mit dem gebotenen Einfühlungsvermögen in Deine Problematik. Ich begann zu begreifen und mich zu fragen, ob meine geheime Sehnsucht nach dem schlichten Leben eines farblosen Durchschnittsbürgers mit all seinen Schwierigkeiten und Problemen nicht der gleichen Quelle entspringt, aus der heraus Du der sein möchtest, dem alles gelingt, der Erfolgreiche, der Anerkannte. Zwei Wunschträume, der eine so klischiert und wirklichkeitsfremd wie der andere. Wir suchen beide nach Selbstverwirklichung, jeder auf seine Weise. Und genau in der Mitte dieses Prozesses, George, mein Freund, treffen wir uns. Als ich in meiner Überlegung so weit gekommen war, begriff ich, weshalb wir Freunde sind, ja, sein müssen: Wir entsprechen einander. Diese Einsicht hat mich mit Deinem Brief ausgesöhnt. Sag mir im nächsten Schreiben, ob Du mich verstanden hast; es ist mir wichtig.

Was nun die Angelegenheit mit dem ehelichen Koitus unter falscher Flagge angeht, würde ich denken, daß Du da wohl die Grenzen zu eng ziehst. Wenn all die Frauen, mit denen ich im Lauf der Begegnung zwangsläufig auch geschlafen habe, wüßten, daß ich dabei größtenteils an eine andere dachte und sie mir in meiner Vorstellung in eben diese andere verwandelte, hätte man mir vermutlich schon längst Zyankali in den Morgenkaffee getan. Ich habe sie im Bett alle zu Marion gemacht, denn Marion, dieses kluge Geschöpf, dem Himmel sei Dank, war eine lebenserfahrene Frau, die sehr wohl zwischen Erotik und Sexualität zu unterscheiden wußte. Was bedeutet, daß sie mir nichts vorenthielt, den Akzent unserer Liebesbeziehung jedoch auf spielerische Zärtlichkeiten verlegte, die, scheinbar unbeabsichtigt, zu anderem überleiteten. Für mich, den anspruchsvollen Ästheten, war dies die einzige Möglichkeit wahren Genusses, wohingegen mir alle Weiber, die hirnlos auf nichts als den Geschlechtsakt aus sind, immer abstoßender erscheinen. Manchmal fürchte ich schon, die Grenze erreicht zu haben, an der ich zum Frauenfeind werde. Da hilft nur schreiben, schreiben, schreiben. In jedem neuen Roman setze ich mich mittels der von mir erdachten Personen mit meinen eigenen Problemen auseinander. Wahrscheinlich sind die meisten Schriftsteller Neurotiker, die sich auf diese Weise selbst therapieren.

Doch entschuldige, ich wollte auf Deine Fragen eingehen und spreche statt dessen von mir. Ob Du Dich als Betrüger oder Betrogener fühlen solltest? Weshalb all diese Bedenken? Wozu etwas komplizieren, das solchen Aufwand doch wirklich nicht wert ist? Es sei denn – und das halte ich Dir zugute –, Dich quälen moralische Skrupel, Du neigst dazu. Da kann ich nicht mitreden, wir haben vermutlich sehr verschiedene Moralbegriffe. Schon komisch: da gelingt Dir mal etwas über Erwarten gut, und gleich setzt Du das Messer an, um nach dem Warum zu suchen, Zweifler, der Du bist. Du müßtest einmal heraus aus Deinem engen Milieu, das selbst um Deine Gedanken einen Käfig baut, ausbrechen, alles hinter Dir lassen und die Welt kennenlernen, ehe es zu spät ist, müßtest Dir vielleicht eine völlig neue Existenz aufbauen. Es wäre schön, wenn wir einmal zusammen eine Reise machen könnten, keine von den modernen in übertechnisierten Massentransportern, die nichts als Mittel zu eiligem Platzwechsel sind, nein, auf Entdeckungsfahrt gehen, wie wir es als Jungen träumten, Du und ich, es gibt bestimmt noch eine Menge Unentdecktes, man braucht nur Fantasie, und die haben wir doch, oder? Du siehst, auch ich träume vom Aussteigen aus meiner jetzigen Existenz, und wenn Du denkst, das sei nur eine Laune von mir, denn ich hätte durch meine vielen Reisen dazu alle Gelegenheit, so irrst Du. Man kann fahren, wohin man will; ist man innerlich nicht frei, schleppt man sich selbst immer mit im Gepäck und wäre es bis ans Ende der Welt, ich glaube, ich sagte es schon. Ein Aussteigen, das Hintersichlassen all dessen, was jetzt unser Leben ausmacht, ist Vorbedingung für die Wiedergewinnung unserer Erlebnisfähigkeit.

In einer knappen Woche werde ich zurück sein, ein von ewigen

Wiederholungen gelangweilter Mann, dessen Einbildungskraft nicht aufhört, ihm ein einfacheres Leben zu suggerieren und es mit Hunderten von Ideen zu schmücken bis zu dem Punkt, an dem Fantasie zu Fantasterei wird. Es wäre schön, wenn ich bei meiner Rückkunft einen Brief von Dir vorfände.

Daniel.

PS: Ehrlich gesagt, der Gedanke, daß Du Deiner Frau meine Briefe vorliest, behagt mir gar nicht. Sie würde sonst meine Briefe an Dich öffnen, befürchtest Du? Verzeih, aber das begreife ich nicht. Weshalb untersagst Du ihr nicht, sich an anderer Eigentum zu vergreifen? Das Briefgeheimnis und seine Wahrung sind, soviel mir bekannt ist, im Grundgesetz verankert.›

Zum erstenmal seit Beginn ihrer Korrespondenz fühlte sich Hans-Georg mit seinem Briefpartner uneins. Möglich, daß er in seinem letzten Schreiben in der Offenbarung seiner Empfindungen etwas zu weit gegangen war, sich zu sehr hatte treiben lassen, all dies unter der für ihn bereits selbstverständlichen Voraussetzung, der andere sei ihm wesensnah genug, um nichts falsch zu interpretieren. Der Brief kam ihm kalt und unpersönlich vor. Er, Hans-Georg, hatte Identifikation gesucht und war auf Distanz gestoßen. Immerhin bewirkte es, daß gewisse Gedanken, von ihm selbst als ungesund empfunden und teilverdrängt, sich nun zwangsläufig verflüchtigten. Er gewann wieder klaren Kopf und mußte sich später, beim nochmaligen Durchlesen des Briefes, gestehen, daß sein erster Eindruck der weiteren Prüfung nicht standhielt: Wie immer war der Schriftsteller, wenn auch, was nur natürlich war, aus eigener, persönlicher Sicht, auf seines Freundes Belange eingegangen, hatte darüber hinaus sogar die Möglichkeit einer gemeinsamen Reise angedeutet, was mehr war, als er bisher an gedanklicher Nähe zu erkennen gegeben hatte. Sofort hatte Hans-Georg hundert Entschuldigungen für jede der Passagen zur Hand, die ihm beim ersten Lesen Unbehagen bereitet hatten. Selbst das strenge PS schien, überdachte man den Tatbestand, berechtigt; der Freund war unverheiratet und aus diesem Grund nicht fähig, sich vorzustellen, in welch verheerender Weise eheliche Zwangsgemeinschaft die schlechten Gewohnheiten eines jeden zu fördern geeignet war. War es nicht schon in der Schule so, daß es immer der Böse war, der die Guten zu sich herabzog, nie umgekehrt? Gemeinschaft verdirbt den

Charakter, schloß Hans-Georg eingedenk seiner Erfahrungen, nur Einzelgänger haben echte Entfaltungsmöglichkeiten in diesem Leben. Das Paradox, daß in eben diesem Brief, den er in der Hand hielt, der Einzelgänger Daniel Arendt die ihn bedrückende Leere seiner Existenz beklagte, nahm er um des allgemein versöhnlichen Gedankens mit in Kauf. Selbst für das Fehlen der Ergebenheitsfloskel vor dem Namenszug am Ende, das ihn besonders betrübte, fand er eine Entschuldigung, die ihm überzeugend schien: DEIN. Was heißt schon DEIN? Hatten sie sich einander etwa mit Haut und Haaren verschrieben, war er Doktor Faust, Daniel Mephisto? Eine verstaubte Beamtenformel aus dem vorigen Jahrhundert. Zwar mußte er sich eingestehen, daß es ihm gutgetan hatte, las er die Schlußworte ‹DEIN Daniel›. Es schmeichelte ihm und verhieß eine Art der Intimität zwischen ihnen, die Dritte ausschloß. Aber ohne das DEIN wurde die Welt nicht ärmer und ihre Freundschaft ebensowenig. Es wegzulassen, schien, überdachte man es, sinnvoller. Schließlich war Daniel Schriftsteller, sagte er sich, und die Aufgabe eines Schriftstellers ist es, dem Wort nachzuspüren und seine Bedeutung zu erkunden. Darum wohl hatte er es weggelassen. Oder auch nur einfach vergessen. Wie auch immer, sein Freund hatte ihn gewiß nicht verletzen wollen.

An diesem Punkt angekommen, atmete Hans-Georg Reitze auf, mit Daniel, sich und der Welt versöhnt.

Ich habe die neuen Tabellen vom Werk mit deiner Liste verglichen, sagte die Frau am Abend. DOLMORON ist nirgendwo dabei.

Sie haben die Produktion eingestellt, sagte Hans-Georg. Du kannst es ausstreichen.

Wurde auch Zeit, sagte sie. Erinnerst du dich, was dir der Apotheker in Melsbach darüber erzählte?

Sie saßen einander im abendlichen Wohnzimmer gegenüber. Elfriede besserte im Licht der Stehlampe ein Paar Socken aus. Der Spielfilm im Abendprogramm des Fernsehens würde nicht vor 21 Uhr beginnen, und was davor lief, interessierte sie nicht. Wider Willen fasziniert sah er zu, mit welcher Geschicklichkeit sie von der Stopfnadel zur Zigarette und wieder zurück greifen konnte, ohne sich zu stechen oder sich die Finger zu verbrennen. Nicht einen Augenblick lang unterbrach sie dabei ihre Arbeit.

Der Apotheker in Melsbach hatte ihm erzählt, daß DOLMORON, nicht etwa in Überdosis, sondern nach ärztlicher Vorschrift eingenommen, bei mehreren Kranken schwere Nierenschäden und bei einer jungen Frau einen tödlichen Schock ausgelöst hatte.

Nebenwirkungen, sagte er und wandte den Blick ab. Steht ja alles auf dem Beizettel. Würden die Leute aufmerksamer lesen...

Wären sie auch nicht klüger als zuvor, sagte die Frau. Sie wußte, wie sehr solche Pannen sein Gewissen belasteten. Ist doch alles verklausuliert.

Was willst du damit sagen? reagierte er gereizt.

Daß kein Mensch das Zeug mehr gekauft hätte, wäre ihm klargeworden, was für ein Gift er da schluckt. Du glaubst doch wohl nicht, daß sich jemand bewußt Asthmaanfällen, schweren Nierenschäden oder Magenkrämpfen aussetzt, nur um ein bißchen Kopfweh zu vertreiben? Als wenn du nicht wüßtest, daß du das Zeug nur losbekommst, wenn du seine Nebenwirkungen verharmlost.

Er haßte die Selbstgerechtigkeit, mit der sie dies vorbrachte. Immerhin lebst du davon, und nicht schlecht!

Daß du dich immer gleich aufregen mußt, sagte sie kopfschüttelnd, habe ich denn behauptet, du seiest schuld am Tod dieser Frau?

Mit sicherem Instinkt hatte sie ins Schwarze getroffen. Hans-Georg war nie richtig mit der Tatsache fertig geworden, daß er seinen Kunden als heilend anpries, was, wenn der Endabnehmer nicht äußerst sparsam damit umging, böse Folgen zeitigen konnte.

Du denkst es aber, sagte er.

Manchmal, sagte sie, ohne die Zigarette aus dem Mund zu nehmen, frage ich mich, wozu wir uns überhaupt bemühen, miteinander zu reden. Jedes Gespräch mit dir führt nur dazu, daß du dich aufregst.

Ach ja? sagte er. Vielleicht willst du das? Denkst wohl bereits an das Geld der Versicherungspolice nach meinem Ableben, wie?

Möglich, sagte sie freundlich.

Deine Impertinenz ist nicht zu überbieten. Seine Finger schlossen sich zur Faust.

Natürlich, ich warte nur darauf. Das ist es doch, was du hören willst, du möchtest mich so weit bringen, daß ich das sage. Stimmt es etwa nicht?

Elfriede legte das Wollzeug vor sich auf den Tisch und blickte hoch. Er sah in ihren Augen nichts als amüsierte Toleranz. Hör auf, mein Lieber. Was soll das? Man kann einen Spaß auch zu weit treiben. Du weißt, welche Sorgen ich mir um deine Gesundheit mache. Hat Arendt eigentlich schon geantwortet?

Wem? fragte er in gespielter Unschuld.

Dir natürlich. Wem sonst? Für einen kurzen Augenblick glaubte er, in ihrem Gesicht Unsicherheit zu lesen. Es wird sie ganz schön ärgern, dachte er zufrieden, keine Antwort auf ihren Brief nach Kassel erhalten zu haben. Wie hatte seine Mutter früher zu ihm gesagt, wenn sie ihren kleinen Sohn aus dem Zimmer schicken wollte? AB NACH KASSEL. Eine Redensart, seinerzeit groß in Mode. ZURÜCK VON KASSEL war keine Redensart, es war eine peinliche Tatsache, peinlich für die Frau.

Daniel Arendt habe geschrieben, bequemte er sich zu sagen. Doch vorlesen wolle er nicht. Erstens stünde nichts Besonderes in dem Brief, zweitens habe sein Verfasser den ausdrücklichen Wunsch geäußert, seine Briefe nicht herumzuzeigen...

Was heißt herumzeigen, sagte Elfriede, ich bin deine Frau.

Und drittens finge in zehn Minuten ihr Fernseh-Abendprogramm an, das sie wohl nicht versäumen wolle, oder?

Dieses Argument zog. Zwar meinte sie, dieser Mann solle sich nicht so haben, doch war ihr der Fernsehschalter in der Hand im Augenblick wichtiger als ein weiteres Schreiben Arendts, das nicht ihr galt. Na ja, mach, was du willst, sagte sie, sich erhebend, wir können ja auch morgen noch darüber reden. Er wird wohl nichts dagegen haben, daß du mir den Inhalt des Briefes erzählst, wenn du ihn schon nicht vorlesen darfst. Wo ist meine Fernsehzeitung? Hast du meine Fernsehzeitung gesehen?

Da liegt sie doch.

Mit dem Kinn deutete er auf die Sofalehne – eine Geste, die besagen sollte, wie himmelweit sich ihrer beider Interessen voneinander unterschieden. Seit einiger Zeit schien es ihm, als wüchsen seinem sich an diverser Lektüre bildenden Geist Flügel, die ihn in eine höhere Sphäre hinauftrugen, wohin ihm die Frau nicht zu folgen imstande war. Und er fragte sich, ob sie die sich weitende Kluft zwischen ihnen auch so stark spüre und ob dies möglicherweise der Grund für die schwelende Aggressivität zwischen ihnen war. Dann machte er eben eine Entwicklung durch, an der niemand schuld hatte. Ich bin zu Höherem geboren, sagte er sich, obwohl seine Vorstellung von jenem Höheren, zu dem ihn seine Mutter in die Welt gesetzt hatte, einigermaßen verschwommen war. Es gab Momente, wo sein alter Komplex, in ihn gesetzte Erwartungen nicht erfüllen zu können, ins Gegenteil umzuschlagen drohte. Dann dachte er daran, wie sehr er doch seinen Freund verstand, der vom Aussteigen und einem echten Neubeginn sprach. Auch wenn es, was ihn, Hans-Georg, anbelangte, ein Traum bleiben mußte, es war ein herrlicher Traum, dem seine kreative Fantasie eine eigene Realität verlieh. Zufrieden, in die Geborgenheit seiner Gedanken zurückkehren zu können, wo er sich unerreichbar dünkte, ließ er sich, in seinem Refugium angelangt, in Vater Steinmetzens Ohrensessel fallen, nahm sich den abgegriffenen Karl-May-Band aus der Leihbibliothek vor und hockte kurz darauf mit Daniel und dem Apachenhäuptling am nächtlichen Lagerfeuer. Später dann, falls nicht die Müdigkeit ihn übermannte, würde er den Brief des Freundes beantworten. Je mehr er sich von der Realität entfernte, der er sich nicht mehr verpflichtet fühlte, desto vertrauter wurde ihm sein Fluchtbereich, in dem er einen Lebenssinn zu entdecken glaubte, den er bisher schmerzlich vermißt hatte.

Währenddessen hatte Elfriede es sich mit einer Tüte bunter Gummibärchen auf dem Sofa bequem gemacht und den Fernseher eingeschaltet. Die Gummibärchen waren unerläßliche Beigabe zum Programmgenuß; ohne sie teilte sich ihre Aufmerksamkeit zwischen Bildschirm und jenem Platz in der Küche, wo sie ihre fruchtigen Lieblinge versteckt wußte, was den Genuß des Films erheblich beeinträchtigte. Sie hatte sich sogar manchmal schon gefragt, ob die Gummibonbons weniger Reiz auf sie ausübten, hätten sie keine Bärchenform, deren angedeutete Arme und Beine den Gaumen zusätzlich kitzelten. Jedenfalls waren sie ihr unentbehrlich. Die gelben liebte sie am meisten. Heute hingegen gelang es ihr nicht, die Gedanken auf das Geschehen vor ihren Augen zu konzentrieren, und dabei war es doch ein Liebesfilm, der, rund dreißig Jahre alt, vor Romantik nur so strotzte und zu den schönsten Träumen animierte. Zwölf gelbe Gummibärchen halfen auch nicht, sie spürte eine Irritation, ein inneres Gestörtsein, das sie nach einigem Überlegen als Ärger darüber diagnostizierte, daß Hans-Georg ihr den Brief seines Freundes vorenthalten hatte. Seine Gründe dafür schienen ihr doch recht fadenscheinig. Kein Wunder, daß ihr Zusammenleben immer unerträglicher wurde bei solcher Heimlichtuerei. Was hatte Daniel geschrieben, das sie nicht lesen sollte? Gerade versicherte der Held auf dem Filmstreifen seiner Partnerin, sie sei für ihn die Erfüllung seines immerhin an Abwechslung nicht gerade armen Lebens, als Elfriede einfiel, daß Hans-Georg möglicherweise den Brief noch in der Manteltasche stecken hatte; er wurde zusehends vergeßlicher, je mehr er sich innerlich abriegelte. Kurz entschlossen schaltete sie das Geschehen auf dem Bildschirm ab und eilte hinaus auf die Diele, wo sein Mantel hing. Ein erster Griff in die Außentaschen brachte nichts. In der Innentasche fand sie sein Auftragsbuch und zwischen den Seiten nach der letzten Eintragung das, wonach sie suchte: den Privatbrief an ihn mit der ausländischen Marke. Wenn sie ihn lesen wollte, mußte sie sich beeilen. Bestimmt saß er dort oben und bereitete sich darauf vor, Arendt zu antworten. Nicht lange, und er würde den Brief vermissen und herunterkommen, um ihn zu holen.

Gespannt entfaltete sie das Papier. Was Männer doch alles einander anvertrauen, dachte sie angesichts der eng beschriebenen Bögen. Und da heißt es immer, Schwatzhaftigkeit sei eine typisch weibliche Eigenschaft...

Das Flurlicht war zum Lesen kaum geeignet, doch zog sie es vor, in der Nähe seines Mantels zu bleiben, um den Brief notfalls sofort zurückstecken zu können. Natürlich hätte sie Hans-Georg ebensogut mit dem Brief in der Hand entgegentreten und ihn mit der Tatsache konfrontieren können, ihn seiner Manteltasche entnommen zu haben, um ihn zu lesen – aber nein, diesmal nicht. Ein Instinkt sagte ihr, daß er sie nicht teilhaben lassen wollte an der Lektüre. Heimlichkeit zwingt zu Heimlichkeit.

Sie lehnte den Rücken gegen die Flurwand und begann, die getippten Zeilen zu überfliegen. Es schien, als habe ihr Mann in den Schriftsteller gedrungen, seinen Autorennamen zu verraten, oder weshalb sonst war dieser verärgert? Hans-Georg mußte es ziemlich ungeschickt angefangen haben. Schon war sie dabei, seine Partei zu ergreifen, denn ungeachtet ihrer Sympathie für Daniel Arendt fand sie dessen wichtigtuerische Geheimniskrämerei reichlich übertrieben – er hielt sich wohl für den Lieben Gott –, als sie an einen Absatz gelangte, der ihr das Blut zu Kopf trieb. Was war das? ‹Unter dem Einfluß der lächerlichen Schwärmerei Deiner Frau› Und sie sei ‹eine jener Personen›, vor denen er ‹am liebsten zum ewigen Eis des Nordpols fliehen würde›? So ein Hund! Was wagte dieser Kerl, dem sie, sie würde es sich nie verzeihen, einen so entgegenkommenden Brief geschrieben hatte? Jawohl, zum Nordpol wünschte sie ihn jetzt, während ihr der Zorn das Wasser in die Augen trieb, versaufen sollte er unter der dicksten Eisscholle, dieser Angeber, Heuchler. Ich hasse ihn, ich könnte ihn ermorden... Laut vor sich hinschimpfend kehrte sie ins Wohnzimmer zurück und ließ sich mit den Blättern in der Hand auf der Sessellehne nieder.

Nachdem die erste Aufregung abgeklungen war, wurde sie merkwürdig ruhig. Es war ihr der Gedanke gekommen, es müsse doch wohl eine Ursache haben, wenn der Schriftsteller, der sie ja persönlich nicht kannte, sie derart schmähte. Und was könnte es schon für eine andere Erklärung geben als die, daß ihr Mann sie bei Arendt auf die gemeinste Weise angeschwärzt hatte, um sich selbst in ein besseres Licht zu stellen? Er war es, der sie seinem Freund als das lächerliche Dummchen hingestellt hatte. Natürlich wußte er nur zu gut, wie allergisch Arendt auf eine bestimmte Art Frauen reagierte und hatte sich beeilt, dem Freund zu versichern, daß er mit eben einer solchen seit zwölf Jahren verheiratet sei. Einmal bei diesem Gedanken, fiel es ihr nicht schwer, sich vorzustellen, welches Lamento über sein verpfuschtes Leben er zum Kasseler Postamt gesandt hatte. Sie hörte ihn förmlich, wie er sich mit einer Freude, die an Wollust grenzte, in sein Selbstmitleid hineinsteigerte, wobei sie und ihre Familie als die Schuldigen fungierten, die seinen geistigen Höhenflug mit ihren Krämerseelen verhindert hatten. Jetzt begriff sie, weshalb Daniel Arendt auf ihre Einladungen nicht reagiert hatte. Einladungen? Er hatte wohl nur eine, nämlich die ihre, erhalten und das, nachdem er von Hans-Georg vor ihr gewarnt worden war.

Nun glaubte sie, klarzusehen. Der Schriftsteller war unschuldig, lediglich falsch informiert – mit Absicht falsch unterrichtet von dem, der sich ihr Mann nannte und der ihr Feind war, ein böser, hinterhältiger, skrupelloser Feind. Sie nahm den Brief wieder auf und las weiter. Wie sie erwartet hatte: der Absender versuchte, den Empfänger über ein Leben zu trösten, das dieser als verpfuscht empfand. Es kam ihr die perfide Idee, daß Hans-Georg damit sogar recht hatte; so, wie er lebte, mißmutig, untüchtig, darauf vertrauend, daß die Frau schon alles regle, konnte er ebensogut tot sein. Sie wunderte sich über die Gleichgültigkeit, mit der sie dies dachte, erkannte sie nicht, noch nicht, als Vorboten eines unversöhnlichen Hasses, der von nun an all ihr Tun und Denken bestimmen sollte. Nur einmal noch wich ihre innere Starre dem Entsetzen, als sie feststellen mußte, daß ihr Mann Daniel A. offenbar mit den intimsten Einzelheiten von ihrem sexuellen Täuschungsmanöver erzählt hatte. In ihre Beschämung über eine derartige Bloßstellung mischte sich Überraschung. Also war nicht nur sie es gewesen, die ihre Vorstellung in Richtung auf den Schriftsteller hatte spielen lassen. Auch er, ihr Mann, hatte sich seine überraschende Potenz von diesem und nicht etwa vom Gedanken an irgendeine andere Frau geborgt. Daß Arendt solche Schwärmerei von einem Mann deutlich ablehnte, freute und beruhigte sie. Daniels Bild, das sich während des Lesens zu trüben begonnen hatte, erhellte sich wieder, und sie war entschlossen, nun mehr denn je, ihn zu treffen, und sei es nur, um ihm Gelegenheit zu geben, sich selbst davon zu überzeugen, wie wenig Hans-Georgs Schilderung von ihr mit dem Original übereinstimmte. Er würde überrascht sein, erfreut, während sie ihm seinen Idealtyp Marion vorspielte, zu der er ja eine recht genaue Gebrauchsanweisung mitlieferte, die Elfriede mehrmals aufmerksam las. Daß er seinem Brief ein PS hinzugefügt hatte, in dem er ihren Mann ersuchte, ihr zu verbieten, in dessen Abwesenheit seine Post zu öffnen, bestätigte ihr zusätzlich, wie sehr dieser sie dem Freund gegenüber verleumdet hatte. Früher wäre sie nach solcher Entdeckung ohne Überlegung zu Hans-Georg ins Zimmer geeilt und hätte ihn mit Anklagen überschüttet. Sie wunderte sich selbst, mit welcher Gelassenheit sie den Brief faltete und ihn an seinen Platz zurücksteckte. Wir werden sehen, dachte sie nur. Wir werden ja sehen.

Unterdessen spannte Hans-Georg einen Bogen in die Maschine ein, um seinem Freund, wie gewöhnlich, postwendend zu antworten.

‹Daniel, Du Glückspilz›, schrieb er, ‹Lissabon muß eine herrliche Stadt sein. Zwei Farbaufnahmen in meinem Lexikon zeigen Blüten von unwahrscheinlicher Größe, weiß leuchtende Marmorgebilde – Monumente? – unter einem so blendenden Sonnenhimmel, wie es nur ein Maximum an Druckerfarbe herzugeben imstande ist. Selbst wenn Dir wenig Zeit geblieben ist, Dich in der Stadt umzuschauen, wirst Du als Künstler doch ihre Atmosphäre in Dich aufgenommen haben. Ich hätte nichts dagegen, wenn uns die Reise, von der Du schreibst, daß wir sie einmal zusammen machen würden, nach Portugal führte. Ich liebe Häfen und Schiffe, wie Du weißt. Aber nicht davon wollte ich Dir zuerst sprechen, sondern von meiner Betrübnis, Dich mit ein paar törichten Worten verärgert, schlimmer, enttäuscht zu haben. Wenn ich, Daniel, etwas in Dir sehe, das Du nicht bist oder jedenfalls nicht wahrhaben willst, denn das eine oder andere von dem, was Du dein Image nennst, muß doch wohl auch Deinem Wesen entsprechen, wie sonst hättest Du es mit Deinen Büchern so weit gebracht – wenn ich also in Dir all das bewundere, was mir nun einmal fehlt, Unternehmungsgeist, Auftreten, Durchsetzungskraft, ist das doch nur natürlich. Oder wie würdest Du reagieren, wenn ich Dich um Deiner Erfolge willen bedauerte und Dir den Verlust all Deiner Privilegien wünschte, die Dich vom Durchschnittsbürger unterscheiden? Du wärst gekränkt und hieltest mich nicht zu Unrecht für einen Neider, der dir Deine Position mißgönnt. Aus dem gleichen Grund nehme ich Dir auch Deinen Wunsch nach einer Existenz wie der meinen nicht ab. Wäre er ernst gemeint, ergäbe derTausch unserer Identitäten eine so enge Vermischung unserer Persönlichkeiten, daß wir zwillingsgleich würden, ein Gedanke, der mich zutiefst erschreckt. Das Seltsame dabei ist, mir kommt es vor, als ginge es Dir mit mir ähnlich, weshalb sonst wäre es Dir so wichtig, von mir mit Deinen Augen gesehen zu werden? Ich habe in der letzten Zeit viel über uns und unsere gegenseitige Anziehung nachgedacht. Wie immer Du von mir gesehen werden willst, Du bist meinem Leben unentbehrlich geworden, ich finde in Dir einen Sinn, der mir schon verloren schien. Wenn ich Dir das Gleiche sein könnte, könnte man unsere Verbindung als eine ideale bezeichnen.

Ja, Du hast wohl recht, wenn Du sagst, wir hätten recht verschiedene Moralbegriffe und ich zu viele Skrupel, was Frauen angeht. Ich mußte lachen über deinen Vorschlag, der Frau doch einfach zu verbieten, meine Briefe zu öffnen. Ratschlag eines Junggesellen, der – zu seinem Glück – noch nie erfahren hat, daß sich die entscheidenden Machtkämpfe zwischen den Partnern ganz am Anfang abspielen. Von da an sind die Regeln festgelegt und lassen sich ohne grundsätzliche Veränderung der Gesamtstruktur nicht mehr aufheben. Die Frau würde nicht einmal hinhören, machte ich nun auf einmal Rechte geltend, die sie seit all den Jahren für sich in Anspruch nimmt. Eine abscheuliche Sache, solch ein Gewohnheitsrecht, ein Sammelsurium von verachtenswürdigen Eigenschaften: Herrschaftsanspruch, Machtbedürfnis auf der einen, Unterwerfung aus Bequemlichkeit oder Furcht vor Szenen auf der anderen Seite. Was nun Deine Post anbelangt, sehe ich keine andere Möglichkeit, sie zu bekommen, bevor sie der Frau in die Hände gerät, als mich zum Briefkasten zu schleichen, während sie im Bad herumfuhrwerkt, wobei ich natürlich die Geschäftspost an ihrem Platz belasse, um keinen Verdacht zu erregen. Du mußt wissen, daß sie während meiner Abwesenheit ein Teil des Geschäftlichen für mich erledigt, wobei es sich ganz natürlich ergibt, daß sie alle ankommenden Briefe öffnet. Ich weiß schon, was Du sagen willst: An mich persönlich adressierte Briefe hätte sie mir auszuhändigen. Aber versuch nur einmal, gegen ein Gewohnheitsrecht anzugehen. Was glaubst Du wohl, was für eine Kettenreaktion von Mißtrauen es auslösen würde, bestände ich plötzlich, nach über zwölf Jahren, darauf, meine Briefe selbst zu öffnen! Ohnehin hat sie bereits angefangen, mich heimlicher Freundinnen zu verdächtigen, was immer sie darauf gebracht haben mag. Aber mach Dir über unsere Korrespondenz keine Sorgen. Ich stehe, wie gesagt, vor ihr auf. Und bin ich auf Reisen, habe ich es mir angewöhnt, den Schlüssel zum Kasten ‹aus Versehen› einzustecken. Die einzige Klippe, die ich nicht recht zu umschiffen weiß, ist das beharrliche Verlangen der Frau, vom Inhalt Deiner Briefe durch Vorlesen in Kenntnis gesetzt zu werden. Ich schrieb Dir ja, sie ist ganz wild nach Dir, wittert in Dir alle möglichen Geheimnisse und möchte Dich unbedingt kennenlernen. Es fällt mir ein, sie hat mir schon zweimal aufgetragen, Dich zu uns einzuladen, angeblich, um unsere Bekanntschaft zu ‹konkretisieren›, wie sie es nennt. Was wirklich hinter ihrer Einladung steht, ist für Dich unschwer zu erraten, daher bin ich sicher, daß Du unter solchen Umständen auf einen Besuch bei uns keinen Wert legst. Es wäre aber vielleicht nicht ungeschickt, wenn Du in Deinem nächsten Schreiben quasi nebenher einflechten würdest, du hättest die Einladung, die ich Dir hiermit übermittle, dankend zur Kenntnis genommen, müßtest sie jedoch leider aus Zeitgründen oder was auch immer ablehnen. Einverstanden?›

Hans-Georg hob den Kopf, da ihm ein leichtes, aber beharrliches Ziehen durch seinen linken Arm mit störender Ausstrahlung in die Fingerkuppen das Tippen erschwerte. Den Napoleon, mußte er feststellen, hatte die Frau verschwinden lassen, obwohl er sicher war, daß die Flasche noch mindestens zwei volle Gläser enthalten hatte, auf die er jetzt Lust verspürte. Die Vorstellung, hinuntergehen zu müssen und sich, um an das Grammophon zu gelangen, möglicherweise wieder einem unliebsamen Verhör auszusetzen, war wenig verlockend, als ihm einfiel, daß die Innentasche seiner Hausjacke ein für Notfälle gedachtes Fläschchen mit Cognac enthielt. Es war zwar nur einfacher Weinbrand-Verschnitt, der einen seifigen Geschmack auf der Zunge hinterließ, aber immerhin besser als nichts.

Da Hans-Georg sich nicht der Mühe unterziehen wollte, das Zeug, das seine Lebensgeister weckte, schlückchenweise aus dem Fingerhut zu trinken, der den Schraubverschluß abdeckte, setzte er die Flasche an die Lippen und trank sie bis auf einen Rest in einem Zug aus. Gefährlich für einen Herzpatienten? Es lebe die Gefahr! Leichtsinnig für einen Mann seines Alters? Es lebe der Leichtsinn! Der Fusel schien es eilig zu haben. Er ließ sich nicht, wie seine vornehmeren Kollegen, im Solarplexus nieder, um sich gemächlich von hier aus, sanfte Wärme verbreitend, auszudehnen – nein, er setzte mit einem Schlag das Blut in Brand. Hans-Georg stand schwankend auf seinen Füßen, sein Hirn nichts als Hitze, durch die Gedankenfetzen zogen: Mieses Zeug – zu schnell getrunken – muß sich wohl erst verteilen. Er taumelte zum Sessel, atmete schwer. Die Lesebrille auf der Nase, versuchte er, das Etikett zu entziffern; es gelang ihm nicht, die Buchstaben verschwammen. Schon glaubte er, sein Ende sei gekommen, als die Wirkung mit der gleichen Plötzlichkeit nachließ, mit der sie aufgetreten war. Der Nebel in seinem Kopf schwand, die Gedanken kehrten von ihrem Ausflug ins Nichts zurück, die Überhitzung seiner Haut wich einem leisen Frösteln. Kreislauf, diagnostizierte er sich selbst, werde mir am Montag eine Flasche besorgen, echten Cognac, nicht dieses Dreckzeug, und sie dann gleich mit nach oben nehmen.

Nachdem er noch eine kurze Weile still im Polsterstuhl gesessen und in sich hineingelauscht hatte, begab er sich mit noch etwas unsicheren Schritten zum Schreibtisch, um seinen Brief fortzusetzen.

‹Fort von hier›, schrieb er, ‹ja, Du hast recht, ich möchte aussteigen aus meiner Existenz, so wie Du aus Deiner. Du, wie unglaublich schön und aufregend es sein müßte, alles Bisherige zu annullieren, den ganzen Kram hinter sich zu lassen und neu, vollständig neu anzufangen. Wir sind jung, wir sind Kinder, wir haben das Leben noch vor uns. Sie wollen uns in ihrer Welt gefangenhalten, aber wir reißen aus, irgendwohin, wo einfache Menschen leben, die keine Klassenschranken kennen, dafür alle Geheimnisse einer Natur, die uns längst verlorengegangen ist. Wir werden sie gegen ihre Feinde verteidigen und ihnen Schiffe bauen, mit denen sie das Meer besiegen können. Nur einmal wieder jung sein dürfen! Wo würdest Du hinwollen, wenn Du aussteigen könntest? Deine Vorstellungen werden konkreter sein als meine; Du bist ja schon so weit herumgekommen... Machen wir uns nichts vor: Wir wissen beide nur zu gut, daß es zu spät ist – aber es ist wundervoll, wenigstens davon zu träumen.

Es ist Nacht, mein Freund, ich merke, daß ich müde werde. Wie jeden Sonntag werden die Frau und ich auch morgen wieder den Vormittag am Grab meiner Schwiegereltern und in der Kirche verbringen. Das solltest Du übrigens unbedingt verwenden, wenn Du an Deinem Roman über Menschen wie mich und die Frau weiterschreibst: jeden Sonntag, ob Sommer oder Winter, Hitze oder Schnee, Frömmigkeit nach Kalendervorschrift. Sechs Tage in der Woche ärgert man sich laut und schreit sich an. Sonntags dagegen giftet man sich nach innen, gibt sich fromm und leutselig in extra dafür aufgebügelter Sonntagskleidung und tut, als habe der eine, sich allwöchentlich wiederholende Tag all das in den Menschen zutage gefördert, was sie an den übrigen Tagen schmerzlich vermissen lassen. Was für eine Farce! Natürlich siehst Du so etwas nur hier auf dem Land; in den Städten ist das anders. Schreib in deiner Antwort davon, vielleicht auch, wie sehr Dir der gesittete Bürger am Herzen liegt, einer der Gründe, weshalb Du uns gern besuchen kommen würdest, nur leider – Du weißt schon. Mir wäre es ein Spaß, das Gesicht der Frau zu beobachten, wenn sie ihre Vorstellung von Dir nun gegen eine andere vertauschen müßte. Ich glaube kaum, daß ein frömmelnder Daniel Arendt in das Konzept paßt, das sie sich von Dir gemacht hat.

Auf bald, mein Lieber, wie immer – Dein George.›

Er zog sich die Schuhe aus, bevor er das Schlafzimmer betrat, um die Frau nicht zu wecken. Es war nicht nur Rücksichtnahme. Seine brieflichen Gespräche mit dem Freund waren ihm mittlerweile so kostbar, daß er sie in sich nachklingen und mit ihnen und den dazugehörigen Bildern seiner Imagination einschlafen wollte.

Sie lag wie gewöhnlich, den Rücken ihm zugewandt, jedoch halb aufgedeckt, was ihn daran erinnerte, daß heute Sonnabend war und sie ihre Zwischenmahlzeitsstunde nicht wie sonst genutzt hatten. Es mochte an dem verhängnisvollen letzten Zusammensein liegen, das vor allem er aus seinem Gedächtnis zu verdrängen suchte.

Ins Bett steigend, bemerkte er, daß sie wach war.

Willst du? fragte sie, ohne sich umzuwenden.

Keine Lust, sagte er. Und das war die Wahrheit. Sie waren es beide zufrieden.

7

Hans-Georg wachte als erster auf, gestört durch das beharrliche Knistern des Sprühregens gegen die Fensterscheiben. Es schien ein ungeschriebenes Gesetz zu geben, nachdem es, gleich, welche Wetterlage in der Zwischenzeit vorherrschte, an Sonntagen in Kirchheim regnete. Nun gut, dachte er schläfrig, wenigstens erspart uns das die Andachtsminute am Elterngrab. Wenn es vom Himmel herunterpladdert, liegen einem trockene Füße näher als längst dahingeschiedene angeheiratete Verwandte, besonders dann, wenn die Kirche ungenügend geheizt ist. Auf dem Rücken ausgestreckt, versuchte er, die Reste eines Traumes einzufangen, der sich im Augenblick völligen Erwachens zu verflüchtigen drohte. Mehrmaliges Praktizieren hatte ihn gelehrt: Mit Rückerinnern, so wenig Zeit auch dazwischen liegen mochte, war da nichts zu machen, da schaltete sich dann bereits das Tagesbewußtsein störend ein. Man mußte die letzte Gefühlsphase vor dem Aufwachen erwischen und sich ihr, wenn möglich, noch einmal überlassen.

Hans-Georg hielt die Augen geschlossen. Wie war das doch gewesen? Er versuchte, für Außeneinflüsse unempfänglich, in seinen Traum zurückzukriechen. Sein Atem verlangsamte sich. Das Gefühl, dieses grandiose Gefühl kehrte zurück, daß alles wieder möglich war, daß er Zukunft hatte, die Welt mit ihren Angeboten, von denen er bislang so gut wie keines genutzt hatte, stand ihm offen. Vor ihm, dem Junggewordenen, lag das große, unbekannte Leben, er sah die Frau und mit ihr das Erbhaus und den ganzen unerträglichen Mief in die Erde versinken, die sich öffnete und alles schluckte. Während er allmählich in einen kurzen Morgenschlaf zurückglitt, entstand hinter seinen geschlossenen Lidern ein Kaleidoskop von schnell wechselnden Bildern. Gelbbraune Flächen wechselten ab mit kantigem Eisblau, auch Violett mischte sich hinein, und etwas in ihm gab den Farben Namen, nannte sie Afrika, Nordpol oder Abendsonne, und überall war er, Hans-Georg, zu gleicher Zeit – frei, nein, mehr als das, be-freit. Dann begriff er, daß er auf einer

Drehscheibe stand. Helle wechselte mit Dunkelheit, die Helle brannte, und im nachtblauen Schatten tauchte eine Gestalt auf, die auf etwas zuging, das wie ein Knopf aus Kristall im Zentrum funkelte. Nein, nicht! schrie er, denn er hatte sie erkannt. Es war die Frau, und sie wollte die Drehscheibe anhalten, damit er nicht mehr zur Lichtseite zurück konnte. Er versuchte, auf sie zuzugehen, um sie an ihrer Absicht zu hindern, doch die Kraft der Zentrifuge bannte ihn an seinen Platz. Wieso konnte die Frau sich bewegen? Typisch, dachte er, sie setzt sich einfach über alles hinweg. NICHT! brüllte er mit aller Kraft. Da wuchsen ihre Arme seitlich ins Unermeßliche. Mit der einen Hand packte sie seinen Arm, die andere drehte am Knopf, es gab einen heftigen Ruck, der ihn taumeln ließ. Die überlangen Polypenarme der Frau schnellten wie Gummibänder in ihren Körper zurück, bis nur noch die Unterarme mit Fingern wie Vogelkrallen aus den Schultergelenken ragten. Sie kam auf ihn zu, nein, es war nur ihr Gesicht, das sich ihm näherte, das aus dem Dunkel herauswuchs, größer, immer größer wurde, und er wußte jetzt, daß er ihr nicht mehr entfliehen konnte, jetzt nicht und nie mehr. Laß mich los, schrie er und schlug wild um sich, wobei er erwachte. Das Gesicht der Frau war nah über ihm; mit beiden Händen hielt sie seine Oberarme umspannt.

Komm zu dir, sagte sie. Weißt du, wie spät es ist? Du solltest abends nicht so lange aufbleiben.

Hans-Georg starrte sie an. Wie nach allen Träumen, die das Unterbewußtsein im Tageslicht webt, brauchte er Zeit, sich zurechtzufinden. Mein Kopf, sagte er, mir ist schwindelig.

Elfriede war die Güte selbst. Ich mach dir ein kräftiges Frühstück. Du wirst sehen, danach fühlst du dich gleich besser. Vielleicht, sagte er, immer noch etwas benommen, und begab sich ins Bad, um sein Gesicht in kaltem Wasser aufzufrischen.

Die Frau hatte den Frühstückstisch mit Sorgfalt gedeckt, als Hans-Georg herunterkam. Unter der einfachen Filzhaube stand ihr Morgenkaffee mit dem ihr um diese Zeit unentbehrlichen, belebenden Koffein. Den seinen, wie üblich, all dessen beraubt, was Kaffee zum Kaffee macht, hielt ein von der Frau selbstgestricktes Gebilde warm. Auch sein Ei hatte eine Strickmütze und war, wie er wenig später erfreut feststellte, tatsächlich einmal richtig gekocht, nicht zu kurz, nicht zu lang. Elfriede hatte die gute Damastdecke mit den dazugehörigen Mundtüchern aufgelegt und dem Schnittbrot in der Korbschale ein paar Kekse hinzugefügt, die den Anblick abwechslungsreicher gestalteten.

Bevor er sich setzte, ließ Hans-Georg den Dackel heraus, der an der Tür zum Vorgarten kratzte. Kaum eine Minute später kam der Hund wieder hereingestürzt, sich heftig schüttelnd und Nässe über Elfriedes Erbteppich verbreitend, bevor er unter den Tisch kroch und sich dort zusammenringelte.

Geht's dir jetzt besser? erkundigte sie sich. Ihr Ton war freundliche Anteilnahme. Es war Seid-Nett-Zueinander-Tag.

Besser, ja, sagte er, die Tasse mit dem Kaffee-Ersatz in der Hand. Hübsch hast du den Tisch gedeckt.

Den Tip mit den Keksen und der dekorativeren Tischanordnung habe ich aus DEIN ZUHAUSE, sie haben oft gute Ratschläge, sagte sie.

Er schaute zum Fenster hinüber. Vor der Scheibe ein undurchsichtiger Wasserschleier. Bei dem Wetter sollten wir unsere Galoschen überziehen, wenn wir fortgehen, fiel ihm ein. Wir haben sie lange nicht benutzt, hast du eine Ahnung, wo sie sind?

Elfriede lächelte wissend. Sie habe die Galoschen gestern abend aus dem Keller geholt und gründlich gereinigt, bevor sie den Fernseher eingeschaltet habe, der ihr dann das nahende Regentief im Wetterbericht bestätigt hätte.

Du denkst tatsächlich an alles.

Bescheiden, wie es sich am Sonntag ziemte, spielte sie sein Lob herunter. Ich will doch nicht, daß du dich erkältest, falls die Kirche wieder so mangelhaft geheizt ist wie das letzte Mal.

Seltene Eintracht. Sonntäglicher Friede. Harmonie.

Er wischte sich die eigelbbekleckerten Hände mit einigem Widerstreben an der frischgebügelten Damastserviette ab – Elfriede haßte Papierservietten – und rückte seinen Stuhl zurück zum Zeichen, daß er das Frühstück als beendet betrachtete. Die Frau schaute ihm zu, wie er seine Armbanduhr aufzog, sie anschließend an sein Ohr hielt, um zu prüfen, ob ihr Mechanismus sich wiederbelebte. Ich glaube, du hast mich eine Stunde zu früh geweckt, sagte er. Es ist noch keine neun.

Erinnere dich, du hattest einen schlimmen Traum, sagte sie. Ich mußte dich wachkriegen, du hast geschrien und um dich geschlagen. Dein Herz, du weißt...

Daß sie es nicht lassen konnte, ihn bei jeder Gelegenheit an seine empfindsamen Koronargefäße zu erinnern! Abgesehen davon jedoch schien sie ihm heute ungewöhnlich friedfertig. Er erhob sich. Im Wohnzimmer sitzt sich's wärmer, sagte er, ich nehme die Zeitung mit.

Geh nur schon vor, sagte sie. Ich räum rasch ab und komm gleich nach. Dann kannst du mir Daniels letzten Brief vorlesen, so viel Zeit haben wir noch.

Es traf ihn unvorbereitet. Doch nicht jetzt. Nicht so plötzlich. Wo er ihr gestern erst auseinandergesetzt hatte, daß Daniel weder sie noch irgend jemanden sonst in ihre Korrespondenz einbezogen haben wollte. Daß er die Mitteilungen an Hans-Georg als vertraulich betrachtete. Während er zögernd zur Garderobe ging, um besagten Brief aus der Manteltasche zu holen, überlegte er, nervös geworden, wieviel er davon wohl preisgeben könnte. Ein kurzer Blick auf den ersten Bogen sagte ihm, daß diese Lesung ein Slalomlauf zwischen Buchstaben, Sätzen und Abschnitten werden würde, bei dem er damit rechnen mußte zu stolpern. Der Anfang ließ sich noch hören, vorausgesetzt, die Frau stellte keine unnützen Fragen. Ja, dies alles hier konnte er vorlesen. Die Verärgerung Arendts darüber, sich von seinem Freund zu sehr hofiert zu fühlen, war zwar etwas übertrieben, dennoch unverdächtig. Aber hier – lieber Himmel, nein! – diese abwertende Bemerkung über Elfriede, die mußte er unbedingt übergehen. So einfältig war sie nicht, daß sie sich nicht einen Reim darauf machen konnte. Ganz und gar nicht verzeihen jedoch würde sie ihm, erführe sie, daß er Daniel Details ihrer plötzlich erwachten Liebeslust mitgeteilt hatte, wie aus dem Folgenden hervorging. Und schließlich die Gedanken gemeinsamer, später möglicherweise zu konkretisierender Reisepläne. Er würde eine Menge auslassen müssen. Und war es auch das letzte Mal wider Erwarten gutgegangen, diesmal würde sie es merken. Erst einmal aufmerksam geworden, würde sie die Unsicherheit in seiner Stimme hören, das Stottern, wenn er nicht gleich Anschluß an den nächsten Satz fand: Momente der Sprachlosigkeit würden ihn verraten. Ihm blieb keine Zeit, um auch nur die wichtigsten Korrekturen vorzunehmen, denn kaum war er ins Wohnzimmer gelangt, folgte sie ihm nach. Fort war der Sonntagsfriede, die kalendarische Kompromißbereitschaft.

Nun, sagte die Frau, was schreibt er?

Ist das so wichtig?

Vielleicht nicht. Aber wo du ihn nun schon einmal hast, den Brief, laß hören, was er uns mitzuteilen hat.

Ziemlich uninteressant diesmal. Nichts, was dich interessieren könnte, versuchte er sich herauszureden.

Woher willst du das wissen? Nun zier dich nicht wie eine alte Jungfer. Wir haben noch gute zwanzig Minuten Zeit.

Er las. Las wie einer, dem eine Behörde in umständlicher Form mitteilt, daß ihm eine Nachzahlung ins Haus steht. Die Summe folgt immer zuletzt. Nun war er da angelangt, wo es einiges zu überspringen galt, ohne daß er auf Anhieb den Landeplatz auszumachen vermochte, von dem aus er sich auf sicheren Füßen weiterbewegen konnte. Er hielt die Stimme in der Schwebe, suchte, konstruierte einen neuen Text, der keinen Zusammenhang ergab, einmal, zweimal. Auf seiner Stirn bildeten sich feine Schweißtropfen. Zwischendurch schluckte er schnell noch den ihm angelasteten Zweifler und den Satz mit dem zu engen Käfig. Was übrigblieb, war eine nichtssagende Epistel, obwohl er, um das Ganze nicht völlig zu verstümmeln, und wohl auch aus dem Drang heraus, die Sache hinter sich zu bringen, Daniels Vorschlag zum Ausbrechen aus der jetzigen Existenz mitlas.

So sind Künstler nun mal, beeilte er sich nach dem letzten Satz zu versichern, sie leben in Träumen. Er faltete die Bögen sorgfältig zusammen, bevor er aufzuschauen wagte.

Vor ihm im Plüsch saß, Schultern und Arme entspannt, eine Elfriede, die ihm freundlich zunickte und sagte: Du hast recht, viel Vernünftiges stand nicht drin. Und nun müssen wir wohl gehen.

Sie zogen ihre Mäntel über und ermahnten routinemäßig den Dackel, sich während ihrer Abwesenheit anständig zu verhalten. Das Tier, vom Regen am Morgen gewitzt, blinzelte schläfrig. Ob andere naß wurden, interessierte es nicht, Hauptsache, hier drin blieb es warm und trocken. Sollte sich der Metallhund da draußen die Kehle heiser schrillen; von ihm würde er diesmal keine Antwort erhalten.

Sie hat es geschluckt, dachte Hans-Georg auf dem Weg zum

Friedhof, sie hat nichts bemerkt. Die Erleichterung darüber ließ ihn die kühne Hoffnung hegen, die Frau möge allmählich das Interesse an dem einzigen Menschen verlieren, den er als sein persönliches Eigentum betrachtete und den er mit niemandem zu teilen bereit war. Gleichzeitig beglückwünschte er sich zu seinem Improvisationstalent. Je länger er mit Daniel verkehrte, desto leichter fiel es ihm, mit Worten umzugehen.

Der Regen hatte sich noch verstärkt. Unter den Ehepaaren, die zur Kirche eilten, waren Hans-Georg und Elfriede die einzigen mit zwei Schirmen, was sie trotz des kalten Winds, der ihnen unter die Jacken fuhr, in einem gewissen Abstand voneinander hielt. Ihre dörflichen Mitbewohner hatten das bereits registriert und sich so ihre eigenen Gedanken darüber gemacht. Sie betrachtete man als zugehörig, als eine Eingesessene, die einen Mann geheiratet hatte, dem niemand so recht trauen wollte. Die Frau des Tischlermeisters meinte, er habe etwas Hochgestochenes an sich, als hielte er sich für etwas Besseres, die schmucke Else, Bedienerin im SCHWAN, fand, er sähe aus, als sei mit ihm als Mann nicht viel los, sie hätte einen Blick dafür. Die Männer dagegen zuckten nur die Achseln; für sie blieb Hans-Georg Reitze ein weitgehend Unbekannter, der an ihrem Gemeinschaftsleben keinen Anteil nahm. Weder gehörte er zur Stammtischrunde in der Ortskneipe, noch kegelte er oder beteiligte sich an Veranstaltungen des örtlichen Fußballvereins.

Stumm wie zwei schwarze Pilze unter ausladenden Schirmhüten hielten die Reitzes ihre Zweiminutenandacht vor dem hochragenden Monument. Von den Flügelspitzen der Engel platschten Tropfen und verwandelten die Erde in Matsch.

Soll ich noch frische Blumen holen? sagte Hans-Georg unter seinem Schirm.

Nicht nötig, kam es unter dem anderen hervor, der Regen wird dafür sorgen, daß sie sich noch bis zum nächsten Sonntag halten.

Schweigeminute für Vater Tümmelmann selig und Gattin. Danach machten Hans-Georg und Elfriede wie eingeübt kehrt und folgten den übrigen Mitgliedern der Gemeinde ins Innere der Kirche, wo sie ihre gewohnten Plätze einnahmen. Die Heizung funktionierte offenbar noch immer nicht. Zum Glück war das Kirchenschiff von bescheidenen Ausmaßen, was allerdings zur Folge hatte, daß sich Weihrauch-Aroma mit der Ausdünstung nasser Wollmäntel zu einem undefinierbaren Mief vermischte, nicht unbedingt der frommen Konzentration förderlich.

Die Zeremonie nahm ihren Anfang. Man begab sich zum Altar, man betete, man sang.

Sie könnten doch wirklich für ausreichend Heizöl sorgen, flüsterte Hans-Georg, der fröstelte. Wo wir regelmäßig spenden.

Die Fenster sind nicht dicht, von irgendwoher zieht's, flüsterte sie zurück. Ich glaub, daran liegt's.

Ich hole mir noch eine Erkältung.

Werde dir ein warmes Bad einlassen, wenn wir zurückkommen, sagte sie tröstend.

Pastor Schürmann hatte es bereits erwischt. Von der Kanzel herab knurrte er heiser, von Hustenanfällen unterbrochen, seine Unzufriedenheit mit sich selbst und der Welt auf seine Gemeinde herab. Diesmal war es die Erbsünde, die er sich zum Thema erwählt hatte. Wie es seinem pedantischen Naturell entsprach, hatte er einen ganzen Katalog von Ausführungsbestimmungen zu Moses' moralischen Grundgeboten erarbeitet. Die lauschende Gemeinde erfuhr, daß es keinesfalls genüge, sich an die zehn Hauptregeln zu halten, um ein tadelsfreies Christenleben zu führen. Dies mochte zu einer Zeit ausreichen, da die Menschen, vor vielen tausend Jahren noch schlichten Gemüts, ihre Felder bestellten und zu Gott beteten, daß er sie aus der Sklaverei erlöste. Heute hingegen habe sich das Menschengeschlecht vervielfacht, und mit seiner Verbreitung über die Erde sei auch der Teufel neu erstanden und habe seine Satansbrut ausgeschickt, um nicht nur den einzelnen Menschen, nein, ganze Völker ins Verderben zu stürzen. Oh, sie tarne sich gut, diese Ausgeburt der Hölle. Ihre Waffe sei der Mammon, mit dem sie einen Sieg nach dem anderen erringe.

Elfriede, diesmal unaufmerksam, versuchte sich vorzustellen, welch peinlich delikate Einzelheiten in besagtem Liebesvollzug ihr Mann seinem Freund wohl preisgegeben hatte. Daniels Brief nach zu urteilen, hatte er sich mit unverantwortlicher Ausführlichkeit darüber ausgelassen, wie sie in Gedanken an ihn, den anderen, Praktiken angewandt habe, die... nicht weiterdenken! Scham und

Haß gegen ihren Mann, der sie an seinen Freund verraten hatte, rangen mit einer sonderbaren Kälte, die ihren Kopf sehr ruhig und ihre Gedanken klar hielt.

Der Pastor war mittlerweile bei der Aufzählung dessen angelangt, was er für Sünde im modernen Sinne hielt. Sünde war, wenn junge Menschen das wunderbare Gottesgeschenk des Gehörs mutwillig in Diskotheken verdarben; Sünde war, wenn Mädchen in Hosen oder aufreizender Freizeitkleidung ernsthafte Bürger in Versuchung führten; und Sünde war es allemal, wenn Verlobte oder noch nicht einmal Verlobte über das Händchenhalten hinaus Körperkontakt suchten, wobei die Sünde sich aufteilte zwischen den Jugendlichen selbst und denen, die solches Tun zuließen, den Eltern.

Hinter Hans-Georg sagte eine Stimme ziemlich laut: Wird Zeit, daß er von einem Jüngeren abgelöst wird, er ist schon reichlich senil.

Worauf eine zweite Stimme antwortete: Pastor Kempers ist im Gespräch. Tüchtiger Mann, Ende Dreißig. Entscheidung soll nächste Woche fallen.

Es wurde noch einmal gesungen, dann läuteten die Glocken das Ende des Gottesdienstes ein. Vor der Pforte stießen die Reitzes auf den Pastor, der sie gesehen und sich beeilt hatte, sie einzuholen, um sie zu begrüßen und sich unter heiserem Mahnen zu erkundigen, wie es komme, daß er sie beide so lange nicht mehr bei der Beichte gesehen habe. Vielleicht, meinte er mit schmalem Lächeln, hätten sie ja nichts zu beichten; sollte es sich so verhalten, freue er sich natürlich sehr für sie.

So ist es, sagte Hans-Georg, der in seiner Beziehung zu Daniel nichts Sündiges sah. Wir haben nichts zu beichten.

Nein, sagte die Frau, wir haben nichts zu beichten. Noch einen schönen Sonntag, Herr Pfarrer.

Es hatte aufgehört zu regnen, die feuchte Erde verbreitete strengen Herbstgeruch. Sie nahmen wie so oft den Umweg zurück zum Haus. Die frische Luft klärte ihre Lungen vom Mischgeruch aus Heiligkeit und Profanität, wobei die feuchten Kleider im Verlauf der Predigt trotz mehrmaligen Schwenkens der Gefäße den Sieg davongetragen hatten. Hans-Georg sann auf Worte, um ein nettes, unverbindliches Gespräch in Gang zu bringen, sicher, daß er auf ebenso freundschaftliche Antworten rechnen konnte, dieweil die Frau sich schon seit dem Frühstück ungewöhnlich liebenswürdig zeigte. Doch es fiel ihm nichts Passendes ein; die Sache mit der Beichte irritierte ihn, obwohl er sich keiner Schuld bewußt war, zumindest keiner, um deren Vergebung er bitten mußte. Was es zu Mittag geben würde, wußte er bereits. Der Duft von Sauerbraten und frisch geschältem Rotkohl hatten es ihm vor dem Weggang verraten.

Der Hund begrüßte sie mit überschwenglicher Herzlichkeit. Er sprang an ihnen hoch und fuhr ihnen mit der Zunge immer wieder ins Gesicht. Seine spitze Nase hatte während ihrer Abwesenheit die Wetterbesserung gewittert. Trockene Luft, er drin, sie draußen – das war ein Mißverhältnis, das ihm nicht zusagte. Nun waren sie zusammen drinnen, was das Gleichgewicht wiederherstellte.

Das Essen schmeckte vorzüglich; die Frau, fand Hans-Georg, hatte sich selbst übertroffen, und das wollte bei ihrer Kochkunst etwas heißen. Um so mehr, als sie das Mahl mit einer schaumig geschlagenen Weincreme als Dessert krönte. Nun wollte auch er ihr etwas Gutes tun.

Gibt es heute abend was Vernünftiges im Fernsehen? fragte er.

Eine politische Debatte, sagte sie bedauernd, denn für Politik hatte sie nichts übrig. Und das gerade am Sonntag, wo man sich doch ein wenig unterhalten sehen möchte. Die Einflechtung des Wortes SEHEN entsprach in charakteristischer Weise ihrer Denkart. Er hätte den Satz ohne das Beiwort gebraucht.

Was hältst du davon, sagte er, wenn wir mal wieder ins Kino gingen?

Meinst du wirklich?

Aber ja doch. Wir waren schon lange nicht mehr zusammen im Kino, sagte sie, erhob sich, versicherte ihm, er sei ein Schatz und küßte ihn knapp und hart auf die Wange. Es ging ihm durch den Kopf, daß es sich anfühlte wie der Stich eines Insekts, und er verspürte Lust, sich an der Stelle zu kratzen, wo ihre festgeschlossenen Lippen seine Haut getroffen hatten.

Zusammen durchforsteten sie die Sonntagszeitung nach dem Programm der beiden Kirchheimer Kinos. Eigentlich besaß der Ort nur ein Filmtheater, das dazu selten voll besetzt war und daher sein Programm in schneller Folge wechselte. Dann war irgendein Schlaumeier vom Jugendzentrum auf die Idee gekommen, das Nebenzimmer des Diskussionssaals, eigentlich nur eine geräumige Garderobe, zum Raum für Filmvorträge umzufunktionieren. Ein anderer ließ seine Verbindung zu dem Angestellten eines bekannten Filmverleihs spielen. So entstand, mittlerweile für die Öffentlichkeit zugänglich, ein zweites Kirchheimer Kino, winzig zwar, ein Pferch mit altmodischem Projektor, doch hochaktuellem Programm. Filme, die eben erst in den großen Städten anliefen. Sie tauften es den FLIMMERKASTEN.

Hans-Georg entdeckte die Anzeigen zwischen VERSCHIEDENES.

Im Lichtspielhaus geben sie LIEBESTRAUM AM MÜGGELSEE.

Kenn ich schon, sagte sie. Und im FLIMMER?

BUMERANG.

BUMERANG ist gut, sagte sie. Da spielt doch der Hamilton mit, der mit den Kohlenaugen. In DEIN ZUHAUSE stand, der Film liefe schon seit Wochen vor vollbesetzten Häusern. Dann muß er stark sein.

Beschlossen also, sagte er, nun wirklich in Sonntagslaune. Wie entspannend es sein konnte, wenn ausnahmsweise mal kein Streit in der Luft lag. Heute zeigte sich die Frau wirklich von ihrer besten Seite. Er war ihr dankbar dafür, obwohl er Zweifel hegte, ob diese Harmonie sich bis zum Abend halten würde.

Seine Bedenken waren überflüssig. Nach dem Kaffee gingen sie mit dem Hund durch den Wald, tauschten in Abständen freundliche Unverbindlichkeiten aus und kehrten im letzten Abenddämmer nach Hause zurück. Elfriede servierte Zürcher Toast mit Ei und Schinken.

Im FLIMMER ist es eng, sagte sie, und du bist nicht gewohnt, Lieber, eingeengt zu sitzen.

Vielleicht finde ich einen Eckplatz, sagte er.

Das sollte möglich sein, meinte sie. Ich weiß nicht warum, aber die Zuschauer rücken immer gern in der Mitte zusammen.

Warst du denn schon einmal dort? sagte er, verwundert, daß ihm noch nie die Idee gekommen war, die Frau könnte während seiner oft tagelangen Abwesenheit ins Kino gehen, gar in dieses Jugendlokal. Es erschien ihm nicht recht passend; anständige Bürger, zumal verheiratete Frauen, hatten zwischen den Jugendlichen nichts zu suchen. Für sie gab es das Lichtspielhaus mit seinen konventionellen, gesitteten Filmen.

Natürlich, sagte Elfriede. Sie haben das bessere Programm, wenigstens meistens. Und keine Wiederholungen.

Der enge Raum, zu dem ein halbdunkler Korridor führte, war voll besetzt. Warmer Dunst aus Schweiß, Leder und Tabak schlug ihnen entgegen, denn es durfte geraucht werden, was Elfriede veranlaßte, sich augenblicklich wieder eine Zigarette anzuzünden. Hans-Georg hatte tatsächlich noch einen Eckplatz erwischt und erprobte ein paarmal den Klappmechanismus seines hölzernen Sitzes, bevor er sich auf ihm niederließ. Es befremdete ihn, daß die Frau überhaupt nicht befangen wirkte. Er wollte nicht, daß sie sich in dieser Atmosphäre wohl fühlte, sie machte ihm ihren Altersunterschied auf peinliche Art bewußt. In seiner gesteigerten Empfindlichkeit glaubte er, in den Augen des Burschen schräg vor ihm, der den Kopf gewandt hatte und ihn ungeniert musterte, die geringschätzige Frage zu lesen, was denn ein Opa wie er hier zu suchen habe. Und dabei war er, protestierte etwas in ihm, kaum über Fünfzig. War das vielleicht alt? Lächerlich. Jeder Mann über Dreißig, sagte er sich, wirkt alt, wenn er unter lauter Kindern sitzt. Alt war verkehrt. Reif. Reif war das Wort. Die Frau dagegen schauten sie mit anderen Augen an, stellte er verärgert fest. Anerkennend, bejahend, fast, als sei sie eine von ihnen. Und dabei war sie bereits in dem Alter, ihre Mutter sein zu können. Das Licht erlosch, bevor Hans-Georg seine misogynen Beobachtungen fortsetzen konnte.

Der Vorspann mit dem Leuchtwort BUMERANG in Riesenlettern wies darauf hin, daß der Film nach dem gleichnamigen Roman von Raimund Zech gedreht sei. Elfriede pauste zwei Atemzüge lang, um nachzudenken, bevor sie den Rauch durch die Nase entließ. ZECH? Eilig überschlug sie in Gedanken, was ihr zu dem Namen einfiel: Sehr namhafter Schriftsteller. Vor kurzem, das Fernsehen hatte es gezeigt, irgendwo eine Literaturpreisehrung. Zirka Mitte Vierzig, hohe Stirn, schwarzes, zurückweichendes Haar. Beeindruckende Erscheinung. Ein Bestsellerautor durch einen Roman, der, in viele Sprachen übersetzt, Aufsehen erregt hatte. Erregung packte sie. War das Daniel? Konnte Zech Daniel sein?

Die Vorführung begann. Zu Hans-Georgs Zufriedenheit, dem nichts gut genug sein konnte, ein künstlerisch gestalteter Film, ausgezeichnet gespielt. Dazu eine hervorragende Kameraführung, die er doppelt genossen hätte, wäre die Leinwand größer gewesen. Die Ausschnitte, die sie zeigte, ließen nur ahnen, was noch alles zum Bild dazugehören mochte. – Die Handlung war einfach und erhob keinen Anspruch auf abwechslungsreiches Geschehen. Dafür war sie psychologisch von solcher Ausdrucksstärke, daß bis auf die Stimmen der Schauspieler tiefe Stille im Raum herrschte. Es ging um einen jungen, von seinen Studentinnen umschwärmten Professor und seine attraktive junge Frau, mit der er ein eher kameradschaftliches Verhältnis unterhielt. Sie, die ihn liebte, verdächtigte ihn der verschiedensten Intimitäten mit seinen Schülerinnen. Im Verlauf der Handlung steigerte sie sich mehr und mehr in eine krankhafte Eifersucht hinein, die sich bis zur Mordlust steigerte. Der Professor, einem seiner jungen Schüler emotional verbunden, hatte seine Frau nie über seine wahre Veranlagung aufgeklärt. Durch Zufall dahinterkommend, rächte sie sich, indem sie ihrerseits den Jungen verführte. Ihr Mann, der die beiden im Bootshaus überraschte, verlor die Beherrschung und erschoß sie. Ein Film, bei dem man nicht fragte, wie es nun wohl weitergehen mochte. Er machte schweigsam und nachdenklich; das war es, was sein Regisseur angestrebt hatte. Fast ebenso ruhig, wie sie sich während des Anschauens verhalten hatten, verließen die Jugendlichen den Vorführraum.

Könntest du unter diesen Umständen eine Frau erschießen? fragte Elfriede auf dem Heimweg.

Vielleicht, sagte er.

Du könntest jemanden töten? Im Ernst?

Nein, natürlich nicht, sagte er. Jedenfalls kann ich es mir nicht vorstellen.

Glaubst du, daß ein Mann sich in einen Jungen genau so verlieben kann wie in eine Frau?

Aber sicher, wenn nicht mehr, sagte er, um gleich darauf heftig zu erschrecken: Was hatte ihn mit solcher Sicherheit antworten lassen, ohne auch nur einen Augenblick lang zu überlegen?

Unvorstellbar, sagte die Frau. Vor allem körperlich, meine ich.

Für dich bestimmt, sagte er.

Für dich nicht?

Warum, sagte er nachdenklich, sollte es nicht auch noch andere Spielarten der Liebe geben?

Wie frivol du sprichst, sagte sie. Ich finde eine solche Vorstellung abscheulich.

Eben im Film fandst du sie nicht abscheulich.

Weil – sie suchte nach Worten – weil, also er sprach zwar davon, aber sie taten es nicht. Weißt du, was ich denke? Der Professor, der war doch ein Frauenhasser, obwohl er zu den Studentinnen so nett war. Eine hat er schließlich auch geheiratet. Könnte es nicht sein, daß Daniel – es wäre doch denkbar ...

Hans-Georg schwieg, betroffen von Gedanken, die er auch schon so manches Mal gedacht, doch nie zu Ende geführt hatte. Nun standen sie plötzlich offen im Raum.

Nein, sagte er schließlich, das hielte er für ausgeschlossen. Daniel Arendt habe eine Reihe Enttäuschungen mit Frauen hinter sich: Davon wird einer noch lange nicht schwul. Nur vorsichtig. Man kann an einen Punkt gelangen, an dem man keine neue Enttäuschung mehr ertragen kann.

Du mußt aber zugeben, Hans-Georg, sagte sie, sich seinen ausholenden Schritten anpassend, daß Daniel so etwas wie diesen Film geschrieben haben könnte.

Das sei denkbar, meinte er, doch, ja, das wäre so ein Sujet, wie er es seinem Freund zutraue.

Elfriede begann zu lachen: Na also, jetzt wissen wir's: Daniel Arendt ist Raimund Zech! Er schrieb BUMERANG. Morgen hole ich mir das Buch aus der Leihbücherei.

Komm, komm. Das Land ist voll von Schriftstellern.

Aber keinen, die solchen Namen haben und das richtige Alter dazu.

Auch die gibt's.

Elfriede ließ nicht locker: Irgendwo habe sie gelesen, daß ein Interviewer Raimund Zech gefragt hätte, ob er Franzose wäre, weil er doch solch ein dunkler Typ sei, und da habe er geantwortet, er wäre aus Hessen. Irgendwas mit Hugenotten und so.

Na und? sagte er, mit seinen Gedanken noch beim Thema des Films, das ihn beschäftigte.

Verstehst du nicht: Postlagernd Kassel! Für mich ist Arendt Zech.

Er schwieg. Es schien ihm nicht wichtig. Wie immer das Pseudonym, es hatte nichts zu tun mit der Beziehung zwischen ihm und seinem Freund.

Interessiert dich das gar nicht?

Nicht sonderlich, sagte er.

Da schwieg sie auch, überließ sich den Rest des Weges ihren eigenen Gedanken, die sich in ihrem auf das Praktische gerichteten Hirn zu verschiedenen Möglichkeiten formten, Möglichkeiten, die sie zu Hause durchdenken und auf ihre Verwirklichung hin untersuchen würde. Zunächst einmal galt es, sich mit Zechs Büchern zu versorgen, um bei dem Treffen, das sie plante, über seine Arbeiten unterrichtet zu sein.

Er ließ noch kurz den Hund heraus, bevor er ihr ins Schlafzimmer folgte. Sie lag bereits im Bett, wie üblich zur Seite gewandt. Ihm war es so recht; die gute Kost machte das Ausziehen der Fußbekleidung im Sitzen zu einer umständlichen Angelegenheit, bei der er sich nur ungern zusehen ließ. Schläfst du? murmelte er der Gewohnheit entsprechend, während er sich seufzend in die Rückenlage wälzte, um sein Kreuz zu entlasten. Der Kinostuhl, für Schlankere erdacht, war wohl nicht so ganz das Ideale gewesen.

Allmählich ließen die Schmerzen in der Rückenmitte nach, und er drehte sich, bereit zum Einschlafen, auf die Seite, als er die Frau sagen hörte: Weißt du, woran ich denke? Und, als sie keine Antwort erhielt: Irgendwie kann ich den Professor verstehen.

Ja, sagte er.

Nein wirklich. Nicht, daß ich viel von Männerfreundschaften weiß, ich meine, von solchen. Aber der Junge liebte ihn doch auch, oder?

Mhm, sagte er schläfrig.

Das kann es doch geben.

Weiß nicht. Vielleicht.

Plötzlich saß sie aufrecht im Bett. Zu seinem Glück sah er nicht die erschreckende Veränderung, die mit ihrem Gesicht vor sich ging, den Haß in ihren Augen. Soll ich dir sagen, was ich glaube?

Nein, murmelte er.

Ich glaube, er hat seine Margaretha gar nicht umgebracht, weil sie mit dem Jungen geschlafen, sondern weil sie ihn verraten hat. Das war es. Ich meine, wenn solch ein Junge wirklich andersrum ist, dann bleibt er's doch auch. Also muß sie ihm eine Menge verleumderischer Gemeinheiten über ihren Mann erzählt haben, so ungeheuerliche, daß der Junge sich vor Abscheu von ihm ab- und ihr zuwandte. Darum hat ihr Mann sie erschossen. Ich kann ihn verstehen.

Der Einschlafaugenblick, dieser köstlichste Moment totaler Entspannung, drohte ihm zu entgleiten. Er hatte gegen seine Gewohnheit eine Schlaftablette geschluckt, um eine Unruhe aufzufangen, die ihn wach hielt. Er tat es selten, er fürchtete sich vor dem Medikament, das er seinen Kunden als helfend und garantiert unschädliches Mittel anpries. Im Lauf der Zeit hatte er geradezu eine Idiosynkrasie gegen Tabletten, vor allem Schlaftabletten entwickelt, weil er sich einbildete, sie schädigten sein Gehirn, dessen Funktion er hoch bewertete. Schlimm genug, daß er um seine Herzmedizin nicht herumkam. Andere Chemikalien hielt er sich so weit wie möglich vom Leibe.

Leg dich jetzt hin und schlaf, sagte er.

Sie ließ sich, die Augen weit offen, in die Kissen zurückfallen. Die Bewegung hatte etwas Ruckartiges. Ich muß daran denken, was der Pastor heute morgen gepredigt hat. Die Sünde. Was hätte er wohl zu diesem Film gesagt?

Nichts, murmelte Hans-Georg.

Wieso nichts?

Der Pastor geht nicht in den FLIMMERKASTEN.

Gab sie denn immer noch keine Ruhe? Noch ein paar Sätze in ihrer schrillen Stimme, und die Tablette würde ihre Wirkung verlieren, ihr schädigender Einfluß dagegen noch lange in seinem System herumspuken.

Aber wenn nun doch einmal? Wie, meinst du, würde er reagieren?

Wozu hielt er die Augen geschlossen? Ebensogut konnte er sie wieder öffnen. Die Zehn Gebote hersagen und sich bekreuzigen, sagte er gähnend.

Irrte er sich oder war da plötzlich etwas wie ein Lauern in ihrer Stimme: Welches? sagte sie.

Hör mal, es ist schon nach eins...

WELCHES?

DU SOLLST NICHT TÖTEN, sagte er und wollte hinzufügen: jetzt schlaf endlich, als sie ihm das Wort abschnitt. Irrtum, mein Lieber: DU SOLLST NICHT FALSCHES ZEUGNIS ABLEGEN WIDER DEINEN

NÄCHSTEN. Der Ton war eisig. – Damit drehte sie sich zur Seite und überließ ihn dem verzweifelten Versuch, die Restwirkung der Tablette vom Magen hinauf ins Gehirn zu leiten, in dem aufgescheuchte Gedanken durcheinanderflatterten.

Es war sehr still um das Haus. Ganz in der Ferne pfiff ein Zug, verhallte kurzes Räderrollen. Dann senkte sich wieder die Ruhe der Nacht über das schlafende Land.

In den folgenden Wochen hätte kein Mitbewohner des Ortes, befragt, ob ihm an den Reitzes irgendeine Veränderung aufgefallen sei, mit ja antworten können. Man sah sie ab und zu bei einem Nachmittagsspaziergang und sonntags wie immer beim Gottesdienst. Ordentliche Leute, sagte man. Nicht gerade sehr zugänglich, aber höflich und, wie es schien, trotz nicht zu übersehender Verschiedenheit ihrer Persönlichkeiten einander zugetan. Und ihr Hund war reizend.

In Wirklichkeit hätte zumindest Elfriede, wäre sie nicht so eifrig mit den Romanen Raimund Zechs beschäftigt gewesen, die Verstörtheit ihres Mannes erkennen müssen. Warum antwortete Daniel nicht auf seinen Brief? Die Regelmäßigkeit, mit der sich ihre Korrespondenz abwickelte, war ihm zur Selbstverständlichkeit geworden. Und nun auf einmal dieses Schweigen. In den ersten Tagen hatte er sich damit getröstet, daß es an der Post liegen konnte. Wer weiß, aus welchem Land der Brief diesmal kommen würde, und nicht jeder wurde, obwohl allgemein die Regel, per Luftpost befördert. Nach weiteren Tagen schloß er die Möglichkeit nicht aus, daß er verlorengegangen war. So etwas kam immer mal wieder vor. Schon erwog er, ob er einen zweiten Brief seinem ersten folgen lassen sollte, denn Warten ertrug er schlecht. Geduld war nicht seine Stärke. Andererseits lag ihm gerade aus diesem Grund daran, Gelassenheit zu zeigen, wie er Elfriede erklärte, die ihm vorschlug, noch einmal zu schreiben und sich nach der Ursache der Verzögerung zu erkundigen.
Er muß doch antworten, wiederholte er wie ein Kind, das auf die tröstenden Worte der Mutter wartet, es werde schon alles wieder gut.

Er muß gar nicht, sagte statt dessen die Frau. Er ist ein bedeutender Mann. Und wer bist du?

Sie hatte sich gerade durch einen umfangreichen Roman Zechs hindurchgequält. Eine Erzählform, mit der sie nichts Rechtes anzufangen wußte. Bei einem solchen Haufen Papier hatte sie eine Menge turbulenter Handlung erwartet. Dabei geschah, seltsames Mißverhältnis zum verschwendeten Schreibmaterial, recht wenig. Kam hinzu, daß die Sprache nicht mundgerecht zubereitet dahinfloß, um die Augen von Seite zu Seite eilen zu lassen. Sie schien verschlüsselt und zwang zum Nachdenken. Über einigen Passagen direkter Rede schüttelte Elfriede nur den Kopf: So sprach doch kein Mensch in Wirklichkeit. Der biographische Abriß auf der Rückseite des Buches belehrte sie darüber, daß der Autor nicht weit und breit bekannt, dafür namhaft und weniger berühmt als bedeutend war, was zu ihrer Verwunderung offenbar mehr galt. Persönlichkeiten wie Raimund Zech hatten es nicht nötig, mit ihren Arbeiten das Interesse der breiten Masse zu gewinnen; nicht auf die Menge, auf die Gewichtigkeit der Romane kam es an. Dies erfuhr sie durch die Bibliothekarin, eine einstige, literarisch ambitionierte Buchhändlerin mit einer schon als arrogant anzusehenden Verachtung für die kommerziellen Aspekte ihres Berufs, was schließlich zur Pleite des anspruchsvollen Geschäfts geführt hatte. Elfriede mit ihren naiven Ansprüchen auf leichte Unterhaltung, die sie keineswegs als solche empfand, im Gegenteil sehr ernst nahm, begriff zwar nicht, weshalb ein Buch, das sie langweilte und kompliziert geschrieben war, literarisch wertvoller sein sollte als ein Roman, der so richtig zu Herzen ging und die Seele aufrührte. Aber Fräulein Birkhofer war nun einmal eine Expertin auf diesem Gebiet, dazu eine aus der Stadt. Erst seit sechs Jahren lebte sie in Kirchheim. Also vertraute Elfriede ihrem Urteil, dankbar, daß der Mann, dem ihre Sehnsucht galt, vom bekannten Autor zum namhaften Literaten aufgewertet war.

Hans-Georg hingegen litt unter steigender Nervosität, je mehr Tage vergingen, ohne daß der erwartete Brief im Kasten lag. Die ständige Nervenbelastung blieb nicht ohne Auswirkung auf sein Herz. Es schien ständig den Platz zu wechseln: Einmal spürte er es in der Kehle, dann im Magen, es flatterte in unrhythmischen Schlägen im inneren Hohlraum umher oder machte in Augenblicken heftiger Atemnot glauben, es habe seine Tätigkeit ganz eingestellt.

Er wurde mager, sein Gesicht bläulich und spitz. Immer wieder fragte er sich, was wohl die Ursache zu diesem unerwarteten Schweigen sein konnte. Irgend etwas mußte geschehen sein. Und daß er über den Grund keine Gewißheit erlangen konnte, dieses Nicht-begreifen-Können lastete schwer auf ihm. Vielleicht ist er krank, überlegte er, jeder Mensch kann mal krank werden. In solchen Momenten ist das Mitteilungsbedürfnis gleich Null, nicht wahr? Es lag ihm viel daran, das Ausbleiben der Post nicht nur vor sich selbst, sondern auch vor Elfriede zu rechtfertigen.

Es kam der Morgen, an dem er sich zu schwach zum Aufstehen fühlte. Die geplante Dienstfahrt fiel aus; Elfriede telefonierte die Kunden im vorgesehenen Bezirk an und entschuldigte ihren Mann, er sei erkältet und habe leichtes Fieber. Der herbeigerufene Arzt meinte, Hans-Georg müsse ins Krankenhaus, sein Zustand sei nicht unbedenklich. Gegen die Hartnäckigkeit, mit der sein Patient sich weigerte, sein Haus zu verlassen, kam er allerdings nicht an. Er verschrieb weitere Herzstärkungsmittel sowie einige augenblicklich wirkende Nitrokapseln zum Zerbeißen, falls ein Anfall drohe.

Vernünftig von dir, die Klinik zu verweigern, sagte die Frau, als der Arzt fort war. Man kennt doch diese Anstalten. Sie pferchen dich mit allen möglichen Krankheitsträgern in einen Raum, stopfen dich voll mit Beruhigungsmitteln, und was sie dir als Essen vorsetzen, ist zum Gotterbarmen.

Sie hätten mich vermutlich in die Intensivstation gebracht. Aufgehängt an Schläuche. Künstlich beatmet und was weiß ich, sagte er.

Gräßlich, stimmte sie ihm zu.

Heute nacht habe ich geträumt, Daniel wäre tot. Ein Lastwagen hatte ihn überfahren.

Das kommt, weil du unentwegt daran denkst, sagte sie. Es wird sich schon aufklären. Jetzt werde erst mal gesund. Der Ton, in dem sie es sagte, hätte einen Aufmerksameren als ihn möglicherweise stutzig gemacht. Er dagegen spürte auf einmal etwas wie Rührung in sich aufsteigen. Sie war doch eine gute Frau. Jetzt, wo er krank war, zeigte sie sich als treu besorgte Gattin, die ihren Mann nicht an eine unpersönliche Anstalt ausgeliefert wissen wollte. Sie selbst würde ihn gesundpflegen, was ihn beruhigte, denn er wußte sich bei ihr in besten Händen. Er sah ihr zu, wie sie um sein Lager herum Ordnung schuf, Herumliegendes einräumte, seine Decke geradezog.

Elfriede? sagte er und wunderte sich, daß er auf einmal fähig war, ihren so lange zornig verdrängten Namen unbefangen auszusprechen. Sie blickte auf, lächelte leicht und näherte sich seinem Bett.

Setz dich, sagte er, mit der flachen Hand auf den Bettrand klopfend. Sie befolgte seine Anweisung. Die Zeit hat ihr nichts antun können, dachte er, sie betrachtend. Fülliger ist sie geworden, reifer in den Formen. Den Zug von Bitterkeit um ihren Mund, der früher nicht dagewesen war, übersah er, weil er keine Schuldgefühle in sich aufkommen lassen wollte.

Weißt du, was ich denke? sagte er.

Was denkst du?

Wir sollten versuchen, einen neuen Anfang zu machen. Eine neue Zielsetzung finden für uns beide. Machen wir uns nichts vor, Elfriede. Wir haben uns in den letzten Jahren mehr und mehr auseinandergelebt.

Das aufgesetzte Lächeln erlosch. An wem lag das wohl? sagte sie.

Nein, sagte er, nicht so. Eine ehrliche Aussprache, ja. Ich habe sie mir lange gewünscht. Aber keine Anklagen, das endet nur wieder damit, daß wir uns gegenseitig mit Vorwürfen bombardieren.

Sie sah an ihm vorbei zum Fenster, durch das die Mittagssonne schien. Ich weiß nicht, sagte sie.

Was weißt du nicht?

Ob es dazu nicht zu spät ist. Wie stellst du dir einen Neuanfang vor? Nicht, daß ich dich entmutigen will, aber du bist ein kranker Mann. Der Zeitpunkt, an dem du deine Arbeit ganz einstellen mußt, ist abzusehen. Dann werden wir uns noch mehr einschränken müssen; Vaters Erbteil ist fast aufgebraucht. Und wir haben keine Kinder, die uns später, im Alter, unterstützen können. Ihre Stimme wurde schrill.

So habe er das nicht gemeint, sagte Hans-Georg und griff nach ihrer Hand, die sie ihm entzog. Sie denke immer gleich an das Praktikable, er hingegen hätte bei seinem Vorschlag mehr das andere im

Das Erbteil des Vaters …

... fast aufgebraucht, und keine Kinder, die einen im Alter unterstützen können: das sind wirklich keine allzu rosigen Aussichten!

Aber nun sind Kinder vielleicht nicht unbedingt eine ideale Vermögensanlage. Das Erbteil des Vaters würde sich als Vermögensanlage schon besser eignen. Da sind die Zinsen, sofern man es richtig angelegt hat, wenigstens sicher.

Auge gehabt, ihre innere Beziehung zueinander, das Gefühlsmäßige, wenn sie wisse, was er meine...

Seltsam, dachte er dabei, wenn ich Daniel schreibe, drängt es mich geradezu, ihm meine Empfindungen mitzuteilen, und hier fällt es mir so schwer.

Ja und nein, sagte die Frau mit sichtlichem Unbehagen.

Nun hatte er das Thema begonnen und mußte es wohl oder übel auch weiterführen. Wenn du dich dazu bringen könntest, sagte er, in mir einmal etwas anderes zu sehen als einen Mann, mit dem nicht viel los ist, eine Niete –

Ich habe nie gesagt, du bist eine Niete.

Doch, das hast du. Und selbst, wenn nicht, so hast du es mir weiß Gott oft genug auf die eine oder andere Weise zu verstehen gegeben. Ich hätte gern auch einmal ein Lob von dir gehört.

Lob für was? sagte die Frau.

Wenn du es nicht weißt, sagte er entmutigt, dann kann ich es dir auch nicht sagen. Die Brücke, die er zwischen ihnen errichtet hatte, schwankte bedenklich.

Da haben wir es, sagte sie. Es ist deine Überempfindlichkeit, die alles so kompliziert. Wir können kein normales Gespräch miteinander führen, weil du jeder einfachen Bemerkung ein Gewicht beimißt, das sie überhaupt nicht hat. Du beziehst immer alles gleich auf dich.

Ich? sagte er empört, ich? Du bist es doch, die mir jedes Wort im Mund umdreht, um es gegen mich zu verwenden. O ja, darin bist du geschickt. Ich kann sagen, was ich will, der Schuldige bin immer ich. Manchmal glaube ich fast, du haßt mich.

Die Frau schwieg. Sein Versuch eines Neuanfangs war gründlich mißglückt.

Man konnte über Elfriede Reitze denken, was man wollte, aber niemand hätte ihr Vernachlässigung ihrer Hausfrauenpflichten vorwerfen können. Mit dem gleichen Eifer, den sie auf die Reinhaltung und Behaglichkeit ihres Heims verwandte, pflegte sie ihren kranken Mann, umsorgte und bekochte ihn, was zur Folge hatte, daß Hans-Georg den Schwächeanfall überwand und schon zwei Tage später das Bett wieder verlassen konnte.

Falls er ihr dafür dankbar war, zeigte er es nicht. Seit seinem letzten Versuch, seiner Ehe wieder einen Inhalt zu geben, war er schweigsam geworden, wirkte in sich gekehrt, oft geistesabwesend. Und nach wie vor kein Brief von Daniel.

Armer, alter Narr, sagte die Frau. Was hattest du denn erwartet? Hör endlich auf, dir etwas vorzumachen.

Jetzt, wo er wieder auf den Beinen war, machte sie keinen Hehl mehr aus ihrer Abneigung. Für sie war er ein Fantast, und mit Fantastereien, die nicht einmal das kleinste Körnchen Realisationsmöglichkeit in sich bargen, konnte sie nichts anfangen. Was jedoch keineswegs hieß, daß sie ihrerseits das Projekt Daniel Arendt alias Raimund Zech aufgegeben hatte. Im Gegenteil, mehr denn je lag ihr daran, eine Verbindung zu diesem Mann herzustellen, um ihn davon zu überzeugen, auf eine wie schäbige Art ihr eigener Mann, den er, Daniel, doch angeblich so hoch schätzte, sie bei ihm verleumdet hatte. Zumindest schien ihr dies ein ebenso überzeugender wie zwingender Grund, den Schriftsteller aufzusuchen, was immer sich daraus ergeben mochte. Keinen Augenblick zweifelte sie daran, *daß* sich daraus etwas ergeben würde. Ihre Begegnung würde eine Offenbarung sein, sowohl für sie als auch für ihn, der, überwältigt von der Erkenntnis, nach aller Vergeblichkeit des Suchens nun doch noch die richtige Frau fürs Leben getroffen zu haben, auf ihr Bitten hin an den Papst in Rom das Ersuchen um Auflösung ihrer Ehe richten würde. Und da, wie gesagt, Elfriede kein Freund von Ideen war, die sich nicht in der einen oder anderen Form in die Tat umsetzen ließen, machte sie sich mit der ihr eigenen Beharrlichkeit ans Werk. Nach der Sisyphosarbeit des Durchackerns dreier Zech-Wälzer schrieb sie den Verlag an und bat um die Adresse ihres Autors, darauf gefaßt, eine abschlägige Antwort zu bekommen – nicht zu unrecht, wie sie bald feststellen mußte. Durch ihre Zeitung wußte sie, daß Raimund Zech eine Wohnung in München besaß. Eine freundliche Dame der Münchener Telefonauskunft verschaffte ihr die gewünschte Anschrift.

Wann wirst du wieder da sein? erkundigte sie sich bei Hans-Georg über den Frühstückstisch hinweg, Rückversicherung aus langjähriger Gewohnheit. Wenn ihr Mann sich am Montag vormittag auf den Weg machte, konnte sie damit rechnen, daß er vor Dienstag abend nicht zurück war.

Er schoß einen mißtrauischen Blick auf sie ab. Weiß nicht. Irgendwann am Nachmittag, sagte er.

Morgen.

Heute.

Einen Augenblick lang rang sie um Fassung. Wieso diese plötzliche Änderung? Sie hatte geplant, sich mit einem Taxi zur Stadt fahren zu lassen und von dort den Zug nach München zu nehmen. Entwickelte sich alles so, wie sie es erhoffte, war eine Übernachtung in der bayrischen Landeshauptstadt nicht auszuschließen. Anderenfalls wollte sie einen der Abendzüge nehmen, um in der Nacht zurück zu sein. Auch für den Hund hatte sie bereits Vorsorge getroffen: Frau Kempers vom Kurzwarengeschäft wollte ihn vorübergehend in Pflege nehmen. Die alte Frau war eine Freundin ihrer Mutter gewesen und ‹Friedelchen› gegenüber immer zu Gefälligkeiten bereit.

Du bleibst nicht über Nacht fort?

Sollte ich? sagte er.

Es ist ungewöhnlich. Irgendein besonderer Grund, weshalb du schon heute zurückkommst?

Fühle mich nicht besonders. Was die Aufnahme von Neubestellungen anbelangt, die können wir auch telefonisch entgegennehmen.

Wir? Ich, meinst du.

Er gab keine Antwort. Schweigend verzehrten sie ihre Brötchen, tranken Kaffee und legten die Mundtücher ordentlich zusammen, bevor sie den Tisch verließen. Bald danach hörte Elfriede den Anlasser seines Wagens vor der Garage. Sie war verärgert. Nichts haßte sie mehr, als wenn jemand ihr in letzter Minute einen Strich durch die Rechnung machte, indem er Pläne durchkreuzte, auf deren Ausarbeitung sie viel Zeit verwendet hatte. Aufschieben also. Donnerstag/Freitag war auch nicht schlecht, vorausgesetzt, Hans-Georg fühlte sich dann wieder besser, was allerdings unsicher blieb. Nach gründlicher Überlegung beschloß Elfriede eine Verschiebung ihres Vorhabens um genau eine Woche.

Sie blieb gelassen, während sie ihren Haushaltspflichten nachging, sich ihr Mittagessen zubereitete, das auf einem Rezept aus SCHALTEN UND WALTEN basierte und bei dreimal wöchentlicher Wiederholung eine Traumfigur versprach, und nach dem Entfrieren des Kühlschranks eine Erholungspause bei einem Modejournal und einer ihrer unentbehrlichen Zigaretten einlegte. Als es jedoch Abend wurde, ohne daß Hans-Georg heimkehrte, schlug ihr künstlicher Gleichmut in heftige Wut um, der Hans-Georgs Ersatzlesebrille an der Wand zerschellend zum Opfer fiel. Bewußt belogen hatte er sie, der Mistkerl. Hatte sie reinlegen wollen mit dem Märchen seiner vorzeitigen Heimkehr. Irgendwie schien er gewittert zu haben, daß sie etwas plante, auch wenn er nicht wußte, nicht wissen konnte, was es war. Dieser gemeine Betrüger, Verräter, dieser – dieser – vergeblich suchte sie nach Worten, die ihrem Zorn und ihrer Verachtung Befreiung verschafften; in einem Schwall drängten sich alle bisher in Schach gehaltenen Empfindungen zur Oberfläche und überschwemmten ihr Hirn, bis sie keines klaren Gedankens mehr fähig war. Sie wußte nur eines: an der Seite dieses Mannes, der nicht einmal imstande war, eine ordentliche Familie zu gründen, und sich dann auch noch Fremden gegenüber verächtlich über sie ausließ, würde sie nicht weiterleben. Sollte er sehen, wie er ohne sie und ihr Geld zurechtkam. Sie hatte an sich selbst zu denken.

Das Berufslächeln des Tagesschausprechers, von dem sie einmal Hans-Georg gegenüber geäußert hatte, es gäbe ihr das Gefühl, als gelte es ihr ganz allein, dieses Lächeln glitt heute unbemerkt an ihr vorbei und verlor sich im Raum wie die dazugehörige Stimme, die mit ihren immer gleichen Akzenten einer schon zu oft gehörten Schallplatte glich. Der Qualm ihrer Zigarette vernebelte die nachfolgenden Bilder einer Kletterexpedition, die auch nicht dazu geeignet waren, Elfriedes aufsässige Gedanken zur Ruhe zu bringen. Erst der Spielfilm zu fast mitternächtlicher Stunde, nachdem sie den Hund vom Garten hereingeholt hatte, brachte sie wieder in ihr gewohntes Gleichgewicht, eine Tatsache, die sie erleichtert zur Kenntnis nahm; um einen Plan zu verwirklichen, brauchte sie einen kühlen Kopf, besonders dann, wenn es noch mindestens einer Woche bedurfte, ihn in die Tat umzusetzen. Es bestand immerhin die Möglichkeit, daß Hans-Georg die Scheidung verweigern würde. Konnte sie ihn dazu zwingen? Es erschien ihr fraglich.

Er kam zur gewohnten Zeit am Spätnachmittag des nächsten Tages. Sie hörte, wie er den Wagen in die Garage fuhr, die Tür hinter sich abschloß und um das Haus herum zum Eingang stapfte. Der Hund schlug sein genau bemessenes Begrüßungsgebell an – für Hans-Georg zwölf helle Kläffer. Für Elfriede, mit der ihn besondere Sympathie verband, ließ er meist noch ein Freudengewinsel folgen.

Gab es was Besonderes? sagte Hans-Georg.

Was soll es schon Besonderes gegeben haben?

Also nein?

Nein.

Sie beobachtete ihn, wie er zum Grammophon ging, sich die Cognacflasche angelte, dazu einen der Schwenker mit dem goldumkränzten N für Napoleon, Geschenk seiner verstorbenen Schwester zu seiner Hochzeit vor zwölf Jahren, und sich großzügig bediente.

Kalt geworden draußen, sagte er. Und wartete. Es gab eine Anzahl Standardphrasen zwischen ihnen. Jetzt war ihr: ‹Trink-nicht-so-viel› fällig. Es blieb aus. Mit dem Glas in der Hand setzte er sich so, daß sie ihn genau im Blickfeld hatte, und versuchte, ihr mit allerlei provozierenden Gebärden wie Glas-prüfend-gegen-das-Licht-Halten, Aroma-Einatmen und ähnlichen Albernheiten die gewohnte Reaktion zu entlocken. Nichts. Die Frau sah gleichmütig zu. Dabei hatte er sich auf der Rückfahrt über eine lange Strecke derart elend gefühlt, daß er beim nächsten Rasthaus angehalten und sich dort an einem Tisch in der hintersten Ecke zu entspannen versucht hatte, bevor er sich traute, seinen Weg fortzusetzen. Nun gut, wenn sie es darauf anlegte, wieder Pflegerin zu spielen, ihr Problem, nicht seine Sorge. Langsam, den Kopf in den Nacken gelegt, Augen geschlossen, ließ er den Cognac in einem langen Zug seine Kehle hinabgleiten. Augenblicklich besserte sich seine Laune.

Tut gut, sagte er.

Ja, sagte sie.

Was gibt's zum Abendessen?.

Kalbskotelett. Aufgewärmt. Ihre Stimme blieb ausdruckslos.

Wieso aufgewärmt?

Gestern abend, sagte sie, waren sie frisch.

Er empfand etwas wie Triumph. Sein kleines Täuschungsmanöver hatte gewirkt. Was immer sie gestern vorgehabt haben mochte, er hatte es vereitelt.

Ich bin aufgehalten worden. Das verstehst du doch?

Natürlich, sagte die Frau. Komm zu Tisch.

Die Kalbsstücke, mitsamt ihrer Panierung kurz in der Pfanne wiedererwärmt, schmeckten ledern und überbraten. Auch die Kohlrabi schienen aufgekocht. Wie billig, ihre Rache, dachte er. Ohne sich seinen Ärger anmerken zu lassen, zersäbelte er das Fleisch, das sie über Nacht im Kühlschrank hatte zähgefrieren lassen, wobei der Druck, den er auf das Messer auszuüben hatte, seinen linken Arm wieder schmerzhaft reagieren ließ. Sie wechselten kein Wort miteinander, doch über die Länge des Tisches hinweg kreuzten ihre Gedanken die Degen. Das Apfelkompott zum Nachtisch lehnte er ab, bemüht, sich nicht anmerken zu lassen, wie elend er sich fühlte. Irritiert von der ihn plagenden, schwer zu lokalisierenden inneren Unruhe, die die Adern auf seinen Händen blau hervortreten ließ, erhob er sich.

Ich geh nach oben, sagte er. Hab noch zu tun.

Tu, was du nicht lassen kannst, sagte sie. Der verächtliche Unterton besagte, daß sie sehr wohl wußte, was zu tun er beabsichtigte und für wie unwürdig, ja beschämend sie ein solches Verhalten hielt.

Das werde ich, worauf du Gift nehmen kannst, sagte er, schon auf der Treppe. Im übrigen geht es dich nichts an.

Mehr und mehr wurde ihm sein Arbeitsraum zum Refugium, zu einem Inselreich eigener Schöpfung. Auch die Luft hier oben war anders, er atmete Papier und Holz, Dinge, die ausschließlich ihm gehörten, Vertrautheit schafften. Kein Nikotin, kein künstlicher Blumenduft, mit dem die Frau sich zu parfümieren pflegte. Und vor allem Ruhe. Ruhe.

Diesmal allerdings ließ sich die nervöse Gereiztheit, die sein Inneres bedrängte, nicht so einfach vertreiben. Dummerweise hatte er seine Herztropfen unten gelassen; sein Stolz verbot ihm, die Treppe noch einmal zu benutzen und sich erneutem Spott der Frau auszusetzen. Es würde alles nur noch schlimmer machen. Also spannte er einen Bogen in die Maschine. Im gleichen Augenblick, als er das Datum tippte, wurde ihm bewußt, daß er sich nicht genügend in der Gewalt hatte, um mit ausgewählten, liebenswürdigen Sätzen wie sonst seinem besten Freund zu schmeicheln. War der Andere denn überhaupt sein Freund? Waren sie sich so, wie es ihm eine Zeitlang erschienen war, wirklich nähergekommen? Oder existierte da bei aller Übereinstimmung zwischen ihnen nicht doch so etwas wie eine unsichtbare Glaswand? Er hatte seinen Traum noch gut in Erinnerung, diesen gespenstischen Nachtmahr, bei dem er auf der Suche nach seinem Freund im Labyrinth seiner eigenen Gefühle herumirrte, um im Augenblick, da er, sich am Ziel glaubend, die Hand ausstreckte, um den anderen zu berühren, gegen trennendes Glas geprallt war.

‹Daniel›, begann er im Versuch, all die Gedankenimpulse, die ihn ihres aggressiven Charakters wegen beunruhigten, endgültig unter Kontrolle zu bringen... ‹Daniel, Lieber, seit nunmehr fast drei Wochen warte ich auf einen Brief von Dir, der mir bestätigen soll, daß Du mein letztes Antwortschreiben erhalten hast. Wieder und wieder frage ich mich, was geschehen sein mag, nein, nicht Dir – daß die Verzögerung nichts mit Dir zu tun hat, fühle ich –, sondern mit Deinem Brief. Denn geschrieben hast Du, da bin ich ganz sicher. Es mag an meinem sich verschlechternden Gesundheitszustand liegen, der mir durch die nervliche Belastung das Warten zur Qual macht. Jedenfalls habe ich mir den Kopf zerbrochen, wo Dein Schreiben geblieben sein könnte. Und wärst Du auch zur Zeit am Ende der Welt – wo ich Dich allerdings nicht vermute –, das internationale Postwesen hätte wohl mittlerweile einen Weg gefunden, es mir zuzustellen. Bis mir gestern auf der Rückfahrt nach Hause die Lösung einfiel. Ist es nicht seltsam, wieviel verwinkelte Schachzüge wir unseren Gedanken oft aufzwingen – und dabei liegt die gesuchte Erklärung auf der Hand. Ich hätte gleich darauf kommen können: natürlich hat die Frau Deinen Brief. Sie hat ihn abgefangen und ihn mir unterschlagen; sie verdächtigt mich ja schon seit einiger Zeit – und wie ich Dir schrieb, nicht zu Unrecht – der Auslassung einiger Passagen, wenn ich ihr, ich komme nun einmal nicht drum herum, Deine Briefe vorlese, von denen sie behauptet, ihr Inhalt ginge sie, meine Ehefrau, in gleicher Weise an wie mich. Diese totale Vereinnahmung meiner Person nennt sie ihr gutes Recht, indem sie sich auf den Wortlaut der ewig gleichlautenden Gelöbnisformel bei der Trauung beruft. Was für eine klägliche Angelegenheit doch eine kinderlos gebliebene Ehe ist, in der jeder in Gedanken den anderen für das Ausbleiben von Nachwuchs verantwortlich macht, um der wachsenden Gereiztheit, mit der man aufeinander reagiert, einen plausiblen Grund zu geben. Dein Brief wird an einem der Tage eingetroffen sein, an dem ich unterwegs war. Zumeist gelangt die Post vor meiner Abfahrt noch in meine Hände, aber auch ein Briefträger kann sich mal verspäten. Wenn ich ihn sehe, werde ich ihn fragen.

Doch nun genug der Unerfreulichkeiten meines häuslichen Lebens. Im Gegensatz zu Dir verfüge ich nur über einen eng begrenzten Bewegungsraum, so daß ich mich in meinen Berichten wiederhole. Kommen wir zu uns. Aber laß Dich warnen: ich befinde mich in einer seltsamen Verfassung. Es begann gestern, noch während ich unterwegs war – beginnen ist nicht das richtige Wort: Es überfiel mich ohne erkennbaren Grund, denn ich hatte keinerlei Schmerzen und fühlte mich nicht anders als sonst. Ein fremdartiger Eindruck des Schwebens, des Über-den-Dingen-Stehens und des Sie-Erkennens in ihrer wahren Relation zueinander. So als habe mir jemand ein Wahrheitsserum eingegeben. Es hielt nicht länger als einige Momente an, doch nun verstehe ich, was es bedeutet, wenn man von einem sich weitenden Horizont spricht, etwas, das normalerweise als Entwicklungsprozeß seine Zeit braucht. Bei mir spielte sich dieser Vorgang in Sekunden ab, ich begriff mich mit meinem gesamten Fühlen und Denken in einem größeren Zusammenhang, mich, meine Umwelt und vor allem auch Dich, meine Beziehung zu Dir. Als der Rausch der vieldimensionalen Übersicht abgeklungen war, ließ er etwas in mir zurück, das mich ermutigt, abzurechnen, sowohl mit mir selbst als auch mit Dir, Daniel. Noch einmal: ich muß Dich warnen, du wirst mich aggressiv finden und vermutlich ungerecht. Aber so, wie die Dinge stehen, bist Du ein Teil meiner Selbsterkenntnis, und wenn ich mich nicht schone, darf ich auch Dich nicht schonen.

Das lange Warten auf Deinen Brief ließ mich noch einmal seinen Vorgänger lesen, das Schreiben, in dem Du Deiner Enttäuschung darüber Ausdruck gibst, daß ich in Dir den erfolgreichen Künstler bewundere, den Mann, der es schaffte, wo andere kläglich versagen.

Von mir willst Du das nicht, von mir verlangst Du, ich solle Dich so sehen, wie Du hinter Deinem Image, das Du für künstlich hältst, wirklich zu sein glaubst: der im Grunde einfache, schlichte Mensch mit den einfachen, schlichten Sehnsüchten nach dem anspruchslosen Dasein des kleinen Mannes auf der Straße – wem versuchst Du eigentlich etwas vorzumachen? Hast Du mich nicht gerade darum in Deine Nähe gelockt, um mir, der ich Deinem neuen Roman als Vorlage zum Typ des Durchschnittsbürgers dienen sollte, erst einmal so recht zum Bewußtsein zu bringen, wie miserabel mein Leben im Gegensatz zu dem Deinen ist? Hast Du es nicht heimlich genossen, wenn ich mich in meiner Bewunderung für Dich bis zur Schwärmerei verstieg wie ein Pennäler? Wenn ich in meinen Briefen nach Worten suchte, die Dir meine Zuneigung und Ergebenheit beweisen sollten, hast Du sie nicht wie einen Dir selbstverständlich zustehenden Tribut entgegengenommen? Nun auf einmal wehrst Du Dich gegen sie. Soll ich Dir verraten, warum? Um von mir einmal mehr bestätigt zu bekommen, wie abhängig ich von Dir geworden bin, ich, der kleine Versager in meiner miefigen Alltagsatmosphäre, von Dir, dem im Licht der Öffentlichkeit stehenden Mann. Hast Du vergessen, daß ich Dein Modell bin, daß Kleinbürgermodelle Idole zu haben pflegen, denen nachzustreben sie sich bemühen? Vielleicht habe ich Dich damit verunsichert, daß ich durch meinen erwachenden Ehrgeiz, es Dir zumindest in Worten gleichzutun, mich durch meine intensive Beschäftigung mit der Sprache von Deinem Dir vorschwebenden Muster entfernte? Ja, vielleicht sogar haben sich während unserer Korrespondenz die Akzente bis hin zum Rollentausch verschoben, ohne daß wir es merkten? Wer von uns, Daniel, gleicht denn mehr dem Gros der Mitmenschen: Du mit Deinem Künstlerimage aus der Retorte, Deinen klischierten Ansichten über das, was Du zu repräsentieren suchst, oder ich mit meinen Träumen, die in der Gedankenflucht vor dem mir wenig sinnvoll erscheinenden Alltag einen Ausweg sehen?›

Hans-Georg nahm die Hände von den Tasten und blickte auf. Er war sehr erregt. Eine heftige Wut hatte ihn gepackt. Er wollte zerstören, niederreißen dieses Bild eines Mannes, den er seinen Freund nannte und der doch in der bescheidenen Gemeinschaft zweier Eheleute so viel Unheil angerichtet hatte. Wenn Hans-Georg bisher die Neugier der Frau für die allmählich ins Unerträgliche wachsenden Spannungen im Haus verantwortlich gemacht hatte, schob er nun, auf geheimnisvolle Art sehend geworden, Daniel Arendt den

Schwarzen Peter zu. Er atmete mühsam, spürte, wie ihm kalter Schweiß von der Stirn in die Brauen rann, wie ihm der Brustkorb eng wurde. Was er, während er die Augen noch auf dem Papier hielt, für einen winzigen Käfer gehalten hatte, der vor seinem Gesicht herumirrte, vermehrte sich in einer Art Kettenreaktion zu einem weitmaschigen Netz von schwarzen Punkten, das sein gesamtes Blickfeld überzog, wohin er auch den Kopf wandte. Sein Blutdruck sank; er fröstelte. Keine Aufregungen, hatte der Arzt gesagt, mit Angina pectoris ist nicht zu spaßen. Diesmal glaubte er ihm. Da die Beklemmung anhielt, zwang er sich, den Brief zu Ende zu bringen, bevor die in den linken Arm ausstrahlenden Schmerzen ihm weiteres Schreiben unmöglich machten.

‹Wir hätten nie aufeinander aufmerksam werden dürfen›, fuhr er in gemäßigterem Ton fort. ‹Weißt Du, weshalb wir keine wahren Freunde werden können? Weil diese Freundschaft eine schiefe Ebene zur Basis hat. Du kannst nach Lust und Laune jederzeit aus meinem Blickfeld verschwinden. Ich dagegen würde immer derjenige sein, der zurückbleibt, belastet mit Gewichten, die mich am Ort anketten. Ja, Daniel, Du verstehst schon richtig, was ich damit sagen will: Ich gebe Dich auf, weil ich mich selbst aufgebe. Ich habe Dich vor meinen Augen, so nah, daß Dein Bild verschwimmt – zu große Nähe macht blind. Ich möchte Dich berühren. Aber ich erreiche Dich nicht. Zu spät wohl auch. Ich fühle mich am Ende meiner Kräfte. Hab Dank für die Illusion einer festen Freundschaft, die mir mehr bedeutete, als ich in Worten ausdrücken kann. Leb wohl, Daniel, mein Freund. Ich habe Dich geliebt wie kein Wesen je zuvor.›

Er hob den Kopf, überflog noch einmal, was er geschrieben hatte. Seltsam, es war ein Abschiedsbrief geworden. Dabei hatte er das gar nicht vorgehabt, nicht wissentlich jedenfalls. Es war ihm, als habe dieser Brief sich von allein geschrieben, ganz ohne sein Zutun. Übermorgen, dachte er unklar, von Schmerzen gepeinigt, die nun auch seine seelische Substanz zu zermürben drohten, werde ich den Brief einwerfen. Auf der nächsten Fahrt. Oder ihn zerreißen.

Die Frau lag bereits im Bett und blätterte in einem Kalender, als Hans-Georg ins Zimmer gestolpert kam und sich, den linken Arm fest gegen die Rippen gepreßt, in Kleidern auf die Matratze fallen ließ. Sein Atem ging stoßweise. O nein, dachte Elfriede, die sich um einen weiteren, wenngleich weniger folgenschweren Plan betrogen sah, nicht schon wieder! Sie hatte sich fest vorgenommen, ihn wenigstens noch für zwei weitere Tage und Nächte mit schweigender Verachtung zu strafen. Auf diese Weise hätte sie sich während dieses Zeitraums ungestört dem Gefühl der Vorfreude auf das bevorstehende große Abenteuer und weiteren positiven Erregungszuständen hingeben können. Eingedenk der strengen Erziehung vor allem durch ihre Mutter, die die Erfüllung von Pflichten, gleich welcher Art, als oberstes Gebot betrachtete, erhob sie sich von ihrem warmen Lager, holte ohne große Eile die Weinbrandflasche, goß eine sparsam bemessene Menge davon in ein Glas und hielt es ihm an die Lippen.

Trink, sagte sie, es hilft.

Danach machte sie sich daran, ihn zu entkleiden. Bei dem Versuch, den schlaffen Körper aufzurichten, dessen Gewicht sie unterschätzte, spürte sie einen schmerzhaften Ruck in der Kreuzgegend. Bandscheibe vermutlich. Sie sah sich schon Raimund Zech mit gebeugtem Rücken entgegenkriechen, diesem drahtigen Bartmenschen mit seinem Blick voller Kritiklust, wie ihn die Bucheinbände zeigten. Auch das noch. Hans-Georg befolgte ihre Aufforderung, sich zu bewegen und ein bißchen mitzuhelfen, zwängte sich unter Stöhnen aus den Oberkleidern, während die Frau ihn von Schuhen und Hose befreite. Zwar fühlte er sich weiterhin benommen, doch wirkte der Cognac für Augenblicke belebend genug, um Schadenfreude über den blasphemischen Fluch Elfriedes zu empfinden, als er ihr beim Schuhausziehen aus Versehen gegen das Schienbein trat.

In einen frischen Pyjama gekleidet sah er, wie sie seinen Anzug mit hausfraulicher Pedanterie zurechtzog und in den Schrank hängte. So plötzlich, wie sie aufgetreten waren, hatten die Schmerzen sich wieder verzogen. Die Pulsfrequenz schien sich zu normalisieren, das Atemholen war nicht mehr Schwerarbeit. Übrig blieb lediglich ein Gefühl von Flauheit, wie wenn sein angegriffenes Herz ihm mitteilen wollte, daß mit dem Aufheben der Schmerzen sein Gesundheitszustand keineswegs wiederhergestellt sei. Bevor die

Frau ins Bett zurückging, beugte sie sich über ihn. Er sah ein Stück Wange und eine runde Pupille über seiner Nase, spürte Wärme, plötzlich dicht.

Geht es dir jetzt besser, Schatz?

Er hätte es bejaht, auch wenn er kurz vor dem Koma gestanden hätte, weil er sie durchschaut hatte, ahnte, was in ihr vorging, und ihr nicht den Triumph gönnen wollte, ihn in einer Position zu sehen, in der er ihr keinen Widerstand mehr entgegensetzen konnte.

Klingt ab, der Anfall, sagte er.

Sie wirken so erschreckend in ihrer Plötzlichkeit, sagte die Frau. Du solltest morgen im Bett bleiben. Ja, sagte er.

Ich hol dir die Sachen aus der Apotheke. Das, was der Arzt dir verschrieben hat. Ihre Stimme heuchelte Zuversicht.

Das war vorige Woche, sagte er. Hast du denn noch nicht...

Das Rezept, sagte die Frau. Ich konnte es nicht finden. Weißt du, wo es sein kann?

Nicht aufregen, suggerierte er sich mit geschlossenen Lidern, ganz, ganz ruhig bleiben. Die Nitrokapseln sind alle, sagte er.

Die Frau unterdrückte ein Gähnen. Entschuldige, sagte sie. Es ist schon sehr spät. Morgen früh suche ich noch einmal gründlich, ich werde es schon finden.

Unter Aufbietung aller Kräfte kämpfte er die Angst nieder, die in ihm hochkriechen wollte. Und wenn du es nicht findest? sagte er.

Werde ich schon.

Wenn nun aber doch nicht?

Sie stieß einen Seufzer aus, der besagen sollte, für wie überflüssig sie seine Besorgnis hielt. Aber Schatz, sagte sie, jetzt beruhige dich doch. Dann gehe ich eben kurz bei Doktor Hörnemann vorbei und laß mir ein neues ausschreiben, bevor ich die Sachen aus der Apotheke hole. Traust du mir nicht?

Er beeilte sich, ihr zu versichern, daß er ihr sehr wohl traue, sie habe ihn immerhin in den Jahren, in denen seine Anfälle häufiger kamen, aufopfernd gepflegt. Alles was recht ist. Was für ein mieser Hund ich doch bin, dachte er dabei. Nicht einmal jetzt, nach Gewinnung dessen, was er bei sich MEINE NEUE KLARHEIT nannte, wagte er es, sich zu seinen wahren Gefühlen zu bekennen. Natürlich traute er ihr nicht, ebensowenig, wie sie ihm traute; er hielt sie sogar einer Reihe von Dingen für fähig, für die es bislang nicht die leisesten Anhaltspunkte gab. Immer einmal wieder hörte er von Ehepaaren, die, angeblich glücklich wie am ersten Tag, irgendein metallisches Hochzeitsjubiläum feierten. Er wußte es besser: Erstarrt waren sie, diese permanent Glücklichen, in der längst erkalteten Lava ihrer einstigen Leidenschaft, Fossilien, fest eingebacken in den zähen Schlamm der Gewöhnung aneinander. Ihre kompromißbereiten Bestrebungen, sich um des lieben Friedens willen einander anzugleichen, erstickten ihre eigenständige Denkfähigkeit. Einander immer ähnlicher und sich selbst schließlich in nichts mehr ähnelnd, das war die Ehe. Es war schon seltsam, daß der sich offenbar schon über geraume Zeit in ihm angehäufte Zorn seinem Körper keine neuen Schmerzen zufügte. Im Gegenteil, es tat ihm gut, seinen Grimm wenigstens in Gedanken zu formulieren, auch wenn er sie, weil ihm bewußt war, selbst eines jener mundtot gemachten Fossilien zu sein, nicht laut zu äußern wagte.

Schlaf jetzt, sagte die Frau. Er hörte ihre Matratze quietschen, als sie den etwas schwerfälligen Versuch unternahm, ihr Körpergewicht auf die Seite zu verlagern.

Du auch, sagte er. Gute Nacht.

8

Der folgende Tag brachte eine leichte Besserung in Hans-Georgs Befinden. Er schien weniger apathisch und allgemein umgänglicher als die Tage zuvor. Elfriede hielt ihn im Bett und spielte einmal mehr Mutter mit zu betreuendem Kleinkind, eine Rolle, die ihr so lag, daß sie alle Auflehnung gegen den Erwachsenen vergaß: Komm-iß-schön-auf-so-ist's-brav-alles-weg-Trink-deinen-Tee-guter-Junge.

Gehst du jetzt zur Apotheke? sagte er.

Bin schon auf dem Weg, will nur erst noch bei Doktor Hörnemann vorbei, das Rezept, du weißt. Brauchst du sonst etwas?

Ruhe, sagte er. Nur Ruhe. Sonst nichts.

Er folgte ihr mit den Augen, wie sie sich bereitmachte, das Haus zu verlassen. Fast obszön, diese pralle Gesundheit. Menschen ihres Schlages wurden nie krank, bekamen höchstens einmal eine Erkältung, sprachen durch gerötete Nasen, verbrauchten eine Unmenge Papiertaschentücher und waren, ohne medikamentöse Unterstützung, schon nach wenigen Tagen wieder obenauf. Ein für Männer gewiß erfreulicher Anblick, die Frau. Begehrenswert, dachte er. Am Anfang ihrer Ehe hatte auch er sie begehrt im stolzen Bewußtsein, als Mann von fast Vierzig das hübscheste junge Mädchen des Ortes erobert zu haben. Hätte sie doch nur ihre Mädchenhaftigkeit nicht sehr bald gegen eine Sinnenlust vertauscht, die unersättlich schien und ihn, der sich Romantiker glaubte, mit seinen Vorstellungen vom züchtigen Wesen einer anständigen Frau des Vertrauens in seine Männlichkeit beraubte. Zu dieser Diskrepanz zwischen ihnen, was das Geschlechtliche anbelangte, hatte sich, von Jahr zu Jahr deutlicher werdend, die geistige Verschiedenheit ihrer Denkweisen gesellt. Wir passen nicht zueinander, dachte er abschließend. Wir haben nie zueinander gepaßt. Zu Anfang merkt man so etwas nicht, weil jeder im anderen eine Qualität erkennt, die er hochschätzt und annimmt, daß die Sympathie, die sie erzeugt, für alles übrige ausreicht.

Den restlichen Tag verbrachte er damit, tagträumend vor sich hinzudämmern. Die Frau wusch ihm Gesicht und Hände, redete liebevoll in Kindersprache auf ihn ein, betreute ihn, der sie nur noch am Rande wahrnahm, wie einen Säugling. Er bekam nun keinen Weinbrand mehr, dafür mehrmals seine abscheulich schmeckenden Herztropfen und Leichtkostkekse aus dem Kirchheimer Reformhaus. Am Abend glitt er in einen ruhigen Schlaf.

Es geschah am nächsten Spätvormittag. Nach dem Erwachen hatte er sich relativ wohl gefühlt und zwei frische Brötchen mit Marmelade verzehrt. Der neue Anfall kam, als er sich gerade erheben wollte, um das Bad aufzusuchen. Heftige Übelkeit, deren genauen Ausgangspunkt zu lokalisieren er nicht mehr die Kraft besaß, warf ihn zurück aufs Bett. Die sie begleitenden Schmerzen drangen nebelhaft in sein Bewußtsein. Er mußte wohl einen Schrei ausgestoßen haben, der die Frau herbeirief. Elfriede blickte auf ihn hinunter. Sie sah die bläuliche Verfärbung der Lippen, die Nase, wie sie plötzlich spitz aus dem Gesicht stach, sah den Kälteschweiß auf der Stirn. Es riß sie aus ihren Mutterträumen. Das hier war kein Kleinkind zum Streicheln und Trösten, es war Hans-Georg, ihr Mann, nein, auch er nicht. Es war irgendein Fremder, vergreist. Unheimlich und abstoßend. Abstand wahrend ließ sie sich auf dem Bettrand nieder, versuchte seinen Pupillen auszuweichen, die schockgeweitet auf sie gerichtet waren.

Kapsel. Schnell! stieß er hervor.

Elfriede rührte sich nicht. Sie sah zu, wie seine Hand unsicher über den Nachttisch tastete.

Wo – die Nitro?

In der Küche, sagte sie.

Hol sie – schnell, Luft – keine Luft!

Ja, sagte sie, ohne sich zu bewegen.

Worauf – wartest – du?

Sie gab keine Antwort.

Geh! schrie er zwischen keuchendem Atmen. Willst du mich umbringen?

Still saß die Frau an seiner Seite, die Hände im Schoß gefaltet, und sah ihn an. Es würde bald vorbei sein. Ihr Vater war an Herzinfarkt gestorben. Sie kannte sich aus.

Ein Krampf, heftiger als alle vorherigen, ließ ihn sich aufbäumen. Dann, mitten im heftigsten Schmerz, sah er die wabernde Lichtkugel, wie sie vor seinen Augen tanzte und sich langsam von ihm entfernte. Gleichzeitig wurde ihm sehr leicht. Mein Herz, dachte er, es hat sich von mir gelöst, ich bin frei!

Seine Züge entspannten sich, alle Verkrampfung schwand. Er sank zurück in die Kissen. ELFRIEDE, wollte er sagen, nun schon aus weiter Ferne, um sie zu unterrichten, daß er nicht mehr zu ihr zurückkäme. Nie mehr. Aber es wurde nur ein gemurmeltes FRIEDE daraus. Im Tod lächelte ein auf wunderbare Weise verjüngter Hans-Georg. Es war ein Lächeln, wie es ihm im Leben so gut wie nie vergönnt gewesen war.

Schwarz stand Elfriede gut. Doch es war wohl keiner unter den stumm an ihr vorbeipatrouillierenden, beileidmurmelnden Kirchheimern, der die junge Frau beneidet hätte, wie sie da so einsam vor dem Grab stand. Gewiß, sie hatte es nicht leicht gehabt mit diesem kränklichen, dazu finanziell nicht gut gestellten Fremden – aber, glücklich oder nicht, sie hatte das Beste daraus gemacht. Das sah man doch. Die regelmäßigen Spaziergänge mit dem Dackel, der allein schon für Treue stand. Wie sie dahinschritten und miteinander sprachen. Immer die gleichen Wege, von immer den gleichen Leuten gesehen und gegrüßt. Wenngleich kinderlos geblieben. Nun ja, beim Einkommen eines Mannes, das auf Provisionsbasis beruht, war das wohl ein Segen. Nur gut, daß ihre Eltern das nicht mehr zu erleben brauchten, sie hätten sich gewiß gegrämt, keine Enkelchen zu haben. Wo sie doch so kinderlieb waren und am Tag des Heiligen Sankt Martin alle mit kleinen Geschenken bedachten. Sogar für die Kinder der Frau Hanisch, diese Bande schlecht erzogener Bälger, hatten sie stets eine Tüte mit Bonbons bereitgehalten. Gute Leute, sehr gute Leute, die Steinmetzens. Und nun die Tochter, erst in den Dreißigern und schon Witwe.

Im Rücken Elfriedes schaufelten die Friedhofsgärtner das Grab zu. Hans-Georg hatte einen schönen Platz bekommen neben den Metern Erde, die für Elfriede vorgesehen waren, und in angemessener Entfernung von seiner Schwiegermutter. Ein bißchen sehr seitlich vielleicht, doch die Marmorengel weinten auch um ihn, es ging gerade noch aus. Sein Haupt ruhte unter dem großen Zeh des rechten geflügelten Giganten, dessen Bein in einer Art knicksender Pose nach rückwärts gestreckt war.

Mein herzlichstes..., sagte das grauhaarige Bibliotheksfräulein. Die Betrübnis auf ihren Zügen war echt; Hans-Georg war einer ihrer besten Kunden gewesen. Herr und Frau Scheidthausen, die Lebensmittelhändler, murmelten Ernstes, dem sie einen flüchtigen Händedruck folgen ließen. Ähnlich verhielten sich die Angestellten der Bank samt Elfriedes einstigem Geliebten, der für sie allerdings nie mehr bedeutet hatte als einen bald vergessenen Seitensprung. Dagegen blieb Schwester Mathilde, die Gemeindepflegerin, vor der Witwe stehen, um ihr, wie sie mit lauter Stimme verkündete, von Herzen zu dem schrecklichen Verlust, der sie so unerwartet getroffen habe, zu kondolieren.

Er hat nicht gelitten, sagte Elfriede.

Sie hatte ihn noch mehrmals zu wiederholen, den Satz. Es machte ihr nichts aus, da sie von seiner Wahrheit überzeugt war. So zogen sie an ihr vorbei, die Kirchheimer, und ihr Atem stand als helle Wolke vor ihren Gesichtern, denn die Luft dieses trüben Novembertages trug schon die Ahnung kommenden Frostes. Es wehte ein eisiger Wind. Handschuh auf Handschuh, flüchtig, kräftig zupakkend oder mitfühlend, verzögert unter immer gleichen Beileidsbezeugungen. Die Gesichter, bekannt, doch nicht vertraut, brachten der Witwe zu Bewußtsein, wie sehr sie und Hans-Georg im Abseits gelebt hatten. Gut so aber; sie wollte das alles so schnell wie möglich hinter sich bringen. Aus diesem Grund auch hatte sie nicht, wie sonst allgemein üblich, zu anschließendem Beisammensein ins Gasthaus gebeten, und es war keiner unter den Kondolenten, der ihr das angesichts ihrer vieljährigen Zurückgezogenheit übelgenommen hätte.

Dem Defilee hatte sich als letzter ein junger Mann angeschlossen, der sich, sie hatte es bemerkt, bisher abseits gehalten und mit verlegenem Gesicht dem Begräbniszeremoniell zugeschaut hatte. Elfriede hatte ihn nie zuvor gesehen. Bei ihr angekommen, fragte er um einen Ton zu laut, ob er sie sprechen könne. Es sei wichtig.

Von unter ihrem Schleier musterte sie ihn mißtrauisch. Was kann ich für Sie tun? Sehr gerade aufgerichtet stand sie vor ihm, während ihr hundert Rechtfertigungen auf einmal durch den Kopf gingen.

Auch *mit* der Nitrokapsel wäre er gestorben, bestimmt, es war doch sichtbar, daß es mit ihm zu Ende ging, höchstens noch ein kurzes, qualvolles Hinauszögern um ein paar Tage oder Wochen, wie lange hält ein schwer geschädigtes Herz solchen Attacken stand? Dann, sich selbst zur Ordnung rufend: Niemand kann mir etwas nachweisen. Es gibt keine Zeugen.

Peter Bauer, stellte sich der junge Mann höflich vor, der Neffe Ihres Mannes – Ihres verstorbenen Mannes, erläuterte er.

Ja so. Hans-Georg hatte eine ältere Schwester gehabt, oder war sie jünger gewesen? Jedenfalls war sie gestorben, gleich zu Anfang ihrer Ehe. Hans-Georg, der sich mit ihr nicht verstand, hatte sie später nie mehr erwähnt. Dies mußte ihr Sohn sein.

Der Brief, sagte er. Ich wußte nicht, wohin mit ihm.

Was für ein Brief?

Die Trauergäste hatten sich zerstreut, die Totengräber schaufelten das Grab zu und begannen, die aufgeworfene Erde mit Kränzen und Blumengebinden zuzudecken.

Sie hatten sich unter eine etwas abseits stehende Buche zurückgezogen. Bitte machen Sie es kurz, sagte sie, ich möchte nach Hause. Sie fröstelte unter dem leichten Tuch des Mantels.

Was dieser Peter Bauer im folgenden berichtete, erschien ihr zunächst wirr und ohne Sinn. Sein Freund, der Pilot, erzählte er, sei versetzt worden, und nun habe er niemanden, der diesen Brief – er zog ein Schreiben aus der Innentasche seiner Windjacke – weiterbefördern könne, was ihm natürlich für seinen Onkel leid täte, der doch ein so leidenschaftlicher Briefmarkensammler gewesen sei. Andererseits sei es ja wohl auch nicht mehr so wichtig, da Hans-Georg nun tot sei. Damit ließ er den Brief wieder in seiner Tasche verschwinden.

Ich verstehe nicht, sagte Elfriede. Von wem ist dieses Schreiben?

Na, von Ihrem Mann.

Mein Mann stand mit Ihnen in Verbindung?

Aber ja doch, regelmäßig, beeilte Bauer sich ihr zu versichern. Jede Woche ein Brief. Manchmal auch zwei.

Ein schneller Verdacht keimte in ihr auf. Der Junge hier war nicht unattraktiv. Sollte Hans-Georg seine wahren Neigungen vor ihr verborgen haben? Warum hatte er diese Korrespondenz mit seinem Neffen ihr gegenüber nie auch nur mit einem Wort erwähnt? Im nachhinein schien das plötzlich gar nicht mehr so abwegig. Was hat mein Mann Ihnen denn geschrieben? sagte sie, um Näheres aus ihm herauszulocken. Er sah sie verblüfft an. Die Briefe seien doch nicht für ihn gewesen, er sollte nur dafür sorgen, daß sie weiterbefördert wurden.

Und an wen waren sie adressiert?

An ihn selbst. Es ging ihm doch um die Marken. Ich dachte, Sie wüßten das, sagte der Junge leicht irritiert.

Ja, natürlich habe sie von ihres Mannes Sammelleidenschaft gewußt, sagte sie, um diesen Menschen so schnell wie möglich loszuwerden und zu Hause in Ruhe die Sache überdenken zu können. Geben Sie mir den Brief. Und danke, daß Sie sich die Mühe gemacht haben, deswegen herzukommen.

Nichts zu danken, sagte er. Sie nahm den Brief entgegen. Es war ein großformatiger Umschlag, adressiert an Peter Bauer, Neudorf, Friedrich-Ebert-Str. 43.

Zu Hause angekommen, legte sie den Umschlag erst einmal auf den Tisch im Wohnzimmer. Sie versuchte ihn zu ignorieren. Später, dachte sie, später. Ich habe ja Zeit. Auf einmal fielen ihr alle möglichen Dinge ein, deren Erledigung keinen Aufschub duldete. Die Kakteen im Wohnzimmerfenster mußten nachgegossen werden, auch wenn sie Sandgewächse waren. Schließlich bekamen sie selbst in der Wüste ab und zu einen kräftigen Regenguß. Dann war da Hans-Georgs Garderobe, die durchgesehen werden mußte, um festzustellen, was davon gut genug war, um es dem Gemeindepfarramt zur Verteilung an Bedürftige zur Verfügung zu stellen. Den Rest am besten gleich in die Mülltonne; ihres Mannes Manie, alle Sachen bis zum Geht-nicht-mehr aufzutragen – je älter, desto wohler hatte er sich in ihnen gefühlt –, ließ keine andere Verwendungsmöglichkeit mehr zu. Weg mit Schaden, dachte sie pietätlos, um sich gleich darauf bei ihm, der möglicherweise, wer konnte da schon Genaues sagen, noch in ihrer Nähe war und ihr zusah, zu entschuldigen: Nicht ärgern, Schatz. Aber du kannst ja nun wirklich nichts mehr mit dem Kram anfangen. Und was sollen die Leute sagen, wenn sie deine geflickten Unterhosen sehen?

Nach längerem Verweilen im Schlafzimmer, wo sie erleichtert die beklemmende Trauerkleidung mit ihrem Morgenrock vertauschte, Schränke ausräumte und Schubfächer leerte, raffte sie sich endlich dazu auf, dem Rätsel um Hans-Georgs Beziehung zu seinem Neffen auf den Grund zu gehen. Sie befürchtete Schlimmes, Sündiges womöglich. Um so mehr wäre ihre für morgen geplante Fahrt zu Zech nach München gerechtfertigt. Sie würde sich dem großen Schriftsteller als die Hinterbliebene seines guten Freundes anvertrauen und seinen Trost suchen, den er ihr unter diesen Umständen kaum würde verweigern können. Sie hatte auch schon recht konkrete Vorstellungen davon, welcher Art diese Tröstung zu sein hätte, ebenso wie von der Räumlichkeit, in der sie am nachhaltigsten ihre Wirkung entfaltete. Beim Gedanken daran lächelte sie zum erstenmal seit Tagen, und dies sogar, ohne sich in Gedanken dafür bei Hans-Georg zu entschuldigen.

In plötzlichem Entschluß kehrte sie zum Wohnzimmer zurück und nahm den Umschlag auf, wog ihn abschätzend in der Hand, bevor sie mit ihm zum Fenster ging und ihn, plötzlich voller Ungeduld, mit dem Fingernagel aufschlitzte. Es fiel ihr ein Zettel ihres Mannes an seinen Neffen entgegen, auf dem er ihn bat, beiliegenden Brief möglichst umgehend an seinen Pilotenfreund zum Einwurf weiterzuleiten, das Übliche, er wisse ja Bescheid. Elfriede warf nur einen flüchtigen Blick auf die an ihn selbst gerichtete Anschrift, bevor sie den Brief wendete und den Absender las: Daniel Arendt, hauptpostlagernd Kassel. Sie fetzte den Umschlag auf: zwei eng beschriebene Bögen der Art, wie sie sie mittlerweile von Arendt kannte. Mit vor Aufregung stockendem Atem überflog sie die ersten Zeilen:

‹George, lieber Freund! Daß Du in deinem Alter – verzeih – noch von einem völligen Neuanfang träumst, erscheint Dir selbst verrückter als mir. Wozu Dich entschuldigen? Ich verstehe Dich nur zu gut, wenn ich mir die Monotonie vorstelle, mit der das Leben eines so fantasiereichen Mannes, wie Du es bist, abläuft, diese Enge, Dein unbefriedigender Beruf, dazu eine Ehe, die die Hölle ist… ›

Elfriede las nicht weiter. Der Schock kam zu plötzlich. Sie vermochte keinen klaren Gedanken zu fassen. Bedeutete das – hieß das etwa? Mechanisch bewegte sie sich auf die Treppe zu, stieg hinauf zum Arbeitszimmer ihres Mannes, daß sie seit seinem Ableben nicht mehr betreten hatte. Blickte sich um. Ging zum Schreibtisch. Neben der elektrischen Schreibmaschine lagen einige beschriebene Bögen. Sie nahm einen davon auf, verglich ihn nicht ohne Schwierigkeit, da ihr die Hände zitterten, mit den Seiten, die sie mit heraufgebracht hatte. Kein Zweifel: beide Briefe waren auf der gleichen Maschine geschrieben. Dieselben hochgerutschten t's, die o's klecksig, die Zeilen bis an den rechten Rand reichend.

Es dauerte geraume Zeit, bis Elfriede begriff. Dann begann sie das Zimmer zu durchwühlen, hektisch, planlos. Sie riß Schubläden auf, kramte in den Fächern seines unverschlossenen Schreibtischs, warf Bücher, sie alle bis auf einige Taschenausgaben mit dem Stempel der örtlichen Leihbücherei versehen, zu Boden, weil sie dahinter ein Versteck vermutete.

Schließlich wurde sie fündig. Zwischen einem Stapel alter, schon vergilbender Zeitungen – wozu er das Zeug aufgehoben hat? ging ihr noch durch den Kopf – stak ein ganzer Packen maschinebeschriebener Bögen ohne Faltknicke. Ein Blick auf die Anfangszeilen des obersten Blattes genügte und sie wußte, daß sie Hans-Georgs Briefe an seinen Freund in der Hand hielt. Er hatte sie nie abgeschickt, denn einen Daniel Arendt gab es nicht. Sie starrte auf die Seiten, ohne die Worte zu erfassen.

So also verhielt es sich. Nicht im Traum hätte sie ihrem Mann eine derart rege Fantasie zugetraut. POSTLAGERND KASSEL – damit hatte er sie bewußt in die Irre geführt. Und sie, im festen Glauben an die reale Existenz des Daniel Arendt, hatte sich von ihm in die Irre führen lassen bis hin zum Wettkampf ihrer beider Fantasien um jemanden, den es gar nicht gab. Bei aller Gefühlsverwirrung, der sie so unerwartet ausgesetzt war, begriff sie doch, daß diese Briefe Selbstbekenntnisse waren, daß Hans-Georg Aussprache gesucht, aber nicht gefunden hatte. Vielleicht, wenn er einmal den Mund aufgemacht und gesagt hätte, wie ihm zumute war – aber nein, die Situation war hoffnungslos verfahren, zu einer echten Verständigung war es zu spät gewesen. Nun war er fort. Für immer. Und er hatte Daniel mit sich genommen. Sie glaubte sein leises, spöttisches Lachen zu hören: Wer ist hier nun der Verlierer...?

Die Tümmelmannsche Wanduhr gab sechs verstimmte Schläge von sich. Seit über einer Stunde schon stand Elfriede Reitze reglos am Fenster, den Blick in die Ferne gerichtet, wo hinter den Feldern der Abend aufzuziehen begann. Dunststreifen zogen in Schwaden über den Boden hin, stauten sich weißlich an den Grenzen der Äk-ker. Die Landschaft machte den Eindruck, als habe sich die Erde unter der frühen Kälte tief ins Innere zurückgezogen; ihre starre Kruste dehnte sich öde und flach, so weit das Auge reichte. Nur im Geäst der einzelnen Platane dort unten am Wegrand war noch Le-ben; dort hockten Vögel in dicken Trauben, und immer neue flogen hinzu: Die Stare versammelten sich zum Abflug ins südlichere Europa.

Es würde, wußte die Frau, ein langer und kalter Winter werden.